王道

Malraux
マルロー
渡辺 淳 訳

講談社文芸文庫

André Malraux :
La Voie royale

目次

王道

ながく夢をみつめる者は、自分の影に似てくる。

——インド、マラバール地方のことわざ

第一部

一

今度こそクロードの執念はおさまりがつかなくなっていた。かれはしつこくその男の顔をみつめ、うしろの電球の明りのせいで薄暗くなっているその顔の表情をなんとか読みとろうとしていた。その顔の輪郭は、ちょうどソマリランドの海岸（アフリカの東北端、現在のソマリア共和国の海岸）の灯《ひ》が塩田をきらきらと輝かす強い月明りにかき消されて、おぼろなように見わけにくかった……　たえず皮肉味をおびた声の調子もまたアフリカの闇《やみ》に溶《と》けこんで、いかにもゴシップやマニーユ（トランプ遊びの一種）が大好きな船客たちが、このぼんやりとしたシルエットをめぐってあれこれといいたてている伝説や、アジアの独立諸国で生活を体験した白人には付きものの一連のおしゃべりや作り話や夢想のことをクロードに思わせた。

「若者にはよくわからないんだよ……きみのいう、それ……エロチシズムってやつがね。四十の声をきくころまでは思いちがいしていて、恋から抜け出せない。女をセックスの補足物と考えないで、セックスを女の補足物と考える男ってのは、気の毒だが、恋の年ごろだってことさ。だけど、もっと始末が悪いのは、セックスの強迫観念、青春の強迫観念が以前よりも強くなってもどってくる時期なんだ。ありとあらゆる思い出に養われてね……」

クロードは、自分の衣服にしみついた埃《ほこり》や亜麻や羊の匂《にお》いをかぐと、あの粗《あら》い布地のカーテンのことを思い起こした。誰《だれ》かの腕がそのカーテンを軽く持ちあげると、そのうしろについこの間、クロードは（毛のない）ひとりのはだかの黒人娘、まっすぐ突き出た乳房の上に、まぶしい太陽の黒点のような乳首を見たところだったのだ。そして、女の厚ぼったい瞼《まぶた》のひだはまさしくエロチシズムを、狂わんばかりの欲求を、ペルケンの言う「神経がくたくたになる状態にまでいきたいという欲求」をあらわしていた。ペルケンの話はつづいていた。

「……かたちが変わるんだよ、思い出ってやつは……想像力ってのは実に不思議なもんだ！　おれのうちにあって、おれとは縁がない……想像力……そいつがいつも穴埋めをする……」

ペルケンのはっきりした顔だちがやっと薄暗がりから浮かびあがってきていたが、たぶん金口《きんぐち》のせいだろう、煙草《たばこ》をくわえた唇《くちびる》のあたりがちかちかと光っていた。クロードは、自分の考えがすこしずつペルケンの言葉に近づいているのに気づいていた、ゆっくりとやってくる小舟が、漕《こ》ぎ手たちの並んだ腕に本船の灯《ひ》を映し出すみたいに。

「つまるところ、あなたのおっしゃりたいのは何なんです？」

「いつか、自分でわかるようになるよ……ソマリランドの淫売屋《いんばいや》には驚きがいっぱいだってことがね……」

こうした憎々しげな皮肉を、男は自分自身とか自分の運命に対してしかほとんど言わないものだということをクロードは識《し》っていた。

「驚きがいっぱいだ」ペルケンはくり返した。

《どんな驚きだろう？》と、クロードは自問していた。かれは、まわりに虫がくっついてできる石油ランプの斑点と、瞳《ひとみ》と黒ずんだ皮膚の間の輝くばかりの白眼を除けば、《黒人女》という言葉を思わせるものは何ひとつない、鼻筋の通った娘たちを思い浮かべていた。彼女たちは、ひとりの盲人の吹く笛の音にあわせて円陣で進み、めいめいが自分の前にいる仲間のみごとな肉づきの臀部《でんぶ》を夢中になってたたくのだった。すると突然、その列がメロディといっしょに動くのをやめる。それぞれが、笛の官能的な調べにあわせて声をはりあげ、顔と肩は動かさず、眼を閉じ、緊張して立ちどまり、尻と突き出た乳房のしまった筋肉をはてしなく震わせて恍惚《こうこつ》となる。石油ランプの下で汗がその震動を強調していた…… 女主人が、ペルケンの方へまだほんの小娘をひとり押しやっていた。その女はほほ笑んでいた。

「いや、あっちの娘《こ》の方がいい。すくなくともそいつには遊ばせるって様子がないからな」ペルケンは言った。

《サディストなのか?》今度はそうクロードは自問するのだった。かれのことはいろいろ取り沙汰《ざた》されていた。未帰順部族に対する特別任務をシャム（現在のタイの旧称）がかれに委《ゆだ》ねていたとか、シャン地方（ビルマの東北国境付近一帯の山岳地方）やラオスの辺境地域の統治に腕をふるったとか、ときには友好的、ときには敵対的な特異な関係をバンコクの政府と持っているとか、最近ではかれにははっきりと支配への情熱、いささかも自分では制御しようとしない野蛮な権力への情熱が認められるとか、いまは落ち目だとか、かれは色好みだとかいったことがそれである。しかし、それなら、やろうと思えばかれはこの船の上で、女たちに取り巻かれもしておれたにちがいない。《何かがある。だけどそいつはサディズムとはちがう……》

ペルケンはデッキ・チェアの背に頭をもたせかけた。すると、残忍な執政官のようなマスクが光に照らされてはっきりと見え、眼窩《がんか》と鼻の影がそのマスクをきわだたせた。かれの煙草《たばこ》の煙がまっすぐ立ちのぼり、深まる夜のなかに消えた。

サディズムという言葉がクロードの頭にこびりついて、ある思い出を呼び起こした。

「パリで、ちっちゃなみすぼらしい淫売屋《いんばいや》に連れていかれたときのことなんです。サロンに女がひとりいて、台に紐《ひも》でしばられ、スカートをまくしあげられて、ちょっとグラン・ギニョール（最近までパリにあった怪奇・残酷の演《だ》しもので有名な芝居小屋。またはそこでのスペクタクル）みたいでした……」

「前向き、それとも後向きでかね？」

「後向きです。まわりに六、七人男がいましたが、できあいのネクタイにアルパカの上着を着たプチ・ブルふうで（夏でしたが、ここほど暑くなかった）、眼玉《めだま》をひんむき、頬《ほお》を紅潮させて、一生懸命《いっしょうけんめい》、楽しんでるんだと思わせようとしてました——ひとりずつ、女に近づいては尻をぶって、——めいめいひとりずつです——金を払うと出ていく者もいたし、二階に上がるのもいました……」

「それっきり？」

「そうです。上がったのはごくわずかで、ほとんどが出ていきました。カンカン帽をまたかぶって、上着の折返しをもとにもどして出ていくこういった手合いの夢っていうのは……」

「とにかく、単純な連中だよ……」

ペルケンは、身振りを入れて話そうとするかのように右腕を前にさし出したが、ためらった。自分の考えとたたかっていたのだ。

「肝心なのは相手の女を識らないことだよ。女でありゃいいんだ」

「相手が私生活を持った存在であっちゃいけないっていうんですか？」

「マゾヒズムの場合にはなおさらだな。もっぱら自分をぶつんだからね……想像力と結びつくのは自分がしたいことじゃなくて、できることなんだ。どんなあほうな娼婦たちだって、連中をいじめるとか、連中がいじめたりする男ってものがどんなに自分から遠い存在かってことを知ってるよ。連中がそういった変態のことをどう呼んでると思う？　頭を使う人っていうんだよ……」

クロードは、ペルケンにもまたその変態という言葉が当てはまるのではないかと思った……　クロードの眼は、その緊張した顔にくぎづけされていた。この会話はいったいどこへいくのだろうか？

「頭を使う人か」ペルケンはつづけた。「うまく言ったもんだ。ばかな女どもがいう《性倒錯》ってのはただ想像力の発展のこと、満足を知らないってことなんだよ。バンコクでおれが識《し》りあったある男なんかは暗い部屋《へや》で、一時間も、はだかで女に縛らせていたそうだ……」

「それで？」

「それっきりさ。それで十分だった。そいつは正真正銘の《倒錯者》だったんだよ……」

かれは立ちあがった。《かれは眠りたいのか、それとも会話を打ち切りたいのか》と、クロードは考えた。ペルケンは、立ちのぼる煙のなかを、さんごの籠《かご》の間でバラ色の口を開けて眠っている黒人の子供たちをひとりまたひとりとまたいで遠ざかっていった。かれの影は寸づまりに小さくなって、クロードのながくのびた影だけがデッキに残った。こうして、かれの突き出たあごは、ペルケンのあご骨とどっちこっちにたくましく見えるのだった。電球が揺れると、影が震えはじめた。ふた月もすると、この影、いやこの影がひきのばして見せている肉体のいったい何が残るだろうか。眼のないかたち、つまりこの決意を秘めて不安げな眼《まな》ざしの失われたかたちではないのか。眼ざしは今宵《こよい》、その男性的なシルエットよりもはるかによくかれをあらわしていたが、そのシルエットを船にいついた猫《ねこ》が横切ろうとしていた。かれが手をさし出すと、猫は逃げた。例の執念にかれはまたとりつかれた。

さらに二週間、こうした渇《かわ》きの状態がつづくのだ。薬《やく》の切れた中毒患者の苦しみをいだいて二週間、船上で待たなければならない。かれはもう一度、シャムとカンボジアの考古学地図を取り出したが、自分の顔以上にかれはその地図のことを識《し》っていたのである……かれは、自分がいくつもの死都を取り囲んでつけておいた青いしるしや、古い王道の点線や、その王道がシャムの密林のただなかでとだえているという恐ろしい確認に魅了されていた。《そこではくたばるかくたばらないか、どちらかだな……》消えかかった火のそばに遺棄された小動物の骸骨《がいこつ》とはっきりしない足跡。それは、ジャライ族（ベトナム中部、ラオスとの国境の山岳地方に住む部族）の住む地方に入《はい》った最後の探険隊の末路だった。白人隊長のオダンダール（フランスの考古学者、一九〇四年に死んだという）は、隊の象が到着する前触《まえぶ》れだったなぎ倒される棕櫚《しゅろ》の木のざわめきを聞きながら、夜、サデート烈火王の手下たちに槍《やり》で殺されたという……クロードもたぶん、幾晩も蚊に悩まされ、疲労困憊《こんぱい》して夜を徹したり、見知らぬ案内人の警戒を信用して眠ったりしなければならないことだろう……　たたかうチャンスはまれにしかない……

ペルケンはその地方のことに通じていたが、話そうとはしなかった。クロードは、まずかれの声の調子に惹《ひ》かれたのだった。(ペルケンは船で、こともなげに精力《エネルギー》といった言葉を口にする唯一の人物だったのである)クロードは、その話しぶりに、ほとんど灰色になった髪のこの男が自分が愛しているのと同じものをたくさん愛しているのを見抜いていた。クロードは、船がエジプト海岸の大きな赤い壁面の前を通過していたときはじめて、ペルケンが興味と反感の渦《うず》巻くなかで、(きっと墓荒したちの)二体の骸骨の発見の話をするのを聞いた。それらは、《王家の谷》の最近の発掘にさいして、ある地下の広間の床で見つかったもので、その広間からは、聖猫《せいびょう》のミイラが延々と壁に飾られた歩廊が何本も出ていたという。乏《とぼ》しい経験からしてもクロードには、他の分野でと同様、冒険家にもばかが多いことを知るには十分だった。だが、この男はかれの好奇心をそそったのである。それからまたクロードは、ペルケンがセダン族(前出のジャライ族と隣接して住む部族)のつかの間の王になったメールナ(ダヴィッド・ド・メールナ、伝説的なフランス人の冒険家)のことを語るのを聞いたのだった。

「そいつは俳優が役を演ずるように、自分の伝記を演ずるのに夢中だった男だと思うね。きみたちフランス人は……たしかにそうだよ……征服するよりも役をうまく演ずるってことに重きをおくそういった連中が好きなんだ」

(クロードは父のことを思い出した。かれはマルヌの会戦(第一次大戦中、パリの東方で行なわれた有名な激戦)で、「いまでは、法律、文明、それに子供たちの切断された手までが動員されている。これまでわたしは、こうしたばかげた見せびらかしには二、三度お目にかかったことがある。たとえば、ドレフュス事件（フランスのユダヤ系軍人ドレフュスが、ドイツに軍の機密を売ったという嫌疑で終身刑を宣告されたが、ゾラら知識人の抗議で無罪になった事件）なんかもなかなかのものだったが、こいつはあらゆる点で、それに質の点でも以前のよりたしかに上だよ」と、友人に書いた数時間後に、志願兵としてたいへん勇敢な最期をとげたのだった）

「そうした態度が」ペルケンはつづけた。「勇気——これも役の一部だけど——を奮い立たせるんだ……メールナはとても勇敢だった……そいつは、自分の可愛《かわい》いシャム族のめかけの亡骸《なきがら》を象の背にのせ、未帰順部族たちの住む森を横切って連れていき、（宣教師たちが自分たちの墓地に埋葬することを拒んだので）彼女の種族の王女のひとりとして葬らせようとしたんだよ……きみも知っての通り、かれは剣でふたりのセダン族の族長とたたかったあげく、王となってしばらくジャライ地方でがんばったのさ……そんなにやさしいことじゃなかったと思うな……」

「ジャライ族といっしょに生活したことのある人たちを識《し》ってるんですか？」

「おれがそうだよ。八時間だけどね」

「短いんですね」クロードは、ほほ笑みながら答えた。

ペルケンは左手をポケットから出すと、クロードの眼の前に指を開いてさし出した。親指と小指以外の三本の指には、どれにも栓《せん》抜きのようならせん状の深い溝《みぞ》が彫られていた。

「錐《きり》でこんなにやられちゃ、けっこう長いよ」

クロードはへまなことを言ったのを気にやんで、ためらった。しかし、ペルケンはメールナの話にもどっていた。

「けっきょくそいつは、並《なみ》の男とどっちこっちに不様《ぶざま》な死に方をしたがね……」

クロードには、マレーの藁葺《わらぶ》き小屋で死と闘うその男の苦しみがよくわかった。その男は、腫瘍《しゅよう》にでもかかったように裏切られた希望によって蝕《むしば》まれ、巨木にこだまする自分の声の響きにおびえていたにちがいない……

「そんなに不様でもない……」

「おれは自殺には興味ないね」

「どうしてです？」

「自殺者は、自分でつくりあげた自分のイメージを追っかけてるんだ。自殺するってのは何とか実在したいってためなのさ。神にだまされるのは、おれはごめんだね」

ペルケンの声の抑揚や、船客たち——そしてたぶん人々——のことを自分は連中とは別だとでもいうみたいに《かれら》と呼ぶ言い方や、自分を社会的に定義することに対するかれの無頓着《むとんじゃく》さに強調されて、クロードが予感していた類似は日一日とはっきりしてきていた。ペルケンの声の調子にクロードは、ある点ではすり切れていたかもしれないが広い人生経験をかぎつけていたわけで、その経験は、眼《まな》ざしの表情とすばらしく一致していたのである。その表情は重たげで相手を包みこむようだが、何かのきっかけできりっと顔の疲れた筋肉がひきしまると、不思議としっかりとしたところを見せるのだった。

いまでは甲板にクロード以外ほとんど人影がなかった。かれはたぶん眠れないだろう。夢想にふけるか、それとも本を読むか。またまた調査目録をめくって、死都として青いしるしの下につぶされた、埃《ほこり》と蔓草《つるくさ》と人間の顔のかたどられた塔のあるいくつもの都に、壁に頭をぶつけるみたいに、もう一度想像をはせるか。そして、かたい信念に鼓舞されながらも、クロードはいつも同じ場所できまってかれの夢想を破る障害の数々をふたたび見出そうというのか。

死の門と呼ばれるバブ・エル・マンデブ（紅海とインド洋とを結ぶ海峡）。

ペルケンと話すたびにクロードは、自分が知らない過去のことをペルケンがいろいろとほのめかすのにいらいらするのだった。ふたりが親しくなったのはジブチ（バブ・エル・マンデブ海峡に臨む仏領ソマリランドの港市）で出会って以来のことだったが、――クロードが別のではなくてほかならぬその淫売屋に入ったのは、赤と黒の布をまとった大きな黒人女がさしのべる腕のかげに、ペルケンのぼんやりした姿を垣間《かいま》見たからである――その親しさもクロードから不安な好奇心を追いはらってはくれず、その好奇心ゆえにかれは自分自身の運命を予見するかのようにペルケンの方に押しやられたのだった。つまり、年のせいで弱りはじめて孤独なときに、人々との協同生活を望まなかった男のたたかいの方へである。ペルケンがときどきいっしょに歩いていた年とったアルメニア人はずっと以前からペルケンを識《し》っていた。ところがかれは、ペルケンを恐れておもんぱかったのか、ペルケンのことをほとんど語ろうとはしなかった。かれはペルケンと親しくはあったが、ペルケンの友人ではなかったからにちがいない。移り変わる言葉の響きの下で船のエンジンがたてている変わらぬ響きにも似て、密林や寺院への妄執《もうしゅう》がよみがえり、すべてをおおい、クロードをすっかり不安にさせていた。アジアが、この男に強力な共犯者を見出したかのように、《年代記》から生まれたさまざまのことを半眠りのうちにかれに夢みさせるのだった。馬のたてる埃《ほこり》の上に蚊柱がゆらゆらと立つ、蟬《せみ》の声にみちた夕の匂《にお》いのなかを軍隊が出発するさまや、生暖かい浅瀬を渡りながら隊商たちが呼びかう声や、蝶《ちょう》でいっぱいの空の下に青々と群がる魚を見ながら下がる水位に航行を妨げられている使節たちや、女たちの手で骨抜きにされる年老いた王たちといった光景がそれだが、いまひとつ消しがたい夢想は寺院と苔《こけ》むした石の神々のそれであり、その肩には蛙《かえる》が一匹とまって、欠《か》けた頭が神体のそばの地上にころがっている……

いまでは、ペルケンの伝説は船中をうろつきまわり、ちょうど旅の終わりへの不安とか期待とか、航海にはつきものの悪意のある倦怠《けんたい》のように、デッキのチェアからチェアへと伝わっていた。それは相も変わらずはっきりしなかった。事実よりもばかげた神秘が多かったし、情報に通じた人たちよりも、「驚くべき人物ですよ、ほんとうに！」と、せかせかと耳打ちしてはうなずくといった人たちが多かった。かれは、先任者たちの多くが殺された地域に入って原住民たちの間で暮らし、きっといろいろとはじめはあこぎなことをして、連中を支配したというのだった。それが船客たちが知りえたすべてだった。だが、クロードは考えた、ペルケンの能力は、そういった冒険よりもむしろ、不屈の精力、忍耐力、自分とはひじょうにちがった人たちを理解しようと努めるおおらかな精神とひとつの軍人的な素質にあるのだと。船上の官吏たちが自分たちの夢をつちかうのにロマネスクなものを必要としながらも、だまされ、自分たちの世界とはちがった世界の存在を認めることを恐れてすぐさまそれを必要としなくなるといったありさまを、クロードがこれほどはっきりと知ったのははじめてだった。この連中は、いまは死んだメールナの伝説をすっかり受けいれていたし、ペルケンの伝説にしても、かれが遠く離れた人間だったらたぶん同じだっただろう。しかし、ここではかれらは不信をいだき、かれの沈黙に対して身を守り、ときどきあからさまに示される孤独への意志に、ある種の軽蔑《けいべつ》の念をもって復讐《ふくしゅう》しようと躍起になっていたのである。クロードは最初、どうしてペルケンが自分といっしょにいてくれるのかと自問した。ペルケンを賞讃し、批判しようとはしないで恐らく理解したのはかれひとりだったのである。かれはペルケンをもっとよく理解しようとした。しかし、(シャン地方の統合にさいしては、反抗する蛮人たちの囲みをこえて、河をくだる死体に伝書筒をそえて送ったとか、はては手品の話にいたるまで)数々のロマネスクな逸話を、この男から感じとっていた本質的なものに結びつけることは容易ではなかった。この男は自分の伝記を演ずることに楽しみをおぼえるわけでも、自分の行為を讃美する欲求を持っているわけでもないようだったし、ある深い意志に動かされている気配がクロードにはしばしば感じられはしたが、その正体はつかめないでいたのである。船長もまた、そうした意志に感づいていた。「冒険家というものは虚構癖の産物ですよ」かれはクロードに言ったものだ。けれどもかれは、ペルケンの的確な行動、組織の感覚、自分の生活を語ろうとはしない態度にひどく驚いていた。

「あの男は、イギリスが使用しながらも、存在を否定している諜報機関の高官を思わせますよ。だが、あれはロンドンのスパイ監視部の部長で終わるような男じゃありませんね。もっと何かがある、ドイツ人だし……」

「ドイツ人、それともデンマーク人?」

「ベルサイユ条約でシュレスビッヒ地方(ドイツの北部、ユトラント半島でデンマークと接する州)は返還されましたから、そうするとデンマーク人ですね。それがかれには好都合なんです。シャムの軍隊と警察の幹部はデンマーク人だからですよ。とは言っても、むろん無国籍者です……いや、やっこさんは役所で生涯を終えるような男じゃないと思いますね。御覧の通り、アジアにもどってきたじゃありませんか……」

「シャム政府の仕事で?」

「そうとも、そうでないともいえますね。いつもそうなんです……未帰順地域に残った――消えたといっても似たりよったりですが――ある男を捜そうっていうんですよ……しかし、もっと驚きは、いまではかれが金に興味を持ってるってことです……これは新事実ですよ……」

ある奇妙なつながりができあがっていた。クロードは、例の執念が一時的に弱まって、することがなくなると途端《とたん》にそのことを考えるのだった。それは、ペルケンが、クロードを育てた祖父がつながりを感じていた唯一《ゆいいつ》の人間家族の一員だということである。既成価値に対する同じ敵意、空しさの意識をともなった人間の行動への同じ嗜好《しこう》、とりわけ同じ拒否の姿勢、そういった遠い血縁関係である。クロードが垣間《かいま》見ていた自分の未来のイメージは、祖父の思い出と、この男の存在の間に分割されて、それらのふたつが二重の脅迫、ひとつの予言の物語るふたつの並行した事実のようにかれに迫ってきていた。ペルケンと話すとき、クロードはかなり該博《がいはく》な読書の知識を持ち出すしか、相手の経験や思い出に対抗するすべがなかった。そこでクロードは、ペルケンが自分の生涯について語るように祖父のことを話して、いつも行為に書物をさし向けないですませ、またペルケンがこの祖父の存在にいだく特別な興味を利用するようになっていたわけである。さらには、ペルケンが自分のことを話していてさえ、クロードには祖父の白い皇帝ひげや、世間嫌《ぎら》いや、青春のにがい思い出話が浮かんでくるのだった。祖父は、伝説となっていまは定かではない海賊の祖先のことと共に、荷揚げ人足だったそのまた祖父のことが自慢で、農夫が自分の家畜をなでるように自分の船の甲板を得意気に足でたたくのだったが、かれはその青春を《バネック商会》の設立のために捧《ささ》げ、それで暮らしをたてていこうとしたのだった。三十五歳で結婚したが、結婚式の十二日後に妻は実家に帰っていた。彼女の父親は彼女の顔を見ようともせず、母親はすっかり絶望して、「ね、おまえ……子供さえできればね……」と、言うばかりだった。そこで彼女は、夫が自分のために買ってくれていた古い屋敷にまたもどったが、その門には船舶にちなんだ品々が高々とかかげられ、広い中庭には帆が乾《ほ》してあった。彼女は、自分の両親の肖像を取りはずして、かわりに小さな十字架像をかけ、肖像をベッドの下に投げこんだ。夫は何も言わなかった。何日もふたりは口をきかなかった。それから共同生活がまたはじまった。ふたりはいずれも労働を愛する伝統を引きついでいて、ロマネスクなものが大嫌いだったから、この最初の誤解がかれらの間に生み出した怨恨《えんこん》はけっしていさかいのかたちをとらなかった。かれらは自分たちが不具者でおたがい相手の不具を意識するように、暗黙の敵意を意識して生活したのである。どちらも自分の感情をあらわすのが下手《へた》で、自分の優位の証《あかし》をしようとして仕事に精を出し、ともどもそこに逃げ場と陰険な情熱のはけ口を見つけたのだ。子供たちのいることが長年の敵意にひとつのしがらみを混じえて、それが敵意をいっそう痛ましいものにした。ひとつひとつの仕事の貸借勘定があたらしい憎しみの原動力になった。屋敷と、中庭の褐色《かっしょく》の帆布が闇《やみ》に包まれて、夜更《よふ》けの鐘がなり、船員や少年水夫や労務者たちが寝についたり、帰ったりするころ、夫婦のどちらかが窓辺にもたれて相手の窓に灯《ひ》がともっているのを見つけると、くたくたに疲れてはいたが、何かまたあらたに仕事に打ちこむということも珍しくはなかった。彼女は胸を病んでいたが、それには無頓着《むとんじゃく》だったし、かれはかれで自分の部屋《へや》の灯が、夜遅くまであかあかとともっていた妻の部屋の灯よりも前に消えないようにと、年ごとにいっそう仕事に精を出すのだった。

ある日のことかれは、十字架像が両親の肖像といっしょにベッドの下に投げこまれているのに気がついた。

かれは、愛していた人たちの死にだけではなくて、愛してはいなかった女の死にもやはり苦しんでうろたえ、彼女が死んだときには、胸のむかつくようなあきらめの気持でその死に耐えた。かれは妻に尊敬の念をいだいていたし、彼女が不幸なのを知っていた。人生とはそんなものだった。商会が傾いたのは、妻の死よりもかれの嫌気《いやけ》のせいだった。ニューファウンドランド沖でかれの持船のほとんど全部が難破したあと、保険会社が支払いを拒んだとき、つまり金に対してこれまでにないほど深い嫌悪感《けんおかん》をおぼえて、死んだ船員たちと同じくらいたくさんの札束を寡婦《かふ》たちにまる一日かかって配ったとき、かれは事業から手を引いた。そして訴訟がはじまったのである。

訴訟は何度も何度も、はてしなくつづいた。老人は久しい以前から、尊敬されている徳行にうつうつとした敵意を持っていたが、その敵意から、市当局が受けいれを拒んだサーカスを、帆布を乾《ほ》すのに使っていた中庭に迎えいれた。年老いた下女が、何年も前から一台の車も通過したことのない門の両扉《とびら》を象のために大きく開けた。老人は、だだっ広い食堂でたったひとり、モールの総《ふさ》のついた肘掛椅子《ひじかけいす》に腰をおろし、とっておきの極上の葡萄《ぶどう》酒《しゅ》をちびりちびりやりながら、会計簿のページをくって思い出をひとつひとつ呼びもどすのだった……

子供たちは二十になると家を出ていって、家はますます静かになっていた。戦争のせいで、クロードがそこに連れてこられるまでそうだった。クロードの父が戦死すると、ずっと前から夫と別れていた母が子供に会いに来た。別れてのち、彼女はひとりで暮らしていたのである。バネック老人は彼女をもてなしたのだったが、それは人間の行動というものを軽蔑《けいべつ》する習慣があまりにも身についていたので、かれはどんな行動でも同じひとつの憎しみのこもった寛大さで包みこむことができたからである。その晩老人は、自分がこうして暮らしているのに、息子の嫁が自分の都会《まち》のホテルに住まうはずだと思うと業腹《ごうはら》で、彼女を引きとめたのだった。かれは、歓待してやったからといって恨《うら》みが消えはしないことを知っていたのである。ふたりは話しあった。というよりむしろ彼女が話した。棄てられ、寄る年波のことを思って死ぬほど苦しみ、確実にだめになっていく女、そして人生を絶望的な無関心さでながめている女のことをである。こんな人間となら暮らせそうだと、かれは思った……　彼女は貧乏ではないまでも、財産を失《な》くしていた。老人は彼女をあまり好きではなかったが、不思議と彼女と気脈が通じて、引き寄せられていた。彼女もかれ同様、愚かしく、あるいは陰険に受けいれなければならないことの多い人間の協同社会から離れて生きていたからであろう。従妹《いとこ》はいまでは年をとりすぎて、家のきりもりもおもうにまかせなかった……　そこで老人は彼女に家にいることをすすめると、彼女は承諾したのだった。

彼女がお化粧をしたのは、孤独や、代々の家の主人の肖像や、船舶にちなんだ品々のため、とりわけ鏡のためだったが、彼女は綾織《あやお》りのカーテンをひいて薄暗くしないと鏡に向かえなかった。こうして彼女は、自分の苦しみが前もっての知らせだったかのように、年よりも早く老《ふ》けこんで死んだのである。老人は、この死を不吉に思いながらも受けいれたのだった。「この年では、いまさら宗旨がえもできまいて」と、いうわけだ。彼女の一生にほかならなかった愚かさという織物を、運命が織り終えたのにちがいない。それでよかったのだ。そのときから老人は、敵意のある沈黙のうちに閉じこもって、クロードと話す以外、ほとんど口をきこうとはしなくなった。かれは、老人特有のこずるいエゴイズムから、子供をしかる仕事はたいてい年老いた従妹と母と先生たちにまかせていたので、ダンケルク時代、(いや、のちにパリに出て学生となり、少年が叔父《おじ》たちを識《し》ったときもだが)祖父の思想はいつも不思議と自由にクロードには思えたのだった。この単純な老人は、かれを取り巻く死者たちと、彼のために生命をささげた人々を彩る海の悲劇的な光とで偉大化されていたが、かれのうちにはどこか、無教養だが、神を恐れなかったソロモン王のようなところがあった。祖父が重い経験をもりこんでしゃべる言葉のあるものは、クロードのうちに、いまは人気のない通りにぽつんと面していて、晩になると世間からかれを隔《へだ》てている屋敷の小さな戸口が鈍く軋《きし》む、その音のように響くのだった。夕食後、祖父があごひげの先を胸までたらして話すとき、かれの思いをこらした言葉は、聞くまいとしても、ちょうど時や海をこえて、ほかの誰よりも人生の重みやにがさや暗い力を体験した人々の住む国から来る言葉のようにクロードの心をかき乱した。「記憶ってものはな、お前、一家の神聖な地下の埋葬《まいそう》所みたいなもんだよ……生きてる者よりももっとたくさんの死んだ連中と暮らしてるのさ……わしらの一族のことをわしはよく識《し》ってるが、みんなに——お前にも——同じ性質がある。嫌《いや》だとしてもだ……ほら、かじられていてもそうとは知らずに母親みたいに寄生虫を養ってる蟹《かに》があるだろう? ……バネック家の一員だってことが、よくもわるくも何ごとかを意味してるんだよ……」

クロードが勉学をつづけにパリに発《た》ってから、老人は毎日海で死んだ船員たちの名を刻んだ壁のところに行くのを習わしとしていた。かれはかれらの死をうらやましく思い、自分の老いとこの虚無感とをむしろ喜びとするようになっていた。ある日老人は、あまりに仕事ののろい若い労務者を見ると、かれに自分の若かったころには舳先《へさき》の木をどんなふうに割ったかを見せようとして諸刃《もろは》の斧《おの》を振りあげたが、その瞬間くらくらとめまいがして自分の頭蓋《ずがい》をぶち割ったのだった。こうしてクロードは、ペルケンといると、その老人に自分を結びつけていた好みや敵意や情熱的なきずなをふたたび見出したのである。老人は七十六歳で決然と昔の腕前を忘れまいとして、自分の打ち棄てられた家でこんなふうに、老バイキングのような死を遂げたのだった。それでは、どんな死様《しにざま》をするだろうか、この男は？　ペルケンはいつか大洋を前にしてこんなふうに答えたことがあった。「きみのじいさんは、きみが考えてるほど意味のある人だったとは思わないな。きみの方が意味がある、はるかにね……」ふたりは、まるでたとえ話で自分を語るみたいに思い出のかげにかくれてお互いによいよ近づきあっていた。

＊＊＊

霧が縞《しま》のようにかかって、雨が船を包んでいた。コロンボ灯台のながい光の三角形が、つらなる光のいくつもの点、すなわちドックの上の方、闇《やみ》のなかでオールでも漕《こ》ぐように動いていた。船客たちは甲板に集まって、ぬれた周囲の手すりの向こうにそれらの光がゆらめくさまをながめていた。クロードのわきでは、太っちょの男が例のアルメニア人――宝石商で、上海《シャンハイ》で売るサファイアをセイロンで買いつけようとしていた――に手をかして、スーツケースを並べていた。ペルケンはすこし離れたところで船長と話していたが、こんなふうに斜め横から見ると、かれの顔の特徴はそれほど男性的ではなかった。ほほ笑むとことくにそうだった。

「シャンみたいな顔でしょう」太っちょの男が言った。「こう見ると、やっこさんいかにも律義そうだがな……」

「あの人のことをいま何と言いました？」

「シャム人たちがあの男のことをそう呼んでるんですよ。象って意味だけど、飼いならされたやつじゃなくて野生のです。肉体的にはどうも不似合いですが、精神的にはぴったりですね……」

灯台の光が鞭《むち》で打つように、かれらみんなを照らしだした。光源のしみがまぶしいばかりに輝いたかと思うとまた夜のなかに沈んで、雨の雫《しずく》が渦《うず》をなしてきらめく本船の明りのなかには、アラビアの帆船が一艘《そう》だけ残った。それは船べりが高く、舳《へ》先《さき》から艫《とも》まで彫刻がほどこされていて、厚い闇《やみ》のなかにたったひとつじっと動かず、ひっそりと浮かんでいた。ペルケンが二、三歩進み出たところだった。本能的に太っちょは声をひそめた。クロードはほほ笑んだ。

「いや、あいつなんか恐《こわ》かありませんよ、ちっとも！　植民地生活二十七年ですからね。そうなんですよ！　だけど、あの男……には、何というか気圧《けお》されるんですな。あんたはちがいますか？」

「人をばかにして、あんなふうにやってられればけっこうな話ですよ」アルメニア人が――これもさして大きくはない声で――答えた。「だけど、いつもそうは問屋《とんや》がおろしませんよ……」

「フランス語をよく御存じですね……」

アルメニア人は何かある受けた侮辱の仕返しをしていたのにちがいない。かれは、その仕返しをするのに、下船のときが来るのをたぶん待っていたのだろう。かれの声は皮肉っぽくはなかったが、恨《うら》みの気持でいっぱいだった。

ペルケンがまた遠のいていた。

「わたしはコンスタンチノープルの人間ですが……休暇を過すのはモンマルトルなんですよ。いや、いつもそううまくいくとはかぎりませんがね……」こう言ってからクロードの方を振り向くと、かれはつづけた。

「あんただってすぐうんざりしますよ……あの男がやったことにね、あいつがですよ！……だけど、やっこさんにもし技術的知識、技術的ですよ、そいつがあったら、あの地位を利用して、シャムのために例の地方を統治してたときに一財産つくれたでしょうがね……つまり、額はわからないけど、一財産をですよ……」

両腕を動かしてかれは円を描いてみせたが、それが一瞬、陸地の光をさえぎった。光はいまではいっそう数多くなり、近くなっていたが、それらの光もまた湿って、海綿みたいになってこれまでよりもぼやけて見えた。

「考えてもごらんなさい。シャムの市場では、未帰順部落から十二日か十五日くらいのところで、あんただっていまでも安い値段でルビーが手にはいるんですよ……抜け目なくて、連中と取り引きすることを知っておればですね……そうした仲間じゃないから、あんたには想像もつかんでしょう……加工されてるが人造の宝石を、加工はされてないが本物のと交換しにいくなんてやり方よりはやっぱりましですよ……二十三歳にしたって！……（ところが、そういった商売さえあの男はやらなかったんです。ある白人は、五十年も前にシャム王とそいつをやったんですよ）しかしあいつは何とかして連中のところに行きたかった。とたんに切り殺されなかったってのは驚くべきことですな！　あいつはいつも酋長《しゅうちょう》のように振る舞いたかったんです。だが、さっきも言ったように、うまくいかないときだってありますよ。ヨーロッパであいつはそれを思い知ったはずです。二十万フラン！　二十万フランをあんな態度で見つけるなんてことは、殿様ぶるよりもやさしくはないですからね……（けれども、あいつが原住民たちに尊敬されてるってことはたしかですね……」

「あの人は、金が入用なんですか？」

「むろん生活のためじゃない。それもあんな奥地ではね……」

ランチが何隻もインド人と果物《くだもの》とを積んで本船に横付けになっていた。インド人たちは、乗船しながらぬれたターバンをしぼっていた。アルメニア人が、ホテルからの迎えの男についていった。

「かれには金がいる……」クロードはくり返しつぶやいた。

「そのことなら、あのえて公の言ったのはほんとうですよ」太っちょが口をはさんだ。

「あんな奥地じゃ、生活費は高くないからね！……」

「林務官の方でしたね？」

「現場主任です」

例の執念が、熱の発作のようにまたクロードに襲いかかった。これから生命を託そうとしている恐ろしい賭《かけ》について、この男に何か聞けるかもしれないと、クロードは思った。

「荷車で旅をしたことがおありですか？」

「ありますとも。荷車を使ってどれほど仕事をしたかしれないほどですよ！」

「荷車で実際どのくらい運べます？」

「ほんのわずかですよ！　重いものだと……」

「たとえば、石なら……」

「そう、規定の重さ、積載量はその、六十キロですかな」

もし、単に行政官の視点からだけで存在する植民地の法のひとつでその重さが定められているのではないとすれば、荷車はあきらめなければならなかった。クロードはこの船上で、未知の密林に立往生するさまに思いをはせた。では、人間の背に、ひと月もの間、二百キロもの石塊を運ばせることになるのか？　それは不可能だ。それなら象は？

「ね、お若いの、象ってものはですな……使い方ひとつですよ。象は気むずかしい動物のように信じられてますが、ちがいますね。気むずかしくありません。むずかしいのは、その動物がかじ棒も腹帯もいやがるってことですよ。くすぐったいんですな。それじゃどうします？　あんたなら？」

「お聞きしたいのはこっちですよ」

人のよさそうなその太っちょはクロードの腕に手をやった。

「自動車のタイヤを使うんです。ミシュラン（フランスの有名なタイヤ会社）か何かをね。それからそいつを、ナプキン・リングみたいに象の首に通してやればいい。そうしておいて、何だか知らないがあんたの荷物をタイヤにくくりつける……わけはありません。ゴムは柔かいですからね、そうでしょう……」

「アンコール（カンボジアの多数民族クメール族が、その最盛期の九～十二世紀につくった王都で、ワットはその寺院のこと）の北の端あたりに行くのに象が集められますか？」

「北の端ですって？」

「ええ」

一瞬、話がとぎれた。

「ダン・レク山脈の向こうまで？」

「セ・ムン川のあたりまでです」

「仲間もなしにそんなことをしようなんて白人はおしまいですな」

「象は集まりますかね？」

「要はあんた次第ですがね……何よりも、象とは驚きですな。そんなところをうろつくなんていったら、原住民たち、そっぽを向きますよ。まあ、未帰順のモイ族（ベトナム中部、ラオスとの国境の山岳地方の原住民族のひとつ）につかまるでしょうし、それは当たり前ですよ。それに、僻村《へきそん》の原住民たちはマラリアが悪化して大・小便のたれ流しだし、まるで一週間もなぐられつづけてるみたいに瞼《まぶた》はまっ青、何にもできやしない。お次は蚊、かならずやられるが、こいつにやられてみると、悪質だってことがわかりますよ。実にひどいやつです！……それから……まあ今日《きょう》のところはこれくらいでやめときましょう……ひとまわりしませんか？　ランチが来てますよ……」

「いや」

クロードは自分の思いに耽《ふけ》っていた。

《かれに金がいるのは生活のためじゃない、とりわけあんな奥地では……》まちがいなくそうだ。では、何のために？ 密林の脅威よりもはるかに偉大さをともなったこの敵意のある伝説の方が、酵素のように、またこの夜そのもののように、クロードに現実的に思えるものを風化させていくのだった。イリュミネーションをほどこした船のどれかが、停泊地の飽和したような大気を通してながながと汽笛を鳴らして小舟を呼んでいたが、そのたびに港市はいっそう姿を消し、インドの夜のなかに溶けこんでいった。クロードの西欧に対する最後の思いも、このかりそめの幻想的な雰囲気《ふんいき》に溺《おぼ》れていった。風がゆるやかに大きく流れてクロードの瞼をひんやりさせると、ペルケンの姿がくっきりと浮き彫りにされたが、それはもはや特異な人間ではなくて、順応する人間の姿だった。世間にさからう人々にはお定まりのようにクロードも、本能的に同類を捜し求め、またかれらが偉大であることを欲していた。そのさい、自分を偽《いつわ》ることはかまわなかった。あの男が金をほしがっているとしても、チューリップを蒐集《しゅうしゅう》するためじゃあるまいと、クロードは思った。しかし、かれが物語った数々の話の下には金がしのびこんでいた、いまこの瞬間、沈黙の下に蟬《せみ》の鈍いざわめきが聞こえるように……　船長も言っていた。「いまではかれは金に興味をもっている」と。

そして現場主任の言葉はこうだった。

「そんなところへひとりで行こうなんて白人はおしまいですよ……」

そんなところへたったひとりで行く白人はおしまいだ……

いま時分、ペルケンはたぶんバーにいるだろうと、かれは思った。

二

だが、捜すにはおよばなかった。ペルケンは、給仕が甲板に並べていた籐《とう》のテーブルの前に腰をおろして、テーブル・クロースの上におかれたグラスを片手で支えていた。しかし、もう一方の手は舷側《げんそく》の手すりにおいて、こちらに背を向け、かれは停泊地の奥で相変わらず風に震えているいくつもの光をながめているようだった。

クロードは何となくぎこちない思いがした。

「おれの最後の寄航地だよ」ペルケンは、あいている方の手で光を指さしながら言った。

それは左手だった。その手は、本船に片側からだけ照らされて、一瞬いまでは洗い流されて星がいっぱいの空に、指の間の溝《みぞ》を黒い曲線のように見せてくっきりと浮かび出た。かれはすっかりクロードの方に向きなおったが、クロードはかれの顔の落胆したような表情に驚いた。手が消えた。

「一時間もすれば出港だ……きみにとって到着の意味はいったい何なのかね？」

「夢想するかわりに行動することです。で、あなたにとっては？」

ペルケンは質問をはらいのけるような身振りをしたが、やはり答えた。

「時間つぶし……だね」

クロードは眼《まな》ざしでかれに探りをいれていた。かれは眼を閉じた。《こいつはまずいぞ》青年は思った。《別のやり方でやってみよう》

「また未帰順部落に行かれるんでしょう？」

「それじゃ、時間つぶしってことにはならんだろう。逆だよ」

クロードはやはり探っていた。かれは行き当たりばったりみたいに答えた。

「逆ですって？」

「奥地でおれは欲しいものはほとんどみんな見つけたよ」

「金は別として、でしょう？」

ペルケンは答えないで、注意深くクロードをみつめた。

「で、もしそれが奥地にあったら、どうなんです？」

「きみが捜しに行けばいい！」

「たぶんね……」

クロードはためらった。遠くの寺院から荘重な歌声が、姿は見えない自動車の警笛にかき消されて、とぎれとぎれに聞こえてきていた。

「ラオスから海岸にかけて、密林にはヨーロッパ人がまだ知らない寺院がかなりたくさんありますよ……」

「ああ、金《きん》の仏像のことだろう？　おれはけっこうだよ！　……」

「浅浮彫りや彫像は金じゃありませんが、莫大《ばくだい》な値打ちです……」

クロードはまたためらった。

「二十万フランばかり見つけたいそうですね？」

「あのアルメニア人から聞いたんだろう？　しかし、おれは何もそれを隠してるわけじゃないよ。王族の墓だってあるが、そのほかまだ何があるかね？」

「ペルケンさん、ぼくが猫《ねこ》に囲まれた王族の墓なんかを捜しにいくと思いますか？」

ペルケンは考えこんでいるように見えた。クロードはかれをみつめていた、女の魅力の前でと同様ある種の男の力の前では、社会的身分とか事実とかいったものは無力だということを発見しながら。宝石の話やこの男の伝記はいまは存在しなかった。ペルケンがあまりに生々しくここに立っているので、かれの過去の生涯《しょうがい》の行為はまるで夢のようにかれから切り離されていた。所詮《しょせん》クロードには、自分の感情に合致する事実しかつかめないだろう……　ついにかれは答えるのか。

「歩こう。どうだね？」

ふたりは黙ったまますこし歩いた。ペルケンは、輝きを増した星空の下でじっと動かない、港の黄色い光を相変わらずながめていた。口をつぐんでからというもの、クロードは大気《たいき》が、夜だというのに、柔らかい手のように皮膚にへばりつくのを感じていた。かれは箱から煙草《たばこ》を一本抜いたが、気の入《はい》らないような自分の動作にすぐいらいらして、それを海に投げた。

「寺院には出会ったよ」ペルケンがやっと口をきいた。「しかし、第一どれにも彫刻がほどこされてるわけじゃない」

「そうですね。でも、そういう寺院がたくさんあります」

「ベルリンでカッシラーが、ダムロンがくれた仏像ふたつに五千マルク相当の金《きん》を払ってくれたことがある……だが、古寺院捜しとはね！　それくらいなら原住民みたいに宝さがしの方がいい……」

「たとえば六百メートル離れたふたつの明確な地点の間に、河にそって五十の宝物が埋められていることがたしかなら、あなたは捜しますか？」

「そんな河なんてないよ」

「いや、あるんです。それはともかく、宝物を捜しにいきますか？」

「きみのためにかね？」

「ぼくと山分けです」

「その河というのは?」

ペルケンのうす笑いがクロードをひどくいらだたせていた。

「見にきてください」

クロードの船室に通ずる廊下でペルケンは青年の肩に片手をおいた。

「昨日《きのう》、きみは最後の賭《かけ》をやろうとしてるんだと匂《にお》わせたね。きみがほのめかしていたのは、いまの話なのかい?」

「ええ」

地図は小さなベッドに広げられたままかとクロードは思っていたが、ボーイがたたんでいた。クロードは地図を開いた。

「ここに湖がいくつかあります。そのまわりに集まったこの小さな赤い点が寺院なんですよ。この散らばった斑点《はんてん》もそうです」

「この青い斑点は?」

「カンボジアの死都です。踏査済みですよ。ぼくの考えだと他《ほか》にもあります。だけど、それはそれとして話をもどしましょう。ほら、寺院を示す赤い点が、ぼくの引いた黒い線のはじまるあたりにたくさんあって、その方向にそっていますね」

「その線ってのは?」

「王道ですよ。アンコールと、その辺の湖水とをメナム河（タイ国北部の国境付近から南流し、バンコクでシャム湾にそそぐ河）流域につないでいた街道なんです。中世にローヌ河とライン河とを結んでいた道筋と同じように昔は重要だったんです」

「寺院はその線にそって、どこまで……」

「どの地方なんてのは問題じゃありません。実際に踏査された地域のはてまでです。羅《ら》針《しん》盤《ばん》をたよりに、その古い道筋をたどって行きさえすれば、寺院が見つかるはずでしょう。もしヨーロッパが密林でおおわれているとしたらですね、その場合マルセイユからケルンまでローヌ河とライン河にそっていって教会の遺跡がみつからなければおかしな話じゃないですか……それに、ぼくが持ち出していることは、踏査済みの地域で証明可能、いやもう検証されてるのですよ。昔の旅行者たちの話が物語ってるんです……」

ここでクロードは、ペルケンの眼《まな》ざしに答えようとして話をとめた。

「(おれは天から降ってわいたようにここに来たんじゃなくて、東洋語学校出なんだ。サンスクリットが役に立つことだってあるぞ。) 地図のできてる地域から何十キロも離れたところを探険した行政官たちもそれを確認してますよ」

「きみはこの地図をそんなふうに読んだ最初の人間だと思ってるんだね？」

「測量係はあまり考古学には気がないですからね」

「フランス学院《ランスチチュ・フランセ》の方は？」

クロードは、《調査目録》の、しるしをつけたあるページを開いた。あちこちの文章にアンダーラインが引いてあった。《われわれの道程外に見出される記念建造物もまた問題とされなければならない……われわれは、われわれのリストがこれで完結したなどと主張するつもりは毛頭《もうとう》ない……》

「これは、いちばん最近の考古学調査団の報告です」

ペルケンは日付をじっと見ていた。

「一九〇八年だね？」

「一九〇八年と大戦との間にはこれという調査はありません。その後は細かい調査ばかりだし、みんな基礎的な仕事です。あれこれぼくが吟味したところ、昔の旅行者たちの距離の単位を換算して出されているながさは、修正の必要があるってことがはっきりしたんです。いろいろいわれてることを、王道にそって確かめてみなくちゃなりません。そういったことはいままで伝説扱いされていますが、見込みは十分なんです……しかもこれはカンボジアだけの話です。シャムはまるで手がつけられてないんですよ」

黙ってないで、何とか答えてくれないか！

「何を考えてらっしゃるんです？」

「だいたいの方向は羅針盤でわかるとしても、それからあとは原住民の指示がたよりなんだね？」

「昔の王道の近くの村落に住む連中のいうことなら」

「たぶんね……　とくにシャムでなら、連中に聞き出せるくらいのシャム語は知ってるよ。そういった寺院におれも出会ったことがある。バラモン教の古寺だろう?」

「そうです」

「それなら、狂信者はいないな。いつも仏教徒のなかにいることになるんだからね……　計画はそんなに空想的でないかもしれないな……　きみは、その芸術のことにくわしいんだね?」

「かなり前から、それだけ研究してるんです」

「かなり前からね……　ところで、いくつになるのかね?」

「二十六です」

「ほう……」

「もっと若く見える。ええ、自分でも知ってますよ」

「驚いたんじゃなくて……うらやましかったんだよ」

皮肉な調子ではなかった。

「フランス総督府は喜ばないだろうな……」

「ぼくは派遣されて来たんです」

ペルケンは驚き、間をおいてから答えた。

「だんだんわかってきたよ……」

「といっても、費用はこっち持ちですよ。フランスの官庁はそれだと許してくれます」

クロードは慇懃無《いんぎんぶ》礼《れい》な課長、人気《ひとけ》のない廊下を思い浮かべていた。その廊下には、ビエンチャン（メコン河中流にある河港市で、ラオスの首都）、トンブクトゥー（西アフリカ、もと仏領、現在のマリ共和国の商業市）、ジブチといった小さな都市が、いかにも首都らしく大きなピンクの円の中心に描かれている子供っぽい地図があり、それに陽《ひ》の光が燦々《さんさん》とあたっていた。それは、暗紅色と金色の、喜劇の室内装飾のようだった……

「ハノイの学院と関係がつくし、徴発には好都合ってわけだ」ペルケンが言葉をついだ。「何ってことはないが、それでも……」

ペルケンは、あらためて地図をながめていた。

「輸送には荷車がいい」

「そうそう、規定では六十キロとのことだけど、その点はどうします？」

「心配無用。そんなことはかまやしない。五十キロから三百キロくらいまで何でも……何でも見つかったものがのせられる。だから荷車がいい。だが、ひと月も捜して、何も見つからなかったら……」

「そんなことはありません。ダン・レク山脈が実際は未踏査だってことはよく御存じでしよう……」

「きみが思うほどではないがね」

「……それに原住民たちが寺院にくわしいってこともね。どうして、ぼくが思ってるほどじゃないなんておっしゃるんです？」

「その話はまたあとにしよう……」

ペルケンはちょっと口をつぐんだ。

「フランス総督府のことは識《し》ってるが、あの連中とはきみ、うまがあわないよ。いろいろ妨害されるにきまってる。だが、その危険はたいしたことはない……　別の方がもっとやっかいだよ。ふたりで組んでもね」

「別のっていうと？」

「現地にとどまることの危険だよ」

「モイ族ですか？」

「連中と密林とマラリアだよ」

「それは、ぼくも考えてました」

「じゃ、もうその話はよしにしよう。おれにはつい習慣になってるものでね……金の話をしよう」

「至極簡単なことです。ちっちゃな浅浮彫りでも、どんな彫像でも一点で、三万フランにはなりますよ」

「フラン相当の金《きん》になるかね？」

「それは欲が深すぎますよ」

「残念だな。すると、おれにはすくなくとも十点はいる。きみに十点、あわせて二十だね」

「二十の石ですよ」

「むずかしいことじゃない、きっと……」

「それに、浅浮彫りひとつだけでも、美しいやつなら、舞姫のなんか、安く見積っても二十万フランはしますよ」

「いくつぐらいの石でできているのかね？」

「三つか、四つです……」

「たしかに売れるんだろうね？」

「保証しますよ、ロンドンとパリの一流の専門家を何人も識《し》っていますから。それに、売立てをすることは簡単だし……」

「簡単だけど、そいつはながくかかるだろう？」

「直売だってできるじゃありませんか。つまり、売立てはやめにしましてね。こういった品はほんとうに珍しいんです。大戦が終わってからアジアの骨董品《こっとうひん》は急騰してるのに、以後何も発見されてないんですよ」

「それにもうひとつ、かりにおれたちが寺院を見つけたとしても……」

（「おれたちか」クロードはつぶやいた。）

「彫刻された石をどうやって取りはずすつもりなんだね？」

「いちばんやっかいなのはそれなんですよ。そこで……」

「おれの記憶にまちがいがないとすると、大きな塊《かたまり》だからね」

「ところがですよ、クメールの寺院はセメントも使ってないし、基礎がためもしてないんです。ドミノの牌《パイ》を積んだお城ですね」

「その牌なんだがね、それぞれ断面が五十センチ平方で、ながさは一メートル……重さはおよそ七百五十キロもある。ちょっとした代物だよ！　……」

「木目にそってひく縦鋸《たてのこ》を使って、彫刻されてる表面だけを薄くはぎとることを考えたんです。でも、木材用のではだめだから、金属を切る金鋸《かなのこ》を用意してきました。これだともっと早くひけますからね。それからとくに、月日がたってほとんど何もかもが地上に倒れてしまってることや、廃墟の熱帯樹と、シャムの放火犯たちが同じような働きをしてるってことが当てにできますよ」

「そういえば寺院よりも、崩《くず》れた堆積《たいせき》に出会った方が多かったね……　それに宝さがしの連中も、その辺を通っていたな……　いままでおれは、寺院は寺院としてしか考えたことがなかったよ……」

ペルケンは地図から眼を離して、電球をながめていた。クロードは、かれがいろいろと考えているのだろうと思った。その眼《まな》ざしはぼんやりとして、夢みる人のそれのようだったからである。クロードは、洗面台の鏡にくっきりと浮かび出ているその放心したような顔に心を打たれて、《この男についておれは何を識《し》っているのだろうか?》と、あらためて考えていた。船のエンジンのゆっくりとした大きな音が沈黙を揺さぶり、そのひとつひとつがこの敵手に重くのしかかって、かれから同意を引き出そうとしているかのようだった。

「それで?」

ペルケンは、地図をわきに押しやって、小さなベッドに腰を降ろした。

「異議を唱えるのは、これぐらいにしておこう。いろいろ考えたが、この計画はうまくいくと思うね――ほんとうのところは、考えたんじゃなくて、金が手に入ったときのことを空想してたんだがね……――おれは、ほっておいても成功するにきまってるようなことはやりたくないんだ。かえってしくじるんだよ、そういうことはね。だが、どうしてもモイ族のところに行かなくちゃならないから、きみの提案を受けることにする。この点、わかってもらいたいな」

「どこなんです?」

「もっと北だよ。だけど、この計画のさまたげになるわけじゃない。もっとも、どこに行くかはバンコクに着いてみないと正確にはおれにもわからない。大いに共感を持ちながら同時にすごく不信感も持っていたある男を捜しにいく、というよりもう一度捜しにいくんだよ…… 現地の民兵たちにいわせると、その男は失踪《しっそう》したんだそうだが、それについての調査報告をバンコクでもらうことになっている。かれは……」

「とにかく、受けてくれるんですね？」

「うん…… そいつは、おれが手がけた地域へ出かけたんだと思うな。あいつが死んでれば、どうしたらいいかはっきりわかるんだよ。だが、生きてたら……」

「生きてたら？」

「別に生きてたってかまやしないけど…… そいつが何もかもだめにするんじゃないかな……」

話題が次から次へとあまりに早く移っていくので、クロードはペルケンの言うことを聞くのが精いっぱいだった。その男は、承諾したかと思うとすぐさまもう別のことを考えていた。かれはペルケンの眼ざしを追った。すると、その眼ざしは、ほかでもないかれ、クロードの姿、ただし鏡に映ったそれだったのである。クロードは、自分自身の額《ひたい》、自分の突き出たあごを、一瞬他人の眼で見た。そして、その他人が考えていたのも、クロードのことだった。

「答えたいときだけ答えればいいんだよ……」

眼ざしは前よりはっきりとした。

「……なぜきみ、こんなことをしに行くんだね？」

「答えられますよ。ほとんど文無しになったからです。嘘《うそ》じゃありません」

「金をかせぐ方法は他にもいろいろあるだろう。それに第一、なぜ金がほしいんだね？　金で楽しもうってふうにはまるで見えないし……」

（そういうあんたは？　と、クロードは思った）「貧乏だと、自由に敵を選べませんからね」かれは答えた。「ぼくは小銭での反抗なんてものを信用しないんです」

ペルケンは相変わらずかれをじっと見ていた。その眼ざしは、見すえられていながらもぼんやりとしていて、思い出をいっぱいたたえていた。クロードは、聡明な司祭たちの眼ざしのことを思った。眼つきが前よりもきびしくなった。

「人生なんてどうすることもできないものさ」

「だけど、人生はぼくらを何かにしてくれますよ」

「かならずしもそうとはかぎらんよ……　きみは人生に何を期待してるんだね」

クロードはすぐには答えなかった。この男の過去はあまりにも見事に、体験や、わずかにほのめかされる思想や眼ざしに姿を変えてしまっていたので、かれの経歴はまるでどうでもいいものになっていた。ふたりを結びつけるためにふたりの間に残っていたのは、ふたつの人間存在の持つもっと深い何ものかだけだった。

「ぼくは、とりわけ人生に何を期待しないかってことを知ってるつもりです」

「それじゃ、きみがいままで選択を迫られたときには、いつも……」

「選ぶのはぼくじゃなくて、ぼくのなかで抵抗するものなんです」

「何にだね？」

クロードはこれまで自分に何度もこの問いかけをしたことがあったので、すぐに答えることができた。

「死の意識にですよ」

「ほんとうの死とは老衰のことだよ」

ペルケンはいまや鏡に映る自分の顔をみつめていた。

「老いるってことの方がはるかに重大なのさ！　自分の運命、自分の役割、自分だけの人生が建てた犬小屋を受けいれるってことの方がね……　若いときは死とは何かってことがわからない……」

と、突然クロードはよくわけがわからないままに、かれの提案を承諾したこの男にかれを結びつけているものを発見した。死の強迫観念がそれだったのだ。

ペルケンは地図を手にしていた。

「明日返すよ」

かれはクロードと握手して、出ていった。

船室の雰囲気《ふんいき》が牢獄《ろうごく》の扉《とびら》のようにクロードにのしかかった。ペルケンの質問が、クロードといっしょにもうひとり囚人がそこにいるかのように残っていた。ペルケンの異議も同様だった。いや、自分には自由をかちとるやり方はそんなにいろいろとはなかったのだ！　と、クロードは思った。クロードは最近、文明の条件というものを、別にそれに驚くほど素朴ではなかったが、考えなおしたことがあった。文明が精神を、それを糧《かて》とする人たちがたしかに飽食して、いつの間にか割引値段で食べられるようにさせているということである。それではどうするか？　べったりとなでつけた髪がみんなとはちがうしるしだとでも思っているある種の同僚たちのように、自動車だの株券だの、お話だのを売りたいとも思わないし、ぼさぼさ髪が学問のあるしるしだと思っている仲間たちのように橋をつくる気にもなれない。何のためにかれらは働いているのか？　尊敬をかちとるためだ。クロードは、かれらが求めているそうした尊敬を憎んでいた。子供も神もいないそのような人間の秩序への服従は、死への服従の最たるものである。だから、他人が捜さないところに自分の武器を捜さなければならない。自分の孤立を自覚する者がまず自分に要求しなければならないのは勇気である。自分の存在が何かある救済に役立つと信じていたとき人間の行動を支配していた思想の屍《しかばね》など糞《くそ》くらえだし、自分の生活をひとつの型にはめこもうとする連中の言葉についても同じだろう。それらも別の屍だ。人生に究極の目的などは与えられていないということが、行動のひとつの条件になっていた。このように未知なものをいらいらとあらかじめ考えることを、偶然に身をまかせることと混同するなどとはばかげている。自分自身の姿を、沈滞した世界のものとはさせておかずに、そこから奪い返すことだ……《連中が冒険と呼んでいるものは逃避ではなくて追撃だ。世界の秩序は、偶然を待っていても破壊はされない。偶然を利用しようという意志によって可能なのだ》と、クロードは考えていた。冒険が夢の糧《かて》にすぎない人たちをクロードは識《し》っていた。（賭《か》けたまえ、そうすれば夢がみられる、というわけだ。）が、クロードはまた、希望を持つあらゆる手だてを考えつかせる要素を識っていた。貧困である。かれが先ほどペルケンに語っていたきびしい支配、すなわち死の支配が、こめかみのところで打つ血の脈動とともに、性的欲求と同じようにやむにやまれず、かれの体内に広がっていた。殺されるとか行方《ゆくえ》不明になることは、クロードにはたいした問題ではなかった。かれは自分自身にはほとんど執着《しゅうちゃく》していなかった。たとえ勝ち目はなくても、自分のたたかいをこうしてクロードは見つけたといってよい。ところが、自分の存在の空《うつろ》さを癌《がん》のように生きながら受けいれ、死の生暖かさを手に感じて生きなければならない……（この死の生暖かさからこそ、かくも重苦しく肉の匂《にお》いのしみこんだ、永遠なものへの要求は生じていたのだ）この未知なものへの欲求、囚人と主人との関係のかりそめのこの破壊行為——それを、識らない連中が冒険と名づけているのだ——は、そうした死の生暖かさに対する防衛でないとしたら、いったい何なのか？　それは、死の生暖かさを征服して賭金《かけきん》にしようとする盲目的防衛なのにちがいない……自分の分《ぶん》以上のものを所有し、日ごと眼にしている人々の埃《ほこり》のような生活から逃れることが必要だった……

＊＊＊

シンガポールでペルケンは、バンコクに北上するため船をおりていった。約束ができてからいたのだ。クロードは、サイゴンで派遣状の査証を受け、フランス学院をおとずれてからプノンペンでかれと落ちあうことになっていた。クロードの最初の行動手段の成否は、かれのようなイニシアチブに敵意を持つ、その学院の院長との間で了解が成りたつかどうかにかかっていた。

ある朝――またしても天候は悪かった――クロードは、船室の窓から、船客たちがある光景を指さしているのを見た。かれは急いで甲板にあがった。厚い雲の切れ目から太陽がほの暗い光を投げかけ、その光が波だつ海面すれすれに、スマトラの海岸を照らしていた。双眼鏡を手にすると、山々の頂から砂浜にかけて巨大な葉むらが見えた。そのあちらこちらに棕櫚《しゅろ》の木がおい茂り、草むらは無色の広がりのなかに黒々としていた。峰の上の方、ところどころに蒼白《あおじろ》い火が輝き、そこから重たげに煙が立ちのぼっていた。もっと下の方では、喬木《きょうぼく》のような羊歯《しだ》群が重層する暗がりのなかに、そこだけ明るく浮きたって見えていた。クロードは、さまざまの植物がそこに姿を消している黒いしみから眼を離せないでいた。こういった草木をかきわけ、道を切り開いていかなければならないのか？　他の連中はやったんだ。だから自分にもできるだろう。しかし、この不安な断定に対して、低くたれこめた空と昆虫の群がる木の葉のこんがらかった織物が、沈黙の断定をさし向けていた……

かれは船室にもどった。かれの計画は、それをひとりであたためているかぎり、かれを世界から切り離して、盲人や狂人の世界のような他人には譲り渡せぬ世界、注意力をゆるめるときまって森や古い寺院が巨大な動物のように敵意をもって徐々に活気づいてくる世界に、かれを結びつけていたのだった……　ところが、ペルケンが姿を見せてからというもの、すべてが人間臭を帯びたものになったのである。しかし、クロードは、明晰《めいせき》で張りつめた精神のまま、いままた憑《つ》かれた人間の中毒症状に落ちこんでいた。かれはまた、しるしをつけた例の本のページを開いていた。《装飾の主題は、下草がたえず湿気を帯び、大雨にたたかれるせいでたいへん傷んで、はっきりしなくなっている……　円天井《まる》は完全に崩れている……　いまではほとんど人気がなく、象や野牛の群がさまよっている空地のある森におおわれたこの地域にこそ、きっと古い寺院が発見できるだろう……》。円天井の素材だった砂岩の塊《かたまり》が回廊の内部を、収拾のつかないような混沌《こんとん》でみたしているが、特別いたましいこの荒廃状態は建築に材木を使ったためであるらしい……これらの堆積《たいせき》の上には巨《おお》きな木があちこちに生《は》えて、いまでは壁の上部の細工よりものび、節くれだった根がそれらの木を目のつんだ網のなかにしっかりと取りこんでいる……この地方はほとんど荒れるにまかされている……》何を武器にしておれはたたかえばいいのか？　船のエンジンの音が一段と高まるにつれてクロードは、鋸《のこぎり》の歯音から逃れようとするかのように、《フランス学院、フランス学院、フランス学院》という言葉から逃れようと試みていた。「あそこの連中のことは識《し》ってるよ。きみは連中とはちがう」と、ペルケンは言っていたっけ。もちろんだ。用心するよ。とはいえクロードは、人間というものは自分の考えを受けいれない相手というものを見破るし、無神論者は、信仰が失われた時代になってから の方がはるかにスキャンダルを起こしやすいと承知していた。かれの祖父は、そのことをかれに教えるためにのみ生きたようなものだった。あの連中は、かれの武器の三分の二を握っていたのである……

＊＊＊

希望と夢がもっぱらのこの生活から解放されることだ、この受身の船の生活から抜け出すことだ！

三

四角く区切られた窓の明るみに棕櫚《しゅろ》の木と、熱帯の雨のせいで青緑色になった塀《へい》がべったりとへばりつくように見えたが、その窓を前にしてフランス学院の院長、アルベール・ラメージュはバネック氏が入ってくるのをながめながら、栗色《くりいろ》のひげを片手でなでていた。

「前もってあなたの出発の知らせは植民地省から受けていました。それで、昨日《きのう》あなたからの電話連絡で、あなたの到着を知って喜んでいたところです。申すまでもなく、お役に立てるかぎりお力になります。何か助言が必要でしたら、ここの同僚たちに、誰でもかまいませんからおききになってください。心をこめて便宜をおはからいいたしましょう。くわしいことはまたのちほど」

かれはデスクを離れ、クロードのそばに来て腰をおろした。《例の好意とやらがはじまったな》と、クロードは思った。院長の声の調子がいっそう親しげになった。

「ここであなたにお目にかかれてうれしいですよ。昨年あなたが発表なさった、アジア芸術に関するおもしろい諸報告を注意深く読ませていただきました。それから――正直なところ、あなたの到着を知ったからなんですが――あなたの学説もね。あなたが開陳してらっしゃる考察に、わたしは納得させられたというより、惹《ひ》かれたというのがほんとうでしょう。実際、おもしろかったですよ。あなた方の世代の精神ってのは不思議ですなぁ……」

「ぼくがああした考えを述べたのは……（ここで、かれは障害を取りのぞくと言おうと思ったが、ためらってつづけた）もっと興味があるいまひとつの考えにいつでも移れるようにしようとしてだったんです……」

ラメージュはいぶかしそうにかれをじっと見ていた。ラメージュが、職務とほんとうの自分とを混同してもらいたくない、職務よりまさった自分を見せたい、――きっと退屈のせいもあったろうが、たぶんある種の同業者意識から――かれを招待客として迎えたいと願っているのがクロードにはありありと感じられた。クロードは、文献学で育った考古学者たちが、そうではない考古学者たちにいだいている滑稽《こっけい》な敵意を識《し》りすぎるほど識っていた。ラメージュはパリの学士院会員になることを夢みていた。クロードは、すぐに自分の任務の話をすることができなかった。相手が、侮辱されたみたいにきっと傷ついただろうからである。

「つまりぼくは、芸術家に本質的な価値を認めると、芸術作品の生命《いのち》の極のひとつである、芸術作品を評価する文明の状態というものを、とかくぼくらは忘れがちになるといいたいわけなんです。芸術には時間は存在しないといえるかもしれません。しかし、ぼくに興味があるのはですね、そういった作品の解体や変容、つまり人間の死によってつくられるそれらのいちばん深いところでの生命のいとなみなんですよ。芸術作品はみんな要するに神話になる傾向を持っているんです」

クロードは、自分の考えをあまりにつづめて言おうとしたので、その考えが簡明を期したあまりつかみどころがなくなっているのを感じていた。そして、訪問の目的の話に移りたいけれども、また気をそそられたらしい相手とも話をあわせたいというふたつの気持に当惑していた。ラメージュは考えこんでいた。戸外でポタリポタリと落ちている重い雨の雫《しずく》の音が部屋のなかまで響いてきた。

「とにかく不思議ですなあ……」

「美術館はぼくにとって、過去の作品が神話になって眠っている、いや歴史的な生命を生きていて、芸術家がそれらを呼びもどして、現実的な存在にしてくれるのを待っている場所なんです。それらがじかにぼくの心を動かすのは、芸術家がよみがえらせる力を持っているからなんですよ……どんな文明でも他の文明の深いところに入《はい》っていくことはできないでしょう。だけど、ものとしての作品は残りますし、それらの前でぼくたちは、ぼくたちの神話がそれらとひとつになるまでは盲目でいるわけです……」

ラメージュは、物珍しそうに、また注意深そうな様子をしてほほ笑みつづけていた。

《やっこさん、おれを理論好きと見ているな》クロードは思った。《蒼白《あおじろ》い顔をしている、きっと肝膿瘍《かんのうよう》だろう。こういったことにおれが執着するのは、そうした波乱に富んだ永遠によって死から身を守ろうとしている人間の熱情のせいだと感じてくれたら、いやおれの話をこいつの膿瘍に結びつければ、こいつはもっとずっとよくおれをわかってくれるのではないかな……》クロードが今度はほほ笑んだ。すると、ラメージュはそのほほ笑みを、自分に愛想よくしたい気持のあらわれと受けとって、ふたりの間には、ある種の親密さが生まれた。

「要するに」院長はやっと口を開いた。「あなたは確信が持てない。図星《ずぼし》でしょう。確信が持てないんですよ……　そう、確信を失わないってことがかならずしもやさしくないのは百も承知してます……　ほら、あそこ、そう、その本の下に陶器のかけらの写真があるでしょう。天津《てんしん》から送られてきたものです。図柄は明らかにギリシアの古代、すくなくともキリスト紀元前六世紀のものですね。ところが、楯《たて》のところには中国の龍が描いてあるんですよ！　われわれがキリスト紀元前のヨーロッパとアジアの関係についていだいていた考えには、訂正しなければならないことがいかに多いかっていう一例ですな！　……でも、やむをえないんじゃないですか？　われわれがまちがっていたってことを学問に教えられたら、もう一度やりなおすしかない……」

クロードは、その口調が悲しげなので、いまではラメージュを前よりも身近に感じていた。そうした発見のためにやむなくかれは、長年やってきた仕事をあきらめなければならなかったのだろうか？　平気を装おうためにクロードは別の写真をながめていた。それらは、ふたつのシリーズに分けられていて、一方はクメールの彫像、もう一方はチャム族（ベトナムとカンボジアにわたり、かなりに数多い先住民族で、三世紀から十七世紀ごろにかけて栄えたという）の彫像の写真だった。つづいていた沈黙を破ろうとして、クロードはふた組の写真を指さしながらたずねた。

「どちらの方がお好きですか？」

「どちらが好きかって？　わたしは考古学者ですよ……」

《そんな趣味、そんな青春の素朴さは卒業したよ……》と、その語調はいいたげだった。クロードは自分がたじろぐのを感じて、すこしばかりいらいらした。かれは、こちらから質問しないうちは、リードできると思った。

「あなたの計画について話しましょう。わたしのまちがいでなければ、あなたは昔のクメールの王道の道筋の跡をたどるおつもりなんですね……」

クロードはうなずいた。

「何よりもあなたに言っておかなくちゃならないのは、道はもちろん、その跡さえも広範囲にわたって見わけがつかなくなってるってことです。ダン・レク山脈に近づくと完全にわからなくなっていますよ」

「ぼくは見つけますよ」クロードはほほ笑みながら答えた。

「そうだといいんですが……　あなたがぶつかるだろう危険に警告を発するのはわたしの

義務、いや役目なんですよ。わが学院が派遣したふたり、アンリ・メートルとオダンダールが殺されたことは御存じでしょう。ところがその不幸な友人たちは、その地方にとても明るかったんですよ」

「ぼくが安楽や静けさを求めてはいないといっても、別にきっとお驚きにはならないでしょう。ぼくはいったいどんな援助を受けられるのか、そいつをおききしたいんですが」

「徴発許可証をさしあげます。それがあると、現地の駐在官の世話で、適宜あなたの荷物の輸送に必要なカンボジア荷車と御者《ぎょしゃ》を手に入れられますよ。幸い、あなたの場合のような探険では運ぶものは比較的軽いし……」

「石が軽いんですか？」

「昨年起こったような遺憾《いかん》な違反事件をまた嘆かなくてもすむように、発見されたものは何であっても、動かさないでその場《イン・シトウ》におくことにきめたんですよ」

「え、なんですって？」

「イン・シトゥ、その場にですよ。物件は報告しなくちゃいけないんです。その報告を検討してから、必要な場合には、学院の考古学部門のチーフが現地におもむくことになっています……」

「さきほどのお話からすると、考古学部門のチーフが、ぼくがこれから行くような地域に危険を冒《おか》してまで出向くなんてちょっと想像できませんがね……」

「たしかに、この場合は特殊です。その点は考えてみることにしましょう」

「それに、もしかれがそうした危険を冒すとしてもですよ、それならなぜぼくがそんな踏査の役割をかれのために引き受けなくちゃならないのか知りたいもんです」

「あなたのためにしたいっていうんですか?」ラメージュは静かにたずねた。

「二十年もあなた方はその地域を踏査していませんね。もっと何とかできたはずですよ。ぼくは自分が冒す危険を知っています。だけど、命令を受けないでその危険を冒してみたいんです」

「でもやはり、援助はして欲しいんでしょう?」

ふたりともおだやかな声で、ゆっくりと話していた。だがクロードは、こみあげてくるはげしい怒りをおさえていた。いったいどんな資格でこの役人は、かれ、クロードが発見できる物品に対する権利を横取りしようとしているのか? まさしくそれらを求めてクロードはここに来ていたのだし、それらにこそ最後の希望をつないでいたというのに。

「さきほど約束してくださった援助だけでけっこうです。帰順地域を通る測量技官が受けるのよりもすくない援助でね」

「まさか当局が、軍隊の護衛をつけてくれるのを当てにされてるのじゃないでしょうな?」

「あなたが提案くださった、荷車の御者の徴発(ここじゃ、これしか行動の仕様がないんだから）手段のほかに当局に何か要求したとおっしゃるんですか？」

ラメージュは黙って、かれをじっと見た。クロードは、もやもやとしたしばしの沈黙のあと、戸外の雨の音に耳を傾けようとしていた。だが、雨滴《あまだれ》はもう落ちてはいなかった。

「ふたつにひとつです」かれは言葉をついだ。「ぼくはもどってこないかもしれない、そのときのことは話さないでおきましょう。もどってくるかもしれない。そのときには、ぼくの利益は、どんなものであるにしろ、ぼくが持ち帰る成果に比べたらものの数ではないですよ」

「誰にですか、持ち帰るって？」

「あなたは、自分が統轄《とうかつ》してらっしゃる学院が行なう美術史への貢献以外はどんな貢献もお認めにならない決心だと考えてよろしいんでしょう？」

「そういった貢献物の価値はですね、残念ながら、それを持ち帰る人たちの技術的素養や、経験や、規律の習慣に全面的にかかってるんですよ……」

「規律の精神なんて、未帰順地域じゃ通用しませんよ」

「未帰順地域で通用する精神ってのは……」

ラメージュは、そこで話をやめて立ちあがった。

「とにかく、一定の援助はしてさしあげます。このわたしが引き受けますよ。しかし、それ以外のことは……」

「それ以外のことは……」

クロードは、できるだけつつしみぶかく、《自分でやります》という意味の身振りをした。

「いつお発《た》ちになります？」

「できるだけ早く」

「じゃ、明晩、必要書類をお渡ししましょう」

院長は、しごく丁重にかれを戸口まで送ってきた。

＊＊＊

《話をもう一度要約してみよう》クロードは中庭を横切りながら、そうした内心の命令から逃れようとするみたいに、あちこちの仏像のかけらをながめていた。かけらの上を夕方に姿を見せるとかげがうろちょろしていた。

《要約して考えてみよう》

うまくいかなかった。かれは、人気《ひとけ》のない大通りに出た。植民地という言葉が、西印度諸島の恋歌できかれるような哀《かな》しい響きをともなってかれにつきまとっていた。猫《ねこ》が何匹かこっそりと溝《みぞ》にそって通っていた……《あのお高くとまったひげおやじは、自分の縄張《なわば》りを荒らしてもらいたくないんだな……》しかし、クロードは、ラメージュがはじめに思っていたようには利害で動いていないことがわかりはじめていた。かれはたぶん、ある計画に対してというより、かれとはあまりにもちがったある性質に対して、秩序を擁護していたのだ……そして、かれの学院の威光をも。《あいつは、あいつの観点からしても、いただけるものをおれから引き出そうとしていいはずだ。だって、明らかにあいつの現在の同僚たちはそんな危険に身をさらそうとはしないんだからな。あの男は、多分三十年もしたらなどと考えて、積立てに精を出す行政官みたいに振る舞っている。だが、三十年後に、あいつの学院がまだここにあり、フランス人たちがインドシナにいるだろうか？あいつは、あいつの派遣員たちが死んだのは、同僚たちが連中の仕事を引きつぐためだと考えてさえいるにちがいない。派遣員のふたりはどちらもあいつの学院のために死んだんじゃないというのにな……もしあいつが、あいつ自身を通して集団を守ろうとするなら突っけんどんになるだろうし、もしあいつが死者たちを守ろうと思うなら向っ腹を立ててくるだろう。やつがどんな手を打とうとしているか、そいつを見越さなくちゃあ……》

四

ふたりを陸地に連れていくはずの小艇の窓ガラスの上にクロードは、食事中、あの商船の舷窓でよく見かけたのと同じペルケンの横顔を、また見出していた。後方には、夜中にふたりをプノンペンから運んできた白い船が停泊していた。ペルケンの古い仲間が姿を消した地域は、未帰順地帯とほとんどギリギリに境を接した王道から遠くはなかった。そして、バンコクで慎重に入手された情報は、クロードの計画の価値を立証していたのである。

小艇は発進して、水に浸った木々の間に突っこんでいった。窓ガラスには、暑さのせいで固まった泥《どろ》や、垂《た》れ下がった泥の糸におおわれた枝がふれていた。幹には、かわいた泡《あわ》の輪がついていて、増水時の最高水位を示していた。クロードは、日向《ひなた》で徐々にこわばっていく泥、かわいて色褪《あ》せた泡、風化する小動物、それらの発する臭気や、泥の色をして枝にへばりついている両棲《りょうせい》動物の生気のない光景に魅せられて、この待ちかまえている密林の序章を熱心にながめていた。木の葉の茂みが途切れるたびにクロードはそのかなた、湖水の風でよじ曲った木々の横顔の上にアンコール・ワットの塔を見つけようとしたが、だめだった。木の葉が黄昏《たそがれ》の光に赤く染まって、沼の生活に暗さをそえていた。悪臭から、クロードはプノン・ペンで、貧しい人たちに取り巻かれてひとりの盲人が、原始的なギターの伴奏でラーマーヤナ（聖王ラーマの生涯をたたえた、古代インドの叙事詩で、紀元前数世紀頃のもの）を口ずさんでいるのに出会ったのを思い出した。崩壊しているカンボジアの姿は、いまでは、自分の英雄詩篇でまわりの乞食《こじき》や召使い女たちの心だけを動かしているこの老人の姿に似ていた。それは、寺院と同じく、讃歌もすたれている支配され順化された土地だった。このさまはまた、殻のなかでゴボゴボと音をたてている泥にまみれた貝や、きたならしいこおろぎにもたとえられよう……　にぎりしめられた拳《こぶし》のように、いまやかれの前には陸の森林が、敵として立ちあらわれていた。

小艇がついに岸に着いた。レンタカーのフォードが旅行者たちを待っていた。原住民のひとりがかれらの群を離れて、船長の方にやってきた。

「やつですよ」船長はクロードに言った。

「ボーイですね？」

「そんなに上等かどうか保証しかねますが、シエム・レアプ（アンコール・ワットのすぐ南、トンレ・サップ湖の北岸に近い町）にはほかにあいつほどのは見当たりませんよ」

ペルケンはボーイに、二、三型通りの質問をしてから雇った。

「とくに、やつに前金はいけませんよ」船長はちょっと離れてから叫んだ。

その原住民は軽く肩をすぼめた。それから、かれが白人用自動車の運転手のわきにすわると、車はすぐに出発した。もう一台の車が荷物を運んでいた。

「バンガローだね？」運転手が、振り返りもしないでたずねた。（車はもう右の道を走っていた）

「いや、まず駐在所だ」

森が赤土道の両側で走り去り、その道の上にボーイの坊主頭が浮きたって見えていた。エンジンの音にもかかわらず聞こえたほど蟬《せみ》の鳴声が甲高かった。突然、運転手が、ちらっと見えた地平線の方に腕をのばして言った。「アンコール・ワット」しかし、クロードは二十メートル先がもう見えなかった。

ついに、火やランプの光があらわれて、雌鶏《めんどり》や黒豚《くろぶた》の姿が点々と見えた。村である。やがて自動車がとまった。

「駐在官の家だね？」

「さよです《ムシエ》」

「すぐすむと思いますよ」クロードはペルケンに言った。

駐在官はクロードを高いところにある部屋で待っていた。かれはクロードの方へやってきて、クロードがさし出した手を、まるでその重さをはかるみたいにゆっくりと揺すった。

「お目にかかれてうれしい、バネックさん、うれしいですよ……　さっきからお待ちしてました……　遅れましたね、あの船のやつ、例の通りで……」

その男は、クロードの手を握ったまま、濃い白い口ひげのなかで、歓迎の言葉をぶつぶつつぶやいていた。かれのがっしりした鼻の影が、石灰で白く塗られた壁の上にのびて、一枚のカンボジアの絵の一角を隠していた。

「ところで、あんたは森林地に入るつもりでいらしったんですな？」

「ぼくの到着の知らせを受けてらっしゃるんだから、ぼくがとりかかるはずの任務のことは正確に識《し》っておられると思うんですが？」

「あんたが、ええと、あんたがとりかかられるはずのですね……　要するに、そいつはあんたの問題ですよ」

「ぼくの踏査隊の出発に必要な徴発をするのに、あなたの助力を当てにしていいんですね？　そうなんでしょう？」

老駐在官はそれには答えずに立ちあがった。沈黙のなかで、かれの関節がポキポキと音をたてた。

かれは、影をひきずりながら部屋を横切って歩きはじめた。

「歩かなきゃ、バネックさん、でないと蚊のやつに食われますよ……　この時刻がいけない、御存じでしょう……」

「徴発か……えへん！　……」

（この咳《せき》ばらいにはいらいらすると、クロードは思った。老いぼれ元帥の真似はたくさんだ！）

「徴発の件は？」

「ああ、それはですな……　それはできますよ、大丈夫……　徴発するだけならね、たいしたことじゃありません。派遣されてここに来る人たちが、忠告めいたものを受けるのをあまり好まないってことはよく承知しとります。うんざりってわけなんですな……　でも、やっぱり……」

「何ですか？」

「あんたがですね、あんたがなさろうとしていることは、他の連中のようなちょっとした散歩とはちがいます。だから、ひとつぜひとも申し上げておきたいんだが、このあたりでは徴発ってのは、言ってみればむだっていうことなんですよ」

「何も手に入らないってことですか？」

「いや、そういう意味じゃありません。あんたは派遣されて来ている、派遣されて来ているんだから、それには誰もとやかく言えません。さしあげられるものはさしあげますよ。その点は御安心ください。命令は命令ですからね。（それは、あんたにとっちゃ、見てくれほどよくはないとしてもですな）」

「と言いますと？」

「あんたに打明け話をするためにわしはここにいるんじゃないってことはおわかりいただけますな？　ところがですよ、こんな仕事をしてると、かならずしも気に入らないことがいろいろありましてね。わしは厄介《やっかい》なことは嫌《きら》いなんです。そこで、もうひとつ、これはそれこそぜひとも言っておきたいんですよ、忠告ってやつですな！　――バネックさん、森林地に入っちゃいけません。おやめなさい。その方がりこうですよ。たとえば、サイゴンみたいな大都会に引き返しなさい。そして、しばらく待つんですな。このわしが言うんですよ」

「ぼくが、地球を半周してきて、いまさら間抜けみたいにへいこらと、サイゴンなどに引き下がれると思いますか？」

「誰でも、その半周とやらをして、ここに来てるんでしょう。だから、そんなことは自慢にはなりませんよ……　でもなるほど、あんたがたいへん苦労なさったところを見ると、ラメージュさんとかれの機関、あの人の学院との調整がだいぶ難航したんですな？　だが、その方がみんなにとってよかったし、このわしにしたって、厄介《やっかい》なことに首を突っこまないですんだでしょうからね……　ところで、わしがあんたに申し上げてるのは……」

「一方であなたは、ぼくに対するある種の共感（《か、フランス学院に対するある種の反感》と、かれは危うくつけ加えそうになったが、やめにした）のようなものから忠告を与えてくださりながら、他方では、いずれにしても、ぼくの任務の遂行は邪魔だてしないなんておっしゃる。どうもぼくにはよく……」

「何もそんなことは言やあしません。あんたに権利があるものはさしあげるって言っただけですよ」

「ああ……そうですか。わかりかけてきたみたいです。だけど、やはりぼくは……」

「もっと知りたいってわけですか? 残念ながら、そいつは満たされない欲求でしょうな。それでは、もっと実際的な話をしましょう。どうです、もう一度考えなおしてみませんか?」

「いいえ」

「やっぱりお発《た》ちになりたいんですね?」

「その通りです」

「そうですか。それにはそれなりのちゃんとした理由がおありになるんでしょう。そうでなければ、バネックさん、別にあんたを傷つけるつもりはありませんが、あんたは後悔なさるでしょうからね。それでは、あんたにお渡ししなけりゃ——いや、これはのちほどにしましょう——ところで、ペルケンさんのことについて一言申し上げておかないと」

「何ですか?」

「ここに——ちょっと待ってください、別の資料のなかかな? まあ、それはどうだっていい——どこかそこらにカンボジア警視庁の通達がありますので、その《真意をあなたにお伝え》しなければならないんです。誤解なさらないでください。わしがこんなことを申し上げるのは任務からなんですよ。わかっていただけますな、こんなことは大嫌《きら》いだからなんですよ。ばかげてます。この地方で大事なことはひとつしかありません。それは、木材の取引の問題です。石だの小石だのといってわしをうんざりさせるよりは、わしのこの大事な仕事に手をかしてくれる方がましなんですがね……」

「それで？」

「つまり、あんたといっしょに旅行してるペルケン氏のことなんですが、かれに旅券がおりたのは、シャム政府のたっての要請があったからなんです。かれは、グラボとかいう男を捜しにいくと自分では言ってるんですがね。注意しときますが、旅券を拒むことだってできたんですよ、だって、そのグラボはフランス側にとっては脱走兵なんですからね……」

「じゃ、なぜそうしなかったんです。まさか、人情からではないでしょう？」

「失踪《しっそう》ってのは、このあたりでは真相をはっきりさせないとわからないんです。要するに、グラボはごろつきなんですよ。いや、むしろにっちもさっちもいかなくなって逃げ出したんですな」

「ペルケンはその男をほとんど識《し》らないようですが、ともかくそれがぼくに何の関係があるんです？」

「ペルケン氏は、そんなに公式じゃないが、シャム政府の一種の要人なんです。かれのことは識ってます。十年も前からかれの噂《うわさ》は聞いてるんですよ。ここだけの話ですが、かれはヨーロッパに発《た》つとき、機関銃を何挺《ちょう》か手に入れようとして、われわれと——シャム人とじゃなくて、いいですか、このわれわれとですよ——交渉をはじめたんですよ」

クロードは黙って駐在官をながめていた。

「まあ、こんなところですよ、バネックさん。で、いつ発つおつもりですか？」

「できるだけ早く」

「じゃあ、三日後ですな。あれは、朝六時にお渡しします。ボーイはいるんですね？」

「ええ、車のなかに」

「そこまでごいっしょして、いますぐそいつに必要な指示をしときましょう。そうそう、あんた宛《あて》の手紙がありました……」

かれはクロードに何通かの封筒を渡した。一通の差出人はフランス学院となっていた。クロードはそれを開こうとしたが、駐在官がボーイを呼ぶ調子に、おもわず顔を上げた。門灯の下で青く光って、自動車が待っていた。きっと駐在官がやってくるのを見たからだろう、ボーイは自動車から離れていたが、ためらいがちに近づいてきた。ふたりは安南語でしばらく話しあった。クロードは、言葉がわからないだけにいっそう注意深くふたりを見まもっていた。ボーイは怖《おそ》れをなしているようだった。駐在官は、白い口ひげにいっぱい電球の光を浴びて、身振りを入れながら話していた。

「お知らせしときますが、このボーイは前科者ですよ」

「どんな？」

「博打《ばくち》と、いろいろの窃盗《せっとう》です。別のを雇われた方がいいですよ」

「まあ、様子を見ましょう」

「ともかく、こいつによく教えときました。別のをお届いのときは、えへん！　やつがわしの指示を申しついでくれますよ……」

駐在官はまたすこし安南語でしゃべってから、クロードの手を握った。かれは若者の眼をのぞきこむように見ては、何か話しかけたげに口を半ば開いてまた閉じた。じっと動かないかれの体が、短く刈りこんだ白髪からズック靴にかけて、暗い森を背景にくっきりと浮かび出ていた。かれは握りしめた手をゆるめようとしなかった。《何か言いたいんだな》と、クロードは思った。しかし、駐在官は手を離すと、くるりと向きを変え、おしまいにもう一度《えへん！》と咳《せき》ばらいしたのち、何やらぶつぶつ言ってもどっていった。

「ボーイ？」

「旦那《ムシェ》？」

「お前、何て名だ？」

「クサ」

「駐在官がお前のことをどう言ったか、聞いたな？」

「旦那、ありゃ嘘《うそ》！」

「ほんとだろうが嘘だろうが、おれにはどっちだっていいんだ。いいな？　どうだっていい。お前のすべきことをおれとやってくれりゃあとは知っちゃいない。わかったな？」

ボーイは面くらって、クロードをながめていた。

「わかったな？」

「へえ、旦那……」

「よしと。それから船長の言ったことも承知だな？」

「《前渡しするな》って」

「ほら、五ピアストルだ。運転手、車を出せ」

クロードは自分の席についた。

「手かね？」ペルケンは、ほほ笑みながら訊《き》いた。

「まあね。やつがいかさまなら、明日はお目にかかりませんよ。でも、そうじゃなかったらもうけものの男ですよ。ぼくには忠誠ってのは、腐敗してない珍しい感情のひとつに思えるんですがね……」

「たぶんね……　ところで、あのよくぶつぶつ言う老軍人、何を言ったのかね？」

クロードは考えた。

「かなりおかしなことをいろいろと。その話をしなくちゃならんのですが、その前にまず要点を言っておきましょう。明後日に荷車は手に入ります。あいつはかなりはっきりと、サイゴンにもどった方がりこうだろうってぼくにほのめかしましたよ……」

「なぜだい？」

「別にわけもなしにです。それから先は言わないんですよ……　指令に従おうとしているんだが、明らかにかれはそれにうんざりしてるか、迷惑してるんですね」

「それ以上はわからなかったかね？」

「ええ。ただし……待ってください……ちょっと……」

かれは例の封筒を手に持ったままでいた。やっと封を切って手紙を開いたが、読めなかった。ペルケンが懐中電灯を取り出した。

「とめろ！」クロードが叫んだ。

エンジンの音が小さくなって、蟬《せみ》の鳴声にのみこまれた。

《拝啓》クロードは大きな声で読んでいた。《わたしの義務として（うまい書き出しだ）――いかなる混乱の恐れもなきよう、そして貴下が（貴下に同伴を許可される人物に対して）必要な監視を行使しうるよう、別紙のような総督府令をお伝えする次第です。当法令は今日も有効であり、そのいささかあいまいな性格はあたらしい行政決定によって今週にも明確化されるでありましょう。

末筆ながら――（もうたくさんだ！　けっこう、けっこうだよ……）御成功を祈ります。敬具。（どんな政令だ？）》

かれは二枚目を取り上げた。

《インドシナ総督府は、フランス学院院長の申し出にもとづき……（うるさいな、畜生！

……）次のように決定する。

シアム・レアプ、バタンバン、シソホンの諸州（バタンバン、シソホンはカンボジアのトンレ・サップ湖の西の町で、この辺りはアンコール・ワット周辺の諸州）一帯に存在するすべての記念建造物は、既発見、未発見を問わず、歴史的建造物と指定される》……「一九〇八年の政令ですよ」

「つづきがあるかね？」

「あとはお役所式の文句だけです。すてきな道中、とんだ道草でしたね！　運転手、出発だ！」

「それで、どうするつもりかね？」

ペルケンは、懐中電灯を今度はクロードの顔に向けていた。

「そいつを消してくれませんか？　それで、何だっていうんです？　こんなことでぼくの意向が変わるとは思っていらっしゃらないでしょうね？」

「そうだと思ってたが、その通りなんでうれしいよ。当局のこの種の反応は予期していたがね、船でも言っただろう。それよりも面倒になるようだが、それきりのことさ。森林地に入ってしまえば……」

いまさらあとにはひけないことがクロードにはあまりにもはっきりしていたので、これからどうするかを論ずるなど、考えるだけで腹だたしかった。賭《かけ》ははじまっていた。けっこうだ。かれは不安を追いはらっていた。もっと先へ、黒い大気と未定形の森のなかへ突っこんでいくこの自動車のように進んでいかなければならなかったのである。ヘッド・ライトの光のなかに一頭の馬の影があらわれたかと思うとたちまち追いこされ、つづいて電灯がいくつか眼にとまった……

バンガローだ。

ボーイが荷物を運んでいた。クロードは、飲み物を注文するより前に、早くも籐《とう》のテーブルの上にあった何冊かの《イリュストラシオン》誌（当時の代表的なフランスのグラフ雑誌）をわきにどけると、蚊のブンブンいう音を気にもしないで万年筆のキャップをはずしていた。

「いますぐ返事しようってんじゃないだろうね？」

「心配御無用。発《た》つときまで出しゃしませんから。でも、書くだけは書いておきます。気持が静まるんですよ。それに、ごく短いものです」

実際そうだった。三行。かれはペルケンにその手紙を渡しておいて、宛名《あてな》を上書きしていた。

《拝復、

幻の記念建造物も歴史的建造物に指定されていますが、それを捜しにくるなどというのは、きっと無分別なことなのでしょう。敬具。

クロード・バネック》

バンガローのボーイが、見はからいでソーダ水を持ってきた。「飲んだら出ましょう。ほかに話があるんです」クロードが言った。

道の向う側から、アンコール・ワットの大参道がはじまっていた。ふたりはそこに入った。継ぎ目の離れた敷石の上で、歩くたびに足がよじれた。ペルケンは石に腰をおろした。

「それで?」

クロードは、さきほど駐在官とかわした会話をかれに報告した。ペルケンは煙草《たばこ》に火をつけた。すると、ライターの焔《ほのお》のすぐそばで、一瞬暗がりからつやがなく、皺《しわ》の目立つかれの顔が浮かび出たが、すぐに火のついた煙草の赤味がかった微光のなかに溶けた……

「おれのことを駐在官は、それ以上何も言わなかったかね?」

「あれだけ聞かされたら十分でしたよ……」

「で、それをきみはどう思ったね?」

「別に何とも。ぼくたちはふたりとも生命を賭《か》けてるんでしょう。ぼくがここにいるのはあなたに手をかすためで、あなたの弁明を求めるためじゃありません。あなたにもし機関銃が入り用なら、そうぼくにはっきりと言ってくだされぱいい。だってぼくは、喜んであなたにそれを見つけてあげたいって気持なんですからね」

森林の広大な静けさがふたりを包み、掘り返されたばかりの土が香《かお》った。一匹の大ひき蛙《がえる》のしゃがれた鳴き声――喉《のど》を切って殺される豚《ぶた》の叫び声にそっくりだ――が突然沈黙を満たしたと思うと、暗闇《くらやみ》と沼の臭《にお》いのなかに消えた……

「わかってくださいよ。ぼくはある人間を受けいれる場合には、まるごと自分自身みたいに受けいれるんです。だから、仲間であるその人間がどんな行為をしようと、そんな行為はしなかったなんてことは言いたくありませんね」

また沈黙。

「きみはまだ手ひどく裏切られたことがないんだね？」

「大多数の人たちにさからって考えることの危険は重々承知しています。だけど、ぼくと同じように身を守る人たちの側に行く以外、いったい誰の側に行けばいいんです？」

「攻撃する連中の側だな……」

「攻撃する連中のね」

「で、きみは友情から、どこに連れていかれようと、それはどうだってかまわないんだね？……」

「ぼくは、梅毒を気にして女と寝るのを恐《こわ》がったりはしませんよ。どうだってかまわないんじゃなくて、ぼくは受けいれるっていってるんです」

夜の闇のなかで、ペルケンはクロードの肩に片手をおいた。

「クロード、きみが若くして死ぬことを祈るよ、おれはこの世にほとんど何にもねがわなかったがね…… きみは、自分自身の人生のとりこになるってことがどんなことか気づいていない。このおれにしたって、おれたち、サラとおれが別れてはじめて、わかりかけたんだからね。あの女が、とりわけひとりだったときにね、唇《くちびる》が気に入ったからといって男たちと寝たってことは、徒刑監獄までおれについてきただろうってことと同じで、別に何でもなかったさ。それに、あいつは、ピツアヌロク公と結婚してからシャムでいろんなことを経験していたからね…… 人生のことは識《し》っていたが、死には無知な女だったんだよ。ある日、あいつは自分の人生がひとつの型、つまりおれの型にはまってしまって、自分の運命はそこにあってよそにはないってことを知ったんだ。で、あいつは鏡を憎むのと同じような憎しみをこめておれをながめはじめたんだよ。(熱帯での生活のせいで永遠に熱病にとりつかれた女の顔になりそうなのを、あらためて、鏡に映して見ている白人女のあの眼《まな》ざしだ、わかるだろう……)昔、若いころに持っていた女の希望のすべてが、少女のころにうつった梅毒のようにあいつの生活を蝕《むしば》みはじめたんだ、——そしておれにも感染しておれの生活もさ……囚人に対する法規みたいにのしかかる、弁駁《べんぱく》できないかぎられた運命ってものがどんなものか、きみにはわからんだろう。お前は将来こうなるんで、それ以外のものにはならないだろう、お前はこうなるしかなかったんで、他にはなりようがなかっただろう、お前が過去に持たなかったものはけっしてこれからも持たないだろうっていう確実さなんだよ。いっさいの希望、生々しくいつくしむ希望が、これからはどんな生きた存在も手にできないとでもいうように、うしろに行ってしまったのさ……」

沼の腐った臭《にお》いがクロードを包み、クロードは母が祖父の屋敷をうろつく姿を思い浮かべた。彼女は、重たげな髪を巻きあげたてっぺんにだけ陽射《ひざ》しを受け、薄暗がりのなかにほとんど隠れるようにして、ロマンチックなガリオン船（ペルーやメキシコから金銀をスペインに運ぶのに用いられた船）の飾りのある小さな鏡に、口もとのたるみや鼻のふくらみを恐《おそ》る恐る映して、瞼《まぶた》を盲人のような手つきでマッサージしていた……

「おれにはわかったんだ」ペルケンが言葉をついだ。「おれ自身、そうした瞬間からさして遠くにはいなかったからだよ。自分の希望を清算しなくちゃならない瞬間からね。それは、自分がその人のために生きてきた当の相手を殺さなきゃならないようなもんだな。とても簡単で、愉快なものさ。死にたくない誰かを殺すっていってもいいんだが、やはりその意味はきみにはわからんだろうね……子供がないとか、子供が欲しくなかったときには希望は売れない、つまり希望は誰にもやれないし、自分で希望を殺すしかないわけさ。他人が希望をいだいてるのに出くわすと、とても深い共感を覚えるのはそのせいだよ……」

オクターブをいろいろと変えてくり返される調べのように、蛙《かえる》の鳴声が見えない地平のはてまで闇《やみ》をうがって聞こえていた。

「青春とは、いつかは改宗しなくちゃならない宗教のようなもんだ……　ところがだよ！

……おれは、メールナがきみたちの国の劇場の舞台にでもいるつもりでやろうとしたことを真剣にやったのさ。王様になるなんてのは愚かだ、問題は王国をつくることだと考えてね。サーベルを振りまわすようなばかな真似《まね》はしなかったし、鉄砲だってほとんど使わなかったよ。(もっとも、射撃はうまいんだぜ)だが、どうにかこうにか、ラオスの高地にいたるまで、未帰順部族のほとんどすべての族長と関係がついた。その関係は十五年もつづいてる。愚鈍なのや勇敢なのやいろいろだけど、連中をひとりひとり手なずけたんだよ。そこで、やつらが識ってるのはシャムという国じゃなくて、このおれなのさ」

「それで、どうしようって言うんです?」

「おれがしたかったのは……まず、軍事力を持つことだったのさ。荒削りでも、急速に改編できるやつだよ。そして、植民者と被植民者の間だろうと、植民者同士の間だろうとかまやしない、ここでのっぴきならないような争いが起こるのを待つんだ。賭《かけ》が演じられるのは、そのときなんだ。たくさんの人間のなかで、しかもたぶんながい間生きられるかどうかっていう賭がね。この地図の上に傷跡を残したい、死を相手に賭けなくちゃならないんだから、ひとりの子供とよりも二十の部族と賭ける方がましだ、こんなふうに考えたんだよ……親父《おやじ》が隣家の土地を欲しがったり、おれが女を欲しがったりするみたいに、そんなことがしたかったんだな」

言葉の抑揚がクロードを驚かした。その声は、憑《つ》かれた男のそれでは全然なくて、厳格で、瞑想的《めいそう》な声だった。

「どうして、もうそうしたいとは思わないんです？」

「やすらぎが欲しいんだよ」

ペルケンはやすらぎという言葉を、まるで行動という言葉みたいに口にしていた。煙草《たばこ》に火をつけたが、ライターを消さずにいた。かれはそれを壁に近づけると、彫刻と、石の継ぎ目の線をながめた。やすらぎをかれはそこに捜しているようだった。

「こんな壁からは収穫はありそうもないね……」

かれはやっと小さな焰《ほのお》を消した。夜の闇《やみ》がまた濃密に壁にへばりつき、（きっと仏陀《ぶつだ》の前に灯《とも》された線香のだろう）かすかな光が、その闇をふたりの頭上でわずかにかき乱した。星空の半分が、ふたりの前で崩れていた建物の巨《おお》きな塊《かたまり》に隠され、その塊は、ふたりにはよく見えなかったが、ただ闇のなかにあるだけでいかにも威圧的だった。

「泥だな？　臭《にお》うだろう……」ペルケンがつづけた。「おれの計画も腐ってしまったよ。おれにはもう時間がない。二年もしないうちに鉄道線路の延長工事は完成するし、五年も経たぬうちに道路だか汽車だか知らないが、密林を貫通するだろうよ」

「道路の戦略的価値が心配なんですか？」

「そいつは零《ゼロ》だね。だが、アルコールと粗悪品とで、おれのモイ族はだめになるよ。お手あげだね。シャム政府につくか放棄するか、どちらかしかないよ」

「でも、機関銃があれば？」

「おれの住む地域でなら自由にふるまえるよ。武器があれば、死ぬまで持ちこたえられるだろう。それに、女もいるしね。機関銃が何挺《ちょう》かあったら、どんな国家だって、たくさんの人間を犠牲《ぎせい》にしないと、あの地域は攻め落とせないよ」

鉄道線路が未完成だというだけで、はたしてかれの言葉は正当化されただろうか。未帰順地域が《文明》に、安南やシャムのその前衛に抗して生きることなどはほとんどできない相談だった。《女たち……》については、ジブチのことをクロードはまだ覚えていた。

「あなたが計画から身をひいたのは、ただいろいろと考えてのことですか？」

「計画を忘れてしまったわけじゃない。機会があれば……ね。だが、何よりもそのために生きるってことはもうできないよ。ジブチの淫売屋《いんばいや》で大失敗をやらかしてからあとでも、計画のことはうんと考えた……　だけど、たしかにおれが計画から離れたのは、きみもいうように、しくじった女たちのせいだと思うよ。不能ってことじゃない、わかるだろう。脅迫なんだな……　サラが老《ふ》けていくのをおれがはじめて知ったみたいにね。それはとりわけ、あるものの終りなんだよ。希望が空っぽになるのを感ずると同時に、自分のうちに、自分にさからって——飢《う》えみたいにある力がわきあがってくるのを感じたんだよ」

一語一語に力をいれて語るそれらの言葉が、息苦しいような触れあいをクロードとの間につくり出しているのをペルケンは感じていた。

「おれはいつだって金には無関心だった。シャムは、おれがいくら要求しても足りないほどおれに借りがあるんだ。だけど、いまではもういうことをきかんよ。警戒してるんだな……別に警戒する特別な理由があってのことじゃなくて、ひっくるめておれを警戒してるのさ。この二、三年、おれが希望をおあずけにせざるをえなくなってるからだろう……やるとすれば、国家に頼らずに、自分のために狩りがはじまるのを待ってる猟犬みたいな真似はしないでやらなくちゃならないんだ。だけど、これまでのところそれに成功した者はいないし、要するに誰も真剣にそんなことをやろうとはしなかった。サラワクのブルック（一八〇三～一八六八。一八三八年ボルネオに行き、ダヤク族の反乱を鎮定し、四一年、西北部サラワクの王となったイギリスの軍人、冒険家）にしろ、メールナにしてもだよ……そういった計画は、いったいどんな価値があるかなんて考えなくちゃならないときには病気にかかってるのさ。おれが、自分の手にあまるような賭《かけ》に人生を賭けたのは……」

「他のいったい何をするために？」

「なんにも。だけど、その賭は残りの世界をおれに見えないようにしていたんだよ。おれにはときどき奇妙に、残りの世界がかくされることが必要なんだな……　あの計画を万一実現していたらどうだろう……　しかし、とにかくおれの考えることがみんな腐ってるとしても、そんなことはかまやしない、女がいるからね」

「女の体ですか？」

「もうひとり別の女をっていう気持には、どんな憎しみがこめられてるかってことは、きみには想像もつかんだろう。ものにしなかった体はみんな敵なのさ…… いまじゃ、この腰に古い夢を一切合財しまってるよ……」

ペルケンの相手を説得しようという気持が、夜の闇《やみ》に沈んで姿が見えないあの寺院のように、ひしひしとクロードにのしかかってきていた。

「それに、この国がどんな国かってことを知らなくちゃいけない。おれにしても、やっと連中のエロス崇拝がわかりかけてきたんだ。自分が抱く女と、感覚のすみずみまで溶けあって、自分自身でありながらも自分を女だと思うようになる男の同化作用のことだよ。これ以上は耐えきれなくなりはじめる人間存在のこうした官能の喜びに比べられるものはないんじゃないかね。それは肉体じゃない、女たちは……何というか……可能性だな、そうだよ。おれの望みは……」

かれは片手で何かを押しつぶすような身振りをしたが、クロードには闇のなかでわずかにそれと察せられただけだった。

「ある人間どもを打ち負かしたいとかつて望んだように……」

《かれが望んでるのは》クロードは考えていた。《自分の身を滅ぼすことなんだ。しかし、はたしてかれは、口にしている以上にそんなことを考えているのだろうか？ いずれは、たしかにそうなるだろうが……》ペルケンは、自分の踏みにじられた希望について、それを放棄したとは信じられないような口調で話していたし、あるいはかりにほんとうに放棄したとしても、エロチシズムだけがそれを償《つぐな》うはずはなかったからである。

「実は、まだその連中と決着をつけてはいないんだよ……これから行くところから、おれはもう一度メコン河を見張ることになるはずだよ（おれたちが行く地域のことをおれは識《し》らないし、そこから三百キロも奥にある王道をきみが識らないのは残念だけれど！）だが、おれはひとりで見張るつもりだよ。隣人は欲しくない。グラボがどうなったかを見とどけないと……」

「どこへ出かけたんです、その男は？」

「ダン・レク山脈のすぐそば、おれたちの道筋から五十キロばかり離れたところだよ。何をしにか？　あいつのバンコクの仲間たちの話では、金《きん》を捜しに行ったってことだ。ヨーロッパから来る流れ者はみんな金のことを考えるからね。だけどあいつはこの国のことを識ってるからそんな話を信ずるはずはない。ある計略、未帰順部族に交易品を売りつける計略だって噂《うわさ》もきいたがね……」

「どんなふうに、かれらは支払うんです？」

「皮と、すこしは砂金でだね。なるほど、計略の噂の方がほんとうらしいな。あいつはパリジャンだし、あいつの親父《おやじ》はネクタイ掛けだの、スターターだの、水のはねるのを防止する蛇口《じゃぐち》のアジャスターだのを発明していたはずだからね……　だけど、あいつはとくに自分自身とある種の決着をつけにいったんだと思うよ……　その話はまたいつかしよう。ところが、たしかにあいつはバンコクの政府と話し合いがついた上で出かけたんだ。でなければ、あんなに執拗《しつよう》にあいつを捜索するはずはないからね。あいつが行ったのはきっと政府の連中のためだったんだよ。そして、早くもあいつは自分の賭《かけ》をしはじめてるのさ。それもやはり時期尚早だがね……　でなかったら、連中に連絡をとってると思うな。あいつはたぶん、奥地でのおれの態度を監督する任務を受けていたんだよ。おれの留守をねらって出かけてるし……」

「でも、かれはあなたと同じ地域に出かけたわけじゃないでしょう？」

「もし、そうだったらあいつは着くが早いか、矢と、とりわけおれが渡した訓練用のグラ小銃（バジル・グラ発明の十九世紀フランスの旧式銃）の弾丸のお見舞いを受けていただろうさ。いかんともしがたいよ。あいつが、もしそこに行きたかったら、ダン・レク山脈を越えてしか行けなかったからね？」

「いったいどんな男なんです？」

「こんなやつだよ。兵隊にいってたときのことだがね、あいつはある軍医を憎んでたんだ。あいつが病気だったときに、病気と《認定》してくれなかったためらしいが、ひょっとすると全然別の理由からかもしれないな。あいつは次の週になるとまた病気だといって、医務室に行ったんだよ。《またお前か？　――吹出物《ブトン》なんです――どこだ？　……》

やっこさんが手を開くと、ズボンのボタン《ブトン》が六つ。一ヵ月の営倉。するとすぐにやつは司令官に手紙を書いて、眼病のことをこまごまとうったえた。（あいつが淋病《りんびょう》だったのをい忘れてたが）営倉に入ると、あいつは、淋病のうみを片眼に塗りつけたんだ。その結果、どうなるか百も承知でだよ。軍医は罰せられるし、むろんやつは失明した。あいつは片目なんだよ。きみたちフランス人によくあるまん丸顔で、鼻はじゃがいもみたい、体は運送屋並みだ。バンコクでは、あちこちのバーに、大きな面《つら》でヌーと入るのが気に入っていた。きみにも想像つくだろう、みんなの視線がそっとやつのあとを追う、客たちがすこしずつ遠ざかる、店の一角で――そんなに多くはないが――仲間たちが大声でわめいて杯をあげる……あいつはきみの国のアフリカ囚人部隊の脱走兵だよ。あいつの場合も、エロチシズムとの関係はふつうじゃなかったな……」

第二部

一

四日以来、ずっと密林だった。

四日以来、密林から生まれた村落の近くで野営をした。それらの村落の木の仏像、奇怪な昆虫みたいに柔らかい土から姿をあらわしている小さな小屋の棕櫚《しゅろ》葺《ぶ》き屋根も、密林から生まれたようだった。水族館さながら厚い水の層のようなこの明るみのなかにおかれて、精神は解体するかのようだった。ふたりは早くも崩れた小さな記念建造物にいくつか出会っていた。しかしその石材は木々の根でがっちりとしめつけられて動物の脚のように大地に固定されているので、それらの建物は人間によってではなくて、この視界のない生活、海底の闇《やみ》になれた、いまは消えさった何かある存在の手によって建てられたように思えるほどだった。幾世紀もの歳月によって解体されて、王道はわずかに石の一角でじっと動かないひきがえるの両の眼とともに、これらの腐朽した鉱物の塊《かたまり》によって、その存在を示していた。約束なのか拒否なのか、骸骨《がいこつ》のように密林に打ち棄てられているこれらの建造物は？　一行は、ついに彫刻のある寺院にたどり着けるのだろうか？　少年が、絶え間なくペルケンの煙草《たばこ》を吸いながら、そこに向かって一行を案内していた。予定だとかれらは、三時間も前に着いているはずだったのだが……　しかし、その不安よりも密林と暑さの方がもっときつかった。クロードは、病気にでも落ちこんでいくように、かたちあるものが人間界の外でふくれあがり、伸び、腐っている醱酵《はっこう》する世界に落ちこみ、その世界が測り知れない力でクロードを放心させていたのである。そして、いたるところに昆虫。

その他の動物たちはひそやかで、たいていの場合眼にはとまらず、たとえば木々の葉にしても、馬が踏んで歩くねばねばした葉とはまるで様子がちがうような別の世界に属していた。つまり、太陽が狂ったように射しこむ裂け目のなか、鳥影がすばやく通り過ぎるきらめく分子の渦《うず》のなかにときどき姿を見せる世界に属していた。虫たちの方はどうかというと、荷車をひく牛の蹄《ひづめ》に踏みつぶされる黒い玉虫や、震えるように孔《あな》のたくさんあいた幹をよじ登る蟻《あり》から、直径四メートルもの巣のまんなかにバッタのような脚をのばしてつかまっている蜘蛛《くも》にいたるまで、すべてが密林を糧《かて》として生きていた。その巣の糸は、地面近くにまだただよっている日光を集めて、遠くからだとじっと動かず、燐光を放つ幾何《きか》学的な混乱したかたちを見せていた。ところで、密林の軟体動物のような動きに対してただ蜘蛛たちだけは、はっきりとした姿をあらわしていたが、他の昆虫たち、油虫や蠅《はえ》とか、苔《こけ》すれすれに殻《から》から頭を出している名もない虫とか、胸の悪くなるような毒性をはらんだ微生物のかたちは、そこからぼんやり偲《しの》べるといったありさまだった。白蟻の姿はけっして見られなかったが、白味がかって高いその塚が薄暗がりのなかに、打ち棄てられた惑星の尖《とが》った山頂をそばだたせていた。まるでその塚は、空気の腐敗、きのこの臭気、蠅の卵のように葉かげにうじゃうじゃとこびりついている小さな蛭《ひる》の存在のなかに生まれたかのようだった。いまや密林が一体となってあたりを制していた。六日以来クロードは、存在をかたちから、動く生命をにじみ出る生命から、引き離すことをあきらめていた。あ る未知の力が木々に菌性のものを結びつけ、世界のはじまりさながらのこの煙《けぶ》る森のなかで、これらすべてのかりそめのものを、沼の泡にも似た土の上にうごめかせていた。ここでは、どんな人間の行為が意味を持っていただろうか？ どんな意志がなお力を保ちえただろうか？ すべてが分岐し、柔かくなって、痴呆者の眼《まな》ざしのようにきたならしいが、人をひきつけるこの世界に協調しようとつとめていた。はじめのうちはクロードが眼をそらすのに骨が折れた、枝の間にかかったあの蜘蛛の巣と同じように、いやしい力で神経を襲う世界にである。

馬はおとなしく、首を垂れて歩いていた。若い案内人はゆっくりと、しかしためらわずに進んでいた。そして、そのうしろには、駐在官が一行に御者《ぎょしゃ》を徴発したり、一行を監視するためにつけてよこしたカンボジア人、スパイがつづいていた。クロードが、できるかぎりすばやく振り向くと（かれは、蜘蛛の巣にひっかかるのではないかという病的な恐れから、注意深く前方をながめていなければならなかったのである）、その瞬間、何かが触れてかれは飛びあがった。ペルケンがかれの腕にさわったところだった。かれは暗い大気のなかでひときわ赤く光る煙草の火で、あちらこちらに葦《あし》が生え出ている木々の茂みにかくれたひとつの塊《かたまり》を、指し示していたのである。クロードは見なおしたが、木々の幹を通して何も見わけられなかった。かれは、苔のしみのついた、褐色の古壁の跡に近づいた。小さな露の玉がいくつかまだ蒸発しないで、輝いていた……《囲いだな》クロードは思った。《堀が埋まったんだ》

小道はふたりの足もとで消えていた。堆積《たいせき》の反対側にまわると葦《あし》がいっぱい、ちょうど簀垣《すがき》のように密生して、人間の背丈《せたけ》で森に仕切りをつくっていた。

ボーイが、荷車の御者たちに伐採刀を持ってくるように叫んだ。声は葉むらの天蓋《てんがい》に押しつぶされてよどんだ……クロードの両手は半ばひきつって、握りしめた槌《つち》が地層を通して未知の物体を捜すあの発掘の瞬間の感触を思い出していた。御者たちの上半身が、ほとんどものうげにゆっくりと動いて下がったかと思うと、一気にすっくと起き上がり、まわりながら、眼には見えない空の明るさを映して、刃《やいば》の青いしみがくっきりと浮かび出るのだった。右から左へと刃が並んで振られるたびにクロードは、かつてぶきっちょにかれの静脈を捜して肉を引っ掻いた、とある医者の注射針を腕に感じていた。すこしずつ奥に進む道から、森の臭気《しゅうき》よりも気の抜けた沼の臭気が立ちのぼっていた。ペルケンは一歩一歩御者たちのあとについて進んでいた。かれの皮靴《かわぐつ》の下で一本の葦が、たぶんずっと前から枯れていたのだろう、パチンと乾いた音をたてた。廃墟の蛙《かえる》が一匹、のそのそと逃げた。

木々の上方で、大きな鳥が重たそうに飛びたった。葦を刈る連中がひとつの壁にたどりついたところだった。次の方向を定めるために門を見つけることが容易になっていた。連中は左に折れていくしかなかったからである。したがって、右手に壁にそっていきさえすればよかった。葦と刺《とげ》のある灌木《かんぼく》の茂みが壁の下のところまで生えていた。クロードは上半身を起こして壁に上がった。

「進めるかね?」ペルケンが聞いた。

壁は道のように、しかしねばねばした苔《こけ》におおわれて、草木のなかを横切っていた。クロードは歩こうとしたが、墜落するとたいへん危険だった。壊疽《えそ》が昆虫と同じく密林の主《ぬし》だったからである。かれは腹ばいになって進みはじめた。苔が腐臭を放ち、べたつき、苔に一部を食われてしまったみたいに葉脈状になった木の葉におおわれて、かれの顔の高さのところに広がっていた。その苔は近くにあるので大きく見え、静まりかえった大気のなかでかすかに揺れて、細かい繊維の動きによって昆虫がそこにいるように思えた。三メートルばかり行くと、かれはくすぐったい感じがした。今度は手がくすぐったくなったので、すぐにその手かれはとまって、手で首を掻《か》いた。

をひっこめた。雀蜂《すずめばち》のように大きい二匹の黒蟻《くろあり》が、触角を振りたてて指の間にすべりこもうとしていた。かれが力いっぱい手を振ると、蟻は落ちた。すでにかれは立ちあがっていた。服には蟻はいなかった。壁の端、百メートルばかりのところに、ひときわ明るい通路があった。まちがいなく門、そして彫刻だった。下の地面は崩れた石でいっぱいだった。明るい通路の上に一本の枝が影絵のように渡っていた。そして、大きな蟻たちが、脚は見えないが、腹をまた影絵のように見せて、橋みたいにその枝の上を伝っていた。クロードはその枝を押しのけようとしたが、最初はやり損《そこ》ねた。《絶対に端までたどりつかなくちゃ。赤蟻がいたらまずいぞ。だけど、あともどりしたら、もっとまずいな……　あの話が誇張でないとしたら？》「おい、どうした？」ペルケンが叫んだ。かれはそれには答えないで、一歩進んだ。不安定どころのさわぎではない。壁が生きもののような力でかれの両手を引っぱっていた。かれは壁の上に倒れるにまかせた。と、その瞬間、筋肉に教えられて、かれはどんなふうに歩けばいいかがわかったのだ。手と膝《ひざ》とではなくて、手と爪先《つまさき》とで歩くやり方である。（かれは、猫《ねこ》がのびをして背を丸くするさまを思ったのである）かれはすぐに前進した。手はどっちか片方ずつ使えばよかったし、足とふくらはぎは皮で保護されていて、苔《こけ》との接触は最小限ですんだ。「大丈夫だ」かれは叫んだ。甲高い、調子はずれのその声にかれは自分でも驚いた。それは、例の蟻のことをまだ忘れてはいない声だった。クロードは、不器用な自分の体が思うにまかせず、腰が左右に振れて、早く行けるどころではないのにいらいらしながら、ゆっくりと進んでいた。かれはまた、見張りをする犬よろしく、片手を宙に上げ、異常興奮のせいで先ほどは気づかなかったあたらしい感じにくぎづけされて、停止した。上げた手には、ねばねばする小さな卵と、殻《から》のある小動物が押しつぶされてへばりついていたのである。またまた、かれの四肢は動かなくなっていた。かれは、吸いこまれるように光のしみしか見ていなかったが、かれの神経は押しつぶされた昆虫だけを見て、それとの接触感に支配されていた。かれは早くも立ちあがって唾《つば》を吐《は》くと、一瞬地上の石が群がる昆虫のように見えて、そこに落ちたら生命はないぞと思った。危険から嫌悪感《けんおかん》はそっちのけに、かれは逃亡するけだものの荒々しさで壁にまたはいつくばり、ねばつく手を腐った木の葉に押しつけ、嫌《いや》な気持でぼんやりとしながらふたたび前進を開始した。かれの心は、いまでは眼がひきつけられる例の通路にしかなかったのだ。何かが破裂するみたいに、通路が空に変わった。かれは茫然《ぼうぜん》として停止した。その姿勢のままで、かれはもう飛びおりることができなかったのである。

とうとうクロードは壁の角につかまって、おりることができた。

背の低い草が一面に生えた敷石が、いまひとつあたらしい薄暗い塊《かたまり》に通じていた。明らかにそれは、ひとつだけ建っている塔だった。クロードは、聖域のこの種の見取図をよく識《し》っていた。かれはやっと自由に人間らしく走れるようになると、腕を曲げてどうにかこうにか頭をかばいながら、藤《ふじ》の蔓《つる》で喉《のど》を切る危険もかまわずに突き進んだ。

彫刻を捜してもむだだった。寺院は未完成だったのである。

二

この打ち棄てられた希望の上に密林はまたその蓋《ふた》を閉じていた。何日も前から一行は、何ということはない廃墟《はいきょ》にしか出会っていなかった。王道は、河床のように生きたり死んだりして、いまでは移住する部族や軍隊がまるで骸骨《がいこつ》のように背後に残していく遺物にしか通じていなかった。いちばんあたらしく立ち寄った村で薪《まき》さがしの連中が、タ・メアンという、巨《おお》きな建築物のことを話していた。それは、カンボジアの辺境とシャムの未踏査地域の間、モイ族の住む地帯の連山の頂きにあって、「何百メートルも浅浮彫りが……」ということだった。

もしそれがほんとうなら、タンタロス（ギリシア神話に登場する小アジアの王。神々を冒瀆《ぼうとく》したため、地獄に落とされ、そこで永劫の飢渇の責苦を受けた）の不吉な責苦がそこでかれらを待っているのではないか？「アンコール・ワットの壁からはたった一箇の石も取り出すことはできない」と、前にペルケンが言っていたが、なるほどそうなのかもしれない。汗がべっとりと、クロードの顔と体に流れて耐えがたかった。原住民たちが未開人のスチック・ラックやエレッタリア（前者ははぜ科の木の枝で、そこについた赤褐色の樹脂が塗料になる。後者はしょうが科の植物で香辛料に使われる）と交換するガラス細工を積んだ荷車のみすぼらしい隊商が、一年に一度通る程度のこの密林では、かれの生命などは一発の弾丸《たま》の値打ちしかなかったけれども、クロードには賊たちが、たいした利益の当てもなしに、武装したヨーロッパ人をあえて襲うとは考えられなかった。(もっとも、それらの賊たちはたぶん寺院を識《し》っているのではないか……)しかし、クロードはどうにも不安でならなかった。《疲労のせいかな？ ……》と、かれは思った。と、そのときクロードは、自分の視線が数分前から、森の裂け目にあらわれた丘のひとむらの木々のあたりをさまよって、ひと条《すじ》のたき火の煙を追っているのに気がついた。何日も前からかれらは、ひとりの人間にも出会っていなかったのである。原住民たちも、その煙を見つけていた。みんなが、破局に直面したかのように、首をおもいきりのばして、煙を眼で追っていた。風もないのに、肉を焼く臭《にお》いがプーンとしてきた。動物たちが脚をとめた。

「流浪の未開人たちだよ……」ペルケンが言った。「死者を焼いてるとしたら、みんなあそこにいる……」

かれはピストルを取り出した。

「それにしても、やつらが道をおさえてるとすると……」

かれはすでに茂みのなかに入っていて、クロードがすぐそのあとにつづいた。服にくっつき出していた蛭《ひる》が心配なので両手で体をおさえ、指をピストルの上でひきつらせながら、ふたりは前かがみになって、一言もかわさずに進んでいた。突然、葉むら全体が透《す》けて、森が黄色くなったのでクロードには空地だと見当がついた。陽光を浴びて、向こうの森は水のようにきらきらと輝き、そこにきわだっている細い棕櫚《しゅろ》の木の上方には相変わらずまっすぐ重たげに、ゆっくりと煙が立ちのぼっていた。「ぜったい木陰から出ちゃいけないぞ」ペルケンが小声で言った。鈍くきこえる騒ぎ声に導かれてふたりは進んでいた。クロードはまた、肉を焼く臭いのとりこになった。やっとそうできるところまで行くとすぐに枝をかきわけた。さまたげになっていた一列の灌木《かんぼく》の上の方を、大混乱のうちに、厚い唇《くちびる》をした顔と、まぶしく光る槍《やり》の穂先が通過していたのである。単調で鈍い歌声がまわりの葉むらを震わせていた。空地の中央には、すのこ造りのずんぐりと背の低い塔があって、そこから濃い白い煙が立ちのぼっていた。そのてっぺんには、小舟のように大きい角《つの》をした木製の水牛の首が四つおかれていて、それが空にくっきりと浮き出て見えていた。黄色い戦士がひとり、きらめく槍の柄にもたれて、頭を掻《か》きながら、薪《まき》の内側に身をかがめてながめていたが、かれはすっぱだかで、男根を突っ立てていた。こんなふうにうずくまりながらクロードは、眼によって、手によって、服ごしに感じていた葉むらによって、また子供のころ、生きている蛇《へび》や甲殻類《こうかくるい》を前にして襲われたあの恐怖感によって、この光景にくぎづけにされていた。

ペルケンがあとずさりしていた。クロードはあわてて身を起こし、ピストルの引き金に手をかけた。枝のバチバチ折れる音が消えると、歌声の流れが静けさのなかにまた聞こえ、ふたりが遠ざかるにつれてしだいに弱くなった……

ふたりは一行のところに帰ってきた。

「さあ、逃げるんだ！」ペルケンが、怒ったような口調で言った。

荷車隊は、車軸の音を急に大きくたてて、あわただしく出発した。その音は、クロードのひとつひとつの筋肉のなかで鳴り響いた。木々の間にときどき、煙がじっと動かずにまだ見えていた。原住民たちはそれを見ると、神聖な恐怖にでも襲われたように荷車の梶棒《かじぼう》の上でちぢみあがって、動物たちの足並みをいっそう早めようとするのだった。時折、雨水でできた谷の向う側に、オレンジ色の岩が大きな壁面を見せてあらわれた。そこへは木々が潮のように生え上っていて、岩々はなおウルトラマリーンに染まっている空にまぶしく輝いていた。あたらしく裂け目があって密林から解放されると、みんなはまた火が見つかりはしないかと恐れて、遠くの木々の梢《こずえ》を眼で追うのだった。だが、何ものにもかき乱されないで、空と葉の大群はじっと動かず、葉むらの上では、ちょうど煙突の上でのように熱気が忙しく大きな波を打って揺れていた。

＊＊＊

夜と昼、夜と昼。やっとあたらしくまた村に着いたが、この村も、マラリアの恐怖に打ち震え、見えない太陽の下で、万物の風化作用を免れてはいなかった。ときどきながめると、山々がいよいよ近くなっていた。低い枝が垂れ下がって、共鳴箱でも打つように荷車の屋根にあたってパチンパチンと音をたてた。しかし、この断続する笞刑《ちけい》さえもが暑さのなかで解体していくのだった。地上から立ちのぼる息苦しい大気に抗して存在しつづけていたのはただ、いちばん最近雇った案内人の次の断言だけだった。すなわち、かれらが向かっている寺院には彫刻があるということだ。

いつもの通りである。

クロードは、その寺院、つまりかれらが向かっている寺院のひとつひとつには疑念を持っていたが、論理的な断定と疑惑の入り混じった漠《ばく》とした確信とによって、それら寺院の全体にはやはり執着していたのである。もっとも、その疑惑の念はあまりに深かったので、眼と神経とが、かれの希望と、あの幻の街道がしている約束に抗議しているとでもいうように、肉体化していた。

ついに、一行はひとつの壁に達した。

クロードの眼は密林に慣れはじめていた。石の上をはいまわっている百足《むかで》が見わけられるほど近くに来て、クロードは以前のよりも気がきく案内人が自分たちを、昔ここに入口があったことをかろうじて示している壁の低く崩れた部分に連れてきていたのを見てとった。他の寺院のまわりと同様、葦《あし》がもつれるように高くのび、柵《さく》をなしていた。ペルケンは、いまでは寺院の草木の模様にすこしは通ずるようになっていて、ある方向を指さした。そこでは、むらがる葦の密度がよそよりも薄くなっていた。「敷石だ」敷石はたしかに奥の院に通じていた。御者《ぎょしゃ》たちが仕事にとりかかった。紙をくしゃくしゃにするときのような音をたてて、刈《か》られた葦が力なく右に左にと倒れ、薄暗い地上には、真白な切っ先、すなわち斜めに切られた茎の髄《ずい》が残った。《もしこの寺院に彫刻も仏像もなかったら》クロードは考えていた。《どんなチャンスがなお残っているだろうか？　ペルケンとボーイとおれについてタ・メアンまで行く御者はたぶんひとりもいまい……　未開人たちに行きあってからというもの、連中はただ逃げたい一心だ。おれたち三人で、二トンもある大きな浅浮彫りの塊《かたまり》をどんなふうに扱えばいいのか？　……仏像ならたぶん？　それに、運がよければ……　何もかも、まるで宝さがしの話みたいにばかげている……》

かれの視線は伐採刀のきらめきを離れて地面に落ちた。葦《あし》の切口が早くも褐色になっていた。おれもひとつ伐採刀をとって、この百姓たちよりも強く打ち倒してみるか！　こいつはいかん！　葦に向かって大きなから振り！　……　案内人がかれにそっとさわって、かれの注意をうながした。最後の一房が倒れると、石に守られ、なお立っている何本かの葦に縞目模様《しまめもよう》をつけられて、門をかたちづくっている塊がなめらかな姿を見せていた。

またもや彫刻はなし。

案内人が、人差し指をのばしたまま、ほほ笑んでいた。クロードは、これほど相手をぶんなぐってやりたい気持を感じたことはかつてなかった。拳《こぶし》を握りしめて、クロードはペルケンの方を振り向いた。すると、かれもまたほほ笑んでいた。かれに対するクロードの友情は怒りに変わった。ところが、みんなの視線につられてその方角に頭をめぐらすと、昔は宏壮《こうそう》だったにちがいない門が、かれが捜していた所ではなく、壁の前方にはじまっていたのである。密林になれた連中がみんなしてながめていたのは、門の隅石《すみいし》のひとつなのだった。それは、残骸の上にピラミッドのように立ち、その頂《いただき》には、きわめて精確に彫られた王冠をかぶった砂岩の像が、もろそうだが無傷でのっていた。クロードはいまや、木の葉の茂みの間に、おうむのようなくちばしをして翼をひろげた一羽の石の鳥を見つけていた。つよい陽射《ひざ》しがその片脚の上でくだけていた。かれの怒りはこの小さなまばゆい空間のなかで消え、喜びがかれを浸し、対象のない感謝の念、喜悦、そしてすぐあとに茫《ぼう》然自失《ぜんじしつ》の感動がつづいた。かれは、警戒心も忘れ、彫刻にとりつかれて、門の正面まで進んだ。横に渡された石は、その上にのっていた物もろとも崩れ落ちていた。しかし、木の枝がまだ立っている支柱を取り巻き、編まれたようになって、節くれだちながらも柔かい円天井《まるてんじよう》をかたちづくり、そこには陽光が透っていなかった。そのトンネルを横切って行くと、崩れた石の角が逆光で黒く通路をふさいでいたが、その向こうには、葉脈状に枝を出した軽い植物が草のカーテンを張っていた。ペルケンがそれを引き裂いた。すると、かれには、まぶしい光のなかから、龍舌蘭《りゆうぜつらん》の三角形の葉だけが鏡のように輝いて浮き出るのが眼にとまった。クロードは、壁に身を寄せながら石から石へと通路を渡っていったが、苔《こけ》のスポンジのような感触から逃れようとして、両手をズボンにこすりつけた。かれは突然、蟻《あり》がいた壁のことを思い出したのだ。あのときのように、木の葉の茂った輝かしい裂け目が、腐敗した帝国の上にあらためて射しこんだ混沌《こんとん》とした明るい陽光にのみこまれたかのようだったからである。石また石。平たくおかれているものもあったが、たいていが一角を宙にもたげている。草木のはびこった仕事場だ。紫色の砂岩の壁面には彫刻のあるものも、ないものもあったが、そこからは羊歯《しだ》が垂れ下がっていた。なかには、燃えるように赤い錆《さび》のついているものもあった。クロードの前には、(かれが近づいて見ると)ひじょうにインドふうだが、とても美しい遠い時代の浅浮彫りがあった。それは崩れた石の砦《とりで》の下に半ば隠された昔の出入口を取り巻いていた。クロードは、何とかそれらの浅浮彫りのかなたを見ようとした。すると、向こうに、地上二メートルばかりまで破壊された三本の塔が見え、その三つの円筒が顔を出している完全に崩れたところには、背の低い植物がわずかに生え広がっていて、まるでそれらはその堆積《たいせき》のなかに打ちこまれているかのようだった。黄色い蛙《かえる》が何匹か、のっそりと遠ざかっていった。影が短くなっていた。見えないけれども、太陽が中天にのぼっていたのだ。

まるで風はなかったが、不動の戦慄《せんりつ》、無限の震動が小さな木の葉まで活気づけていた。熱気である……

石がひとつはがれ落ち、二度、はじめは鈍い、次にはさえた音をたてて、クロードに、尋常でない《アンソリット》という言葉を思い起こさせた。かつて人間を見たことのない蛙《かえる》ののそのそ歩きにかろうじて活気づけられたこれらの死んだ石、かくも決定的に放棄されてつぶれたふたつの寺院、植物の生命のかくれた暴力、そういったもの以上に、何かある非人間的なものが廃墟《はいきょ》と、脅《おび》えた存在のようにそこにくぎづけにされた貪欲《どんよく》な植物の上に、一種苦悩のようなものを圧しつけていた。そして、その苦悩こそが、屍《しかばね》の力をもって、千古の身振りで廃墟の百足《むかで》やいろいろの小動物たちの宮廷に君臨してきたこれら数々の像を守ってきたのだ。ペルケンがかれを追いこした。すると、この海底の深淵《しんえん》世界は、くらげが砂浜に打ちあげられたみたいに生命を失い、突如ふたりの白人に対して無力になった。「道具をとってくるよ」と言ってペルケンの影は、引き裂かれたカーテン状の雑草がぶらさがっているトンネルのなかに消えた。

主要な塔は、一方の側だけにまるごと崩れ落ちたらしかった。その壁の三つは、いちばん大きな堆積《たいせき》の端に立ったまま残っていたからである。壁の間の地面には深く掘られた形跡があった。シャムの放火犯たちのあと、宝さがしの現住民たちが来ていたのである。掘られた穴のどまんなかに、セメント色をした尖《とが》った蟻塚《ありづか》が立っていたが、たぶん蟻はもういないようだった。ペルケンが金挽鋸《かなびきのこ》一挺と棒一本を手に持ち、重みでたるんだ左ポケットから槌《つち》の頭をのぞかせてもどってきた。かれはポケットから石工《いしく》用の大槌を取り出すと、それを棒の先につけた。

「スパイは、おれのいいつけ通り、村に残ってるよ」

クロードは早くも鋸《のこぎり》を握っていたが、そのニッケルめっきした柄《え》が黒ずんだ石の上で輝いていた。階段状に崩れて、浅浮彫りのひとつが手の届くところにあった壁の近くで、クロードはためらっていた。

「どうした？」ペルケンがたずねた。

「ばかげてますよ……これじゃ、うまくいかないように思うな……」

かれは、はじめてのようにその石をながめていた。石と鋸とが不釣合《ふつりあ》いで、それで切るのは不可能だという思いがしきりとしてならなかったのである。かれは、石塊をまず濡《ぬ》らしてから攻めはじめた。鋸は軋《きし》りながら砂岩にくいこんだ。五度目に力を入れると、鋸がすべった。そこで、切り込みから抜き出してみたところ、歯がひとつもなくなっていた。

かれらは刃《は》を二ダース持ってきていたが、切り込みの深さはまだ一センチだった。クロードは鋸を投げ出して、前の方をながめた。すると、地上にあるたくさんの石に、消えそうになった浅浮彫りの断片が残っていた。かれは、壁に夢中になって、まだそれらに気づかずにいたのだった。彫刻のある面が土の方を向いていた石は、ひょっとすると、大地で保護されているかもしれないな？

ペルケンがかれの考えを先取りしていた。かれは御者《ぎよしや》たちを呼んでいた。かれらは若木で手早く梃《てこ》をつくって、石塊を引っくり返しはじめた。石はゆっくりと持ち上げられ、ひとつの面を軸にして廻転し、やっ！　という掛け声とともに鈍い音をたてて倒れ、わらじ虫が気でも狂ったように逃げ走って描く網目ごしに、彫像の跡を見せた。鋳型《いがた》のようにはっきりと、つやつやした、大地に残された凹《くぼ》みにはあたらしい石塊が倒れこみ、恐怖におののく小さい昆虫たちが隊列を乱して、狂ったように森にかけこむなかに、ひとつまたひとつとそれらの石は、シャム人の侵入の最後の世紀以来大地に蝕《むしば》まれてきた表面を見せていた。浅浮彫りがその荒廃したかたちを見せるにつれて、いよいよクロードには、運び出す値打ちがあるのは、本堂の立ったまま残っている壁面のひとつをかたちづくっている石だけではないかという確信が、あらためてはっきりしてくるのだった。隅石《すみいし》には両側に彫刻があって、それはふたりの踊り子をあらわしていた。主題は、重ねられた三つの石にわたって彫られていた。てっぺんの石は、つよく押せばまちがいなく落ちるように思われた。

「きみの目算では、いくらぐらいかね？」

ペルケンが訊《き》いた。

「ふたりの踊り子ですね？」

「うん」

「正確なところはわかりませんが、ともかく五十万フランよりは上でしょう」

「たしかだね？」

「ええ」

機関銃をおれはヨーロッパに捜しにいったが、そいつはここにあった、おれの識《し》ってるこの密林、これらの石のなかにあったんだ……　おれの地域に寺院はあったかな？　それらからは、機関銃どころではないものが当てにできるかもしれないぞ。あちらで寺院がいくつか見つかりゃ、部下に武装させながらバンコクに干渉することだってできるんじゃないか？　寺院がもうひとつで、機関銃が十挺《ちょう》に、小銃が二百にはなるな……　この建造物を前にしてペルケンは、彫刻のないたくさんの寺院のこと、王道のことを忘れていた……かれは、一線に並んだ機関銃の銃身に陽光が輝き、照準点をきらめかせて、自分の軍隊が行進していくさまを想像していた……

早くもクロードは、例の石が他の石にぶつかって割れることがないように、地面を片づけさせていた。連中が石塊を扱っている間、クロードは石をながめていた。クメールの彫像の場合とほぼ同じように唇《くちびる》がほほ笑んでいる顔のひとつには、ヨーロッパの桃のうぶ毛に似た、青味がかった灰色の苔《こけ》がうっすらと広がっていた。三人の男が拍子《ひょうし》をとって、それを肩で押した。石は揺らぎ、切り口を下にして落ち、かなり深く大地にめりこんで、まっすぐに立った。石が移動したので、それがのっていた下の石に二本のきらきらしたうねが掘られ、それにそってくすんだ色の蟻《あり》たちが、懸命に卵を救おうと列をなしていた。

しかし、いまでは上面があらわれていた一番目の石の置かれ方は最初のとはちがっていた。それは、まだ立っている壁にはめこまれ、何トンもあるふたつの石塊の間にはさまれていた。それを取りはずすには、壁全体を打ち倒さなければならないのではないか？　どれかある砂岩の彫刻された部分の石を処理することはどうにかできるとしても、他の巨《おお》きな石は、何世紀も経てか、あるいは廃墟《はいきょ》の榕樹《ようじゅ》によって地上に投げ出されないかぎり、微動だもしないにちがいなかった。

シャム人たちは、どんな手を使ってこれほどたくさんの寺院を壊《こわ》すことができたのか？　壁にたくさん象をつないだという話もあったが……　象はいない。そこで、その石を切るか割るかして、最後の蟻が逃げ出している彫刻のある部分を、壁にはめこまれた細工のしていない部分から離さなければならなかった。

御者たちは木の梃《てこ》にもたれて待っていた。ペルケンがポケットから槌《つち》とのみを取り出していた。いちばん賢明なやり方は、たしかにのみで石に細い溝《みぞ》をつけて、石を引きはがすことだった。ペルケンはたたきはじめた。しかし、かれの道具の使い方がまずかったのか、それとも砂岩がひじょうに硬《かた》かったのか、数ミリの厚さのかけらが飛び散っただけだった。

原住民たちはきっと、ペルケンよりもっと不器用だろう。

クロードは石からじっと眼を離さないでいた……　それは、震える木の葉と太陽の輪を背景にくっきりと、堅固に、重々しく見え、敵意を持っていた。かれにはもう条《すじ》も、砂岩の埃《ほこり》も眼に入らなかった。最後の蟻たちは、柔かい卵をひとつも忘れずにいなくなってしまっていた。石はここにあった、執拗《しつよう》に、生きもののように、受身だが拒否する能力をもって。クロードの胸のうちには、ある重苦しくてばかげた怒りがこみ上げてきた。かれはふん張って、力いっぱい石塊を押した。はけ口を求めてかれの怒りはいよいよ高まっていた。ペルケンは槌《つち》を振り上げたまま、口を半ば開けて、眼でクロードを追っていた。あんなにも密林にくわしいこの男も、石のことはまるで知らない。ああ、半年でも石工《いしく》をやっていたら！　連中みんなを集めて綱で引っぱらせるか？　……そんなことをしたって、爪《つめ》でひっ掻《か》くようなものだろう。それに、綱をどうやってかければいいのか？　だが、いま、ここで脅かされているのはおれの生命だ……おれの生命なんだ。この密林を横切ってクロードを導いてきていた強情さのすべて、張りつめた意志、おさえた怒りのいっさいがいまや、こうした障害物、シャムとかれとの間に立ちはだかるこうした動かない石に出くわそうとしていたのである。

クロードには、石を見つめれば見つめるほど、荷車をつれてタ・メアンに到達することがおぼつかなく思えてきていた。それに、タ・メアンの石だって、ここの石と似たりよったりではないだろうか？　打ち勝とうという意志が、渇《かわ》きや飢えのようにかれの心を動転させ、かれはペルケンから槌をひったくると、その柄をかたく握りしめるのだった。かっとなってかれは石を力いっぱいこづいた。が、槌は何度も沈黙のなかで滑稽《こっけい》な音をたててはね返った。槌の尻尾《しっぽ》についていた光沢のある鉄梃《かなてこ》が日光を受けてきらきら輝いた。かれは打つ手をやめ、じっと見すえてから、おもいつきが逃げ去るのを恐れるとでもいうみたいにあわてて、槌を逆さにすると、ペルケンののみがつけた光る溝《みぞ》の近くを、また力まかせにたたいた。数センチのながさのかけらがひとつ飛んだ。するとすぐにかれは槌を離して瞼《まぶた》をこすった……　幸いにも砂岩の埃がふれただけだった。またはっきり見えるようになると、かれはポケットから黒眼鏡を取り出して眼を保護し、ふたたびたたきはじめた。鉄梃は有効な道具だった。それはのみの力をかりずに、いっそうつよく、ずっと回数も多く砂岩に打撃を与えることができたのである。打つたびに大きな破片が飛んだ。数時間もすれば……

通路のすべてをふさいでいた葦《あし》を原住民たちに刈らせなければならなかった。今度はペルケンが槌をとった。クロードは、道を準備するために、御者《ぎょしゃ》たちといっしょにすこし遠ざかっていた。するとかれにには、打電するキーの音のように明瞭で、忙しく、不規則な石をたたく音が、密林のはてしない沈黙と熱気のなかで人間的だが空しく響く葦を刈る音を圧するように聞こえてくるのだった……　かれがもどってくると、砂岩の破片が地上に散らばり、そのなかに埃が流れ出していたが、その色にかれは驚いた。砂岩は紫色だったのに、それは白かったからである。ペルケンが振り向いた。クロードは、埃と同じように明るい色をした溝が広がっているのを見た。いつも同じ場所をたたくことは不可能なせいだった。

今度はクロードがまた仕事についた。ペルケンは、道の邪魔物《じゃまもの》を取りのぞいて、急造道路を準備しつづけた。石塊を運ぶことはむずかしいだろう、だからいちばん簡単なのは、小石をわきにのけてから石塊をごろごろと転がしていくことだろうと思えたわけである。槌音《つちおと》一メートルまた一メートルと道路が、いまでは垂直になった影の下でのびていった。槌音だけが、このますます黄色味を帯びる光、いよいよ短くなる影、じりじりとつよくなる暑さのなかで聞こえつづけていた。暑さは肩にのしかかるのではなく、毒のように作用して、すこしずつ筋肉を弛緩《しかん》させ、汗とともに力を抜きとっていた。そして、汗は顔を流れて、えぐりとられた眼の下にでもつくるように黒眼鏡の下に砂岩の埃《ほこり》でながい溝をつくっていた。クロードは、砂漠に踏み迷った男が歩くみたいに、ほとんど無意識にたたいていた。かれの思考はこま切れになり、寺院のように崩れ、もうひとつ、つねにもうひとつ……と槌音を数えて昂奮《こうふん》に打ち震えるばかりになっていた。密林も寺院もすべてが風化して……牢獄《ろうごく》のような壁、そしてやすりでもこするように槌を打つ、たえず、たえまなしに。

突然、空白。すべてが生命を取りもどし、まるでクロードのまわりのものがかれの頭上に崩れ落ちたかのように、もとの場所におさまった。かれはびっくり仰天してたちすくんだ。ペルケンは、音が聞こえなくなったので、何歩か後ずさった。鉄梃《かなてこ》の二股《ふたまた》が折れたのである。

ペルケンは駈《か》けよって、クロードの手から槌を取りあげ、折れた部分をすりへらすか、そこにやすりをかけるかして鉄梃状にすることを考えたが、そのもくろみのばかさ加減に気づくと、かっとなって、先ほどクロードがしたように力まかせに石をたたいた。とうとうペルケンはすわりこんで、あれこれ考えてみようとした。かれらは用心して柄を何本か買い込んできていたが、鉄具《かなぐ》はひとつだけだったのだ……

クロードは、襲われていた破局の印象から解放されると、またどんづまりの熟考にふけっていた。かれは、鉄梃のことを思いつく前にそうしたのだった。あんなふうに槌を使うという考えが突然浮かんだように、何か別の考えがいま浮かばないものか？　だが、かれは骨の髄《ずい》まで疲れ、うんざりし、憔悴《しょうすい》しきった人間につきものの嫌悪感《けんおかん》にとらわれていた。横にでもなるか……　あんなにも努力したのに、密林はまた牢獄の力を振るいはじめていた。従属、意志と、肉体そのものまでもの放棄。血が、動悸《どうき》を打つたびに流れ出るかのよう……　かれは、熱に冒《おか》されたようにしっかりと両腕を胸に押しつけて、ちぢこまり、すっかり意識を失い、密林と暑さの吸引力に一種の解放感をもって身を委《ゆだ》ねている自分を想像した。と、突然かれは、恐怖のうちに、なおも身を守ろうとする欲求を見出した。三角形の切り込みのなかを、砂岩の埃が塩のように白く輝いて静かに流れていた。そしてその埃《ほこり》は、砂時計の砂が落ちるみたいにして、石の巨《おお》きな塊《かたまり》、破壊できない生命、山のような生命を取りもどしていた石の巨きな塊をきわだたせていた。かれの眼はじっとその虜《とりこ》になっていたのである。かれは自分が生きものに対してのように、その塊に憎しみをもって結ばれているような気がしていた。まさにこのようにしてその石塊は通行を、またクロード自身を見張り、何ヵ月も前からかれの生命を支えている心の躍動を突如自分で引き受けていたのである。

かれは、この密林のなかで希薄になった知性に助けを求めようとして懸命になっていた……だが、問題はもはや知性でもって生きることではなくて、生きることなのだった。密林の無気力のせいで解き放たれた本能に導かれて、かれは歯をくいしばり、肩を突き出して石の方に向かっていた。

待ち伏せするけだものがするように切り込みを盗み見ると、かれは石工《いしく》の大槌《おおづち》を取りあげ、全身にはずみをつけて石塊をたたいた。砂岩の埃がまた流れ出した。かれはそれを、その輝く線に魅せられてじっと見た。かれの憎しみはそこに集中し、それから眼を離さずに、上半身と腕《うで》に大槌をくっつけ、重い振子のように上体を揺り動かして力いっぱいたたいた。かれにはもう腕と腰にしか意識がなかった。かれの生命、この一年の希望、挫折《ざせつ》の感情が入り混じって怒りになり、かれはただもう狂ったような衝撃のなかに生きていた。そして、その衝撃がかれの全体を揺さぶり、かれをめまいのように、密林から解放してくれていた。

かれは手をとめた。ペルケンが、壁の角で身をかがめたところだった。

「ちょっと待った。はめこまれてるのは、おれたちがアタックしてる石だけだよ。下の石を見ろよ。上のと同じに置かれてるだけなんだ。まず、そいつを取りはずさなくちゃ。すると、そいつが張り出しみたいになる。いくら切り込みをつけてもうまくいかなかったはずだよ……」

クロードはカンボジア人をふたり呼んで、かれらに押させながら、下の石を力いっぱい引っぱった。だめだった。土と、たぶん小さな植物が石を引きとめていたのだろう。クメールの寺院には礎石がないことを知っていたので、クロードはすぐにまわりと下に小さな溝《みぞ》を掘らせて、その石を取りのけようとした。百姓たちは、石のまわりを掘っているときにはとてもす早く、手ぎわよく仕事をしたのに、下の方になると仕事ぶりが緩慢になった。連中は石塊に手がつぶされるのを恐れていたのである。クロードがとってかわった。穴がかなり深くなると、木の幹を何本か切らせて、つっかい棒にした。しめった土と腐った葉と雨に洗われた石の匂《にお》いが、いままでよりも強くなって、かれのぬれたリンネルの服にしみこんできた。

とうとうペルケンとクロードは石を引き出したようだった。石はひっくり返って、下になっていた面を見せたが、そこには、打たれまいとして下に逃れていた色のないわらじ虫がいっぱいいた。

いまではかれらは、舞姫たちの頭と足とを手にしていた。胴体だけが上下を取りはらわれた第二の石の上に残り、それは横にうがたれた銃眼みたいに突き出ていた。

ペルケンは大槌《おおづち》をとると、上の石をまたたたきはじめた。最初の一撃で片がつくと思っていたが、そうはいかなかった。そこでかれは、またかっとなって機械的にたたきつづけた……一瞬かれの眼には、機関銃を持たないかれの軍隊の行進が、野生の象の通過によって荒らされ、めちゃめちゃにされるさまが浮かんだ。明晰《めいせき》さを失って、くり返したたいていると、ゆっくりとしたたたかいにはつきもののようなある種のエロチックな快感が湧《わ》き起こってきた。そんなふうにたたくことでペルケンはふたたび石に結びついていたのである……

突然――たたいた音のちがいで――かれは息をつまらせた。かれは眼鏡をもぎとった。青緑のぼんやりとしたものの姿がかれの眼に飛びこんできた。ところが、瞼《まぶた》をまたたかせていると、まわりのどれよりも強烈な別の姿が、否応《いやおう》なしに眼にはいった。割れ目だ！太陽がその上できらめいていた。彫刻されたほうも、はっきりとした割れ目を晒《さら》し、ちょうど切られた首のように草のなかに横たわっていた。

ペルケンはやっとゆっくり、深く息をついた。クロードもほっとしていた。もっと弱虫だったらかれは泣いていただろう。溺《おぼ》れた人のようにかれは、世界にすくいあげられ、はじめて彫像を発見したときに経験したあのばかげた感謝の念にまた浸されていたのである。割れ目を空に向けて落ちているその石を前にして、森と寺院とかれ自身の間に、突然和解が成立していた。かれは、それら三つの石が重ねあわされたさまを想像した。そのふたりの舞姫は、かれの識《し》っているかぎりいちばん純粋な舞姫の部類だった。これから荷車にのせて運ばなけりゃ……　かれはしきりとそのことを考えていた。眠っていても、かれはすこしでも誰かがそれを運ぼうとしたら、眼をさましたにちがいない。いまや原住民たちが、用意された急造道路に三つの石塊をおいて、次々と押していた。かれは、転がるたびに葦《あし》の茎を押しつぶして石の面がたてるドスン、ドスンという音を聞き、半ば無意識で守銭奴のように、あい次ぐその音を数えながら、やっとの思いで手に入れたその所有物をながめていた。

原住民たちは、崩れ落ちた門の堆積《たいせき》の前でとまった。その向う側で牛の鳴声はしなかったが、蹄《ひづめ》で土を引っ搔く音が聞こえた。ペルケンは木の幹を二本切らせると、彫刻のある石のひとつに綱を巻きつけて、それを幹にゆわえた。六人の原住民がその幹を肩にのせたが、持ちあげることができなかった。クロードはふたりを退《の》かせて、ボーイとかれ自身がそれにかわった。

「持ちあげろ！」

かついだ連中は、今度はみんないっせいに立ちあがった。あたりは静まりかえっていた。

枝が一本、それから何本かがつづいてポキポキと鳴った。その音が近づいてきた。クロードはたちどまって森をながめていたが、やはり全然見わけがつかなかった。最後に通った村のもの好きな住民が隠れているのか……　たぶん、スパイだろう……　クロードがペルケンに合図して、ペルケンがかれにかわって幹の下に入ると、クロードは音が聞こえてきた場所の方へ、ピストルを取り出して進んだ。原住民たちはピストルのケースの音、それからそのこだまが消えると安全装置をはずす音を聞いて、わけもわからず、不安そうにながめていた。ペルケンも、両手で幹を支えるのをやめて、重みをすっかり肩に移すとピストルを取り出した。木の茂みの下にすでに入っていたので、クロードにはあちこちに蜘《く》蛛《も》の巣の斑点《はんてん》がある多少とも濃い暗がりしか見えなかった。そこで、密林になれた原住民を見つけようなどとはおよそ無理な話だった。ペルケンは進み出てはいなかった。クロードの頭上二メートルばかりのところに枝が何本か下がってきたかと思うと、弾《はず》みで一気にまた上がって、灰色の球がいくつも飛び出し、その球はまた別の枝に襲いかかって、その枝が大きなカーブを描いた。猿だった。クロードは腹をたてたが、同時にほっとして、みんな笑っているだろうと思って振り向いた。しかし、原住民は誰ひとり笑ってはいなかったし、ペルケンもそうだった。クロードはかれの方へ行った。

「猿ですよ！」

「猿だけじゃない。猿は枝をポキポキ鳴らしたりはしないからな」

クロードはピストルをケースに収めたが、それは、密林の息づまる壊疽《えそ》状態にすべての生命が一様に侵されているとき、ふたたびもどった静けさのなかで、いかにも空しい身振りに思えた。

かれはじっと動かないグループの方に帰って、また幹の下の自分の部署についた。数分間で、崩れた石の堆積《たいせき》は乗り越えられた。クロードが荷車をあまりそばに近よせたので、ペルケンは御者《ぎょしゃ》たちに操作ができるよう後退を命じなければならないほどだった。連中は、小さな水牛の動きに気をくばりながら、綱が十字にかけられていた彫刻のある石を、まったく無関心にながめていた。

クロードはいちばんおしまいに残った。おおいをかけた荷車は、海上の小舟のようにガタガタと揺れながら、葉の茂みのなかにゆっくりと入っていった。車輪がまわるたびに車軸が軋《きし》んだ。規則正しい間をおいて、ある息苦しい音がした……荷車が一台一台通るたびに、切株にでも当たっていたのか？　クロードは荷車が通って緑のなかに残していた穴、あるものは押しつぶされずにゆっくりと起き上がっていた一面に散らばっている葦《あし》、鉄梃《かなてこ》の上で輝いていた太陽光線が壁の裂け目の上で相変わらずくだけて迸《ほとばし》っているさまをかろうじてながめていた。かれは、筋肉がひとつひとつゆるんで、疲れが自分のうちで暑さと眠気と熱といっしょになるのを感じていた。しかし、密林、つまり海綿のような蔓《つる》草《くさ》や木の葉の力は弱まっていた。獲得した石がかれを密林から守っていたのだ。かれの思いはもう密林にはなかった。かれは、重い荷車を前へ前へと押しやっている動きにもっぱら気をとられていたのである。荷車は、積荷のせいでいままでとはちがった音をたて、軋みながら近い山々目指して遠ざかっていった。クロードは、赤蟻《あかあり》が何匹か落ちた袖《そで》を振ると、馬に飛び乗って一行に追いついた。はじめて広いところに出るとかれは荷車を一台また一台と追い越した。御者たちは相変わらずうとうとしていた。

三

とうとう夜になった。山地にさらにもう一歩近づいて宿営。牛は荷車から離され、石はポケットにでもしまうみたいに、サラ（旅人の避難所――原注）の屋根の下にしまわれる。水浴でくつろぐ……クロードは藁葺《わらぶ》き小屋を支えている杭《くい》の間を歩いていた。小さな藁屋根に守られ、粘土の粗《あら》造りの仏像の前で線香が燃えていた。それは、皓々《こうこう》と輝く月明りのなかのバラ色の点のようだった。地上でひとつの影がかれの足もとを追い越し、黙ってかれの方へ近づいた。かれが振り向くと、うしろに来ていたボーイがたちどまり、かれの姿は、燐光《りんこう》を放つようなバナナの葉を背景に、黒くくっきりと浮かび出た。

「旦那《だんな》、スバイがいなくなった」

「ほんとか？」

「ほんと」

「ちょうどいい、厄介《やっかい》ばらいだ」

　はだしのボーイは、森の空地を浸す光に溶けこむように姿を消した。《たしかにやつは無能じゃないな》と、クロードは思った。

　スパイが命令にしたがって動いていることは明らかだった……クロードは、正体のわかった敵とたたかうことがきらいではなかった。はっきりとした戦闘のうちにかれはまた熱意を見出していた。サラに入って横になった。そこではペルケンがうつ伏せになり、両手を半ば開いてもう眠っていた。

　クロードは、手に入れた石のことをおもって、興奮を静めることができないでいた。百姓たちの声が月明りのなかでながながと共鳴しているようだったが、それもだんだんとまれになった。

　誰かある語り手のつぶやきと、ときおり喧騒《けんそう》がまだ村の族長の藁葺き小屋から聞こえてきていたが、それもやんで、熱帯の静けさがおとずれた。それは月光にみちた大気と結びつき、雄鶏《おんどり》のわびしい叫びにときどきかき乱されたが、その叫びも死に絶えた遊星の平和のうちに消えていった。

　真夜中にクロードははっきりしない物音で眼をさました。かすかな、ほんのかすかな音だったので、われながら眠りが乱されたのに驚いたほどだった。地面すれすれに枝を引きずるような音だった。まずかれは、ペルケンと自分の折畳みベッドの間におかせていた石に眼をやった。盗賊だったら、村を襲うのに、白人がいるときを選びはしなかっただろう。眼がさめるにつれてかれの疲れとけだるさはすくなくなっていた。サラの前をすこし歩いたが、眼に入ったのは眠りこんだ村と、ながく青いその影だけだった……また横になったが、かれは一時間近く聞き耳を立てたままでいた。生温かい夜風の下で大気は流れのようにわなないていた。寝ぼけた牛の、だんだんまばらになる鳴き声のほかには何も聞こえなかった……とうとうかれはまた眠りに落ちた。

クロードは、日の出とともに眼をさますと、いままでのうちでいちばん完全な喜びを味わった。何ヵ月も前からかれをあんなにもふたしかな行動に猛然と駆《か》りたてていた熱情が正当化されていたのである。かれは床から、梯子《はしご》を借りずに地面に飛び降りると、水の入ったバケツの方へ向かった。すると、そのそばの枝の陰に、徒刑囚のように上から下まで縞模様《しまもよう》のついたボーイが立っていた。

「旦那《だんな》」ボーイが低い声で言った。「村で荷車見つけられない」

クロードは、一種の防御本能から、その言葉をくり返させようとしたが、すぐにそれが無益なことに気がついた。

「どこなんだ、村の荷車は？」

「森だよ、たしかに。昨夜、なくなった」

「スバイか？」

「ほかに誰も、そんな真似《まね》できないね」

乗りつぎができない。荷車がなければ、石もないのと同然。やっぱり、昨夜のあの枝の音は……

「で、われわれの荷車は、おれたちのはどうなんだ？」

「御者《ぎょしゃ》たち、これから先へはきっと行きたがらないよ。わたし、どうするか、きいてみるか？」

クロードはサラに駈《か》けていって、ペルケンを起こした。ペルケンは石を見てほほ笑んだ。

「スバイが村の荷車と御者を連れて逃げたんですよ。だから、乗りつぎができないんです。ぼくたちといっしょに来た御者たちも当然自分の村にもどりたがるでしょう。ね、眼をさましてくださいよ！」

ペルケンは水に頭を突っこんだ。遠くで猿《さる》の叫び声がした。

ペルケンは顔をふいてクロードの方へもどってきた。クロードはベッドに腰をおろし、指を折って数えているふうだった。

「第一の解決策はと……逃げたやつらを捜すこと……」

「だめだよ」

「バケツの水のおかげで大分はっきりしたようですね！　ぼくたちの御者につづけさせること」

「だめだね。でも、人質をひとりとれば、たぶん……」

「というと？」

「連中のひとりを監視して、他の連中に、もしおれたちを捨てて逃げたら、やつを銃殺するっていうんだ」

クサが、ヘルメットをふたつ手に持ち、年寄りじみた子供のようなまじめくさった顔をしてもどってきた。太陽はすでにかれらの頭の高さに達していた。

「旦那、わたし見にいった。わたしらの御者も逃げた」

「何だって？」

「わたし、連中に行くなって言った、荷車を見たもんだから。わたしらの車はそのまま、村の車だけ逃げた。でも、御者、みんな逃げた」

クロードは、昨晩寺院からもどったとき、荷車をうしろに並べておいた藁葺《わらぶ》き小屋の方に歩いていった。荷車はそこにあった。そばには小さな牛がつながれていた。スバイは、あまりサラの近くまで捜しに来ると、白人を起こしはしまいかと恐れたのか？

「クサ？　お前、荷車の御者ができるか？」

「へえ、旦那《だんな》」

村には人気《ひとけ》がなかった。女が何人かいるだけだった。馬を捨てて、めいめいが荷車を御《ぎょ》していくか？　牛たちを、クサが御していく先方の牛たちのあとについていかせるしか手がなかった。荷車は全部で三台。すくなかった。そこへ、馬を捨てるとなると……　襲撃された場合、荷車でどうやって防御できるか？　密林に逆らい、人間に逆らってつづけよう、つねに前進しようという意志が否応なくさせる精神の昂揚《こうよう》が必要だった。でなければ、こうした見棄てられた状態から生まれて、朝の密林に力を取りもどさせはじめている気力の弱まりとたたかうことはできなかった。

「クサ」ペルケンが叫んだ。「どこだ、案内人は？」

「あいつもずらかった、旦那……」

もう案内人もいない。山々を横切り、峠を見つける、しかもかれらだけで見つけなければならない。それに、マラリアにかかった農民たちがいて、夕方になると、太陽光線が射し込んだように濃密な蚊柱がその上に渦巻《うずま》いて立つ、奥地の最後の部落で暮らし、御者を見つけ、要するにつづけなければならないのだ……

「羅針盤《らしんばん》があるし」クロードが言った。「クサもいる。道はごくすくないから、きっと見わけがつきますよ……」

「虫のたかった小山になってきみがどうしてもくたばりたいってんなら、そのやり方も悪くないだろう。まあ、手に持ってないで、ヘルメットをおつむにのせろよ、日も高くなってるし……」

《やってみましょう》と、クロードは答えたかった。しかしかれは、侵略を前にして住民たちが逃げたらしいこの村から、そして朝の光のせいでいっそう大きく見える巨大な幹に囲まれたこの空地から脱出したかったにもかかわらず、ためらっていた。どんなやり方ででも進みつづけたい、それだけがたしかなことだった。だが、どうやって？

「このあたりには」ペルケンが言葉をついだ。「山地の道を識《し》ってるやつがたくさんいる。クサをつれて、タケに行ってくるよ。ここに着く前に見た、サラもない小さな村だ。御者は当てにできないがね。案内人を連れてくる。スバイもあそこにはたち寄っていまいよ」

もうボーイが鞍《くら》を用意していた。

ふたつの影が、小さな馬の速足でひどく揺れながら、地下にもぐる鉱夫たちのように、葉の茂みにできた穴にもぐっていった。その黒い影は、太陽光線が射《さ》した道でくだけると、ときどき急に緑に見えた……《すぐに案内人が見つかって》クロードは考えた。《そいつを走らせたら、正午にはみんなもどれるだろう……そうだ、案内人が見つかれば……》スバイのやつは、この村の人間を退去させたように、タケも無人にしたのではないだろうか？

梯子《はしご》はいまでは藁葺《わらぶ》き小屋に引き上げられていた。震える大気を通して、いっさいのものがひじょうな暑さの到来とともにはじまるかすかな不安にうごめき出していた……クロードは折畳みベッドに横になりにいって、両手であごを支えた。山地まで、案内人捜しか？……空地のどの方向にも、震える光の穴といくつもの人間の建物を取り巻いて密林が広がり、それがじっと動かないようでまた動いていた。密林の表面では光が、ゆるやかに戦慄《せんりつ》しながらくだけて、きらきらとした波形模様を描いていた。それは、クロードの体内に茫然《ぼうぜん》となるほどしみ入り、その波のひとつひとつは生温《なま》かくしなやかにかれの汗ばんだ皮膚にまでとどいて消えるのだった。かれは、大きな眠りのしみでおおわれた夢想のなかに沈んでいった。


遠い、あわただしい馬の足音にクロードは眼をさました。十一時だ。案内人のやつ、いやに早く走っているな……かれは眉《まゆ》をひそめ、息を殺して耳をすませた。音は大地から聞こえてきていた。馬は、葉の茂みの奥をギャロップで走っている……どんな男だって、二時間も駈《か》けたあとで、ギャロップで走る馬についてこられるはずはない。じゃなぜこんなに早く帰ってきたのか？

かれは人間の足音を聞こうとつとめたが、だめだった。空地の静寂、地面すれすれに聞こえる虫のか細い鳴き声、それに遠くでする蹄《ひづめ》のせわしい響き以外何も聞こえなかった……

かれは道に走り出た。パカ、パカパカ、パカ……馬が近づいていた。やっとかれには影がギャロップのせいで高くなったり低くなったりするのが見わけられた。それから、ふたりの騎手が太陽の斑点のなかを横切ると、かれらが馬の首に身をかがめ、ヘルメットをうしろにずらしているのがはっきりと見えた。ふたりの間を誰も走ってはいなかった。かれは、崩壊というのではなくて、緩慢で、色あせ、抗しがたい解体の感じを受けた……ふたりの男がまた影になり、別の陽射《ひざ》しを横切り、また照らし出された。クサがますます身をかがめ、肩にふたつの白い斑点、すなわちふたつの手が、ぼんやりとしたかたちの上に浮きたって見えていた。ひとりの男が、かれのうしろ、馬の尻《しり》に乗っていたのである。

「どうでした？」

「うまくないね！」

ペルケンが馬から飛びおりた。

「スパイですね？」

「やつは腕ききだよ。あっちに行って、峠のありかを識《し》ってる連中を徴発して、南の方へ連れてったんだ」

「じゃ、連れてきたその男は？」

「モイの部落への道を識ってるんだ」

「あっちにいるのは何族ですか？」

「スチエン族（カンボジア北部、タイとの国境近くの高地に住む少数部族）に属するケ・ディエンっていう連中だよ。ほかに解決法はないね」

「すぐ未帰順地帯に入る以外にはですか？」

「そうだよ。王道をたどって行けば、まだ未知のところもあれば、帰順地域も未帰順地域もあるよ。はっきりとした帰順地域だと、フランス総督府が何をしでかすかわからんからね！」

「ぼくらが発見をしたって知ったら、ラメージュはかんかんになるでしょうね」

「だから、大きな峠を通るのはあきらめて、未帰順地帯を行かないと。この案内人は、スチエン族の最初の村に通ずる小道を識ってるんだ。そこでは物々交換が行なわれていて、小さな峠をいくつか越すとそこからシャムに行けるんだよ」

「西に行くんですね？」

「うん」

「でも、あなたはそのスチエン族のことを識《し》らないんでしょう？」

「しかし、グラボがいる地域を選ばなきゃならないことはたしかだよ。案内人は、そのあたりに白人がひとりいるってことしか知らない。でも、やつはスチエン族の方言がわかるんだ。村に着いたら案内人をかえよう――公式に族長たちに通行許可をもらわにゃならんからね。もっとも連中が何と答えるかは見ものだがね……――まだ酒がいっぱい入った魔法瓶《びん》が二本とガラス細工があるから、一回の通行許可にはおつりがくるくらいだよ……おれは連中を識らないけど、連中の方ではおれが何者かってことはわかってると思うよ。グラボは、自分の居場所におれたちを行かせたくなけりゃ、どこかまわり道を通らせるよう案内人を送ってくれるさ……」

「連中、たしかにぼくらを通らせますかね？」

「おれたちに選択の余地はないんだよ。とにかく、未帰順部族のところに行かなきゃならないんだから、ちょっと遅いか早いかってちがいはあるがね……　案内人の話だと、その連中は好戦的だけど、米の酒の誓いは守るそうだ……」

仏陀《ぶつだ》のように反《そ》った鼻をして、ずんぐりしたそのカンボジア人は馬からおりたところで、腕組みして待っていた。どこかで、伐採刀を石で研《と》いでいた。たぶん、椰子《やし》の実を割るためだろう。クサが耳をすませた。音がやんだ。すのこの囲いの隙間《すきま》から女たちが不安そうに、眼をきょろつかせて白人たちを観察していた。

「ここに何をしに来たんです、グラボは？」

「エロチシズムだよ、第一に。（もっともこのあたりの女はラオスのよりずっとみにくいがね）あいつにとっちゃあ権力ってのは、エロチシズムをどれだけ濫用《らんよう》できるかってことによってきまるんだな……」

「知的な男ですか？」

ペルケンは笑いだしたが、自分の笑い声に驚いたかのようにすぐ笑うのをやめた。

「あの男を識ってれば、その質問は滑稽《こっけい》だよ、でもねえ……あいつは自分のこと、いやむしろ何が自分を孤独にさせるかってことしか考えないんだ、ちょうど他の連中が賭《かけ》や権力のことを考えるみたいにね……　あいつは人物っていうほどのものじゃないが、たしかに何ものかだな。勇気のおかげであいつは、あんたやおれよりずっと世間から離れてる。それはたとえ漠然としたものだろうと、あいつはおよそ希望ってものを持ってないからだし、どんなに弱くても精神への嗜好《しこう》ってものは世界につながるものだからね。あいつはいつか、《他人》について、つまりかれのような人間を相手にしない連中、《従順なやつら》についておれにこんなふうに言ってた。《あいつらをやっつけるにはあいつらの快楽を通してやるしか手はないぜ、梅毒みたいな何かを思いつかなきゃな》あいつは、まだ識りもしないのに、アフリカの囚人部隊の兵隊たちにすっかり熱狂して、その部隊に加わりにいったんだ。船上では一枚の幕が《新入り》を、再犯者やとっつかまった脱走組から隔てていた。幕には二つ、三つ穴があいていた。やつはそこからのぞきにかかったが、突然身をひいた。何かが突き出されたのさ、のびたその指の爪《つめ》はちびていたが、まだとがっていて、あいつのもうひとつの眼もつぶせたほどだってわけさ……　ほんとに孤独な男さね

——で、独《ひと》りぼっちの男がみんなそうなように、あいつも自分の孤独をいろいろ飾りつけなきゃならない、あいつはそれを勇敢にやってるのさ……　きみに説明したいのは……」

かれは考えこんでいた。

《ほんとうにそうにちがいないなら》クロードは考えていた。《かれは、何か異論の余地のないもの、自分で感服できるものの支えがなければ生きられないはずだ……》

昆虫の羽音がかすかにあたりの静寂を通してさまようように聞こえていた。と、一匹の黒豚《くろぶた》が、まるで無言の村をわがもの顔に進み出た。

「およそこんなことをあいつはおれに言ったことがあった。《ガーンとやられてみろ、くたばるか、くたばらないか、どっちかだぜ。おれは他のやつらがやらないブロット（トランプ遊びの一種）をやってるのさ。やつらはくたばるのが恐《こわ》いからだが、おれはちがう。くたばってておいにけっこう。それに早すぎるなんてことはない、だっておれにうまくやれるのはそれくらいのもんだからな。おっ死《ち》んだってかまわなくなってから、いやむしろその方がうれしくおもえてからは、何だってできるぜ。ことがうまくいかなくなりゃピストルってやつがある、こいつにはかなうまいさ……　けりをつけるにゃそれで十分……》あいつはほんとうにとても勇敢だよ。あいつは、都会にもどると自分がまるで知的じゃなくて、粗野だって思うんだ。そこで埋め合わせをしてるってわけさ。やっこさんには、勇敢にやってるってことが、いわば家庭にいるようなものなんだ……　おれたちだって生命を賭《か》けるってのは快感だよ、だけどあいつは、賭けることがもっと必要なぶん、快感がいっそうはげしいんだ。あいつは危険どころじゃないことができる。あいつには憎しみの偉大さみたいなものへの嗜好《しこう》があるね。幼稚な嗜好だけど、やっぱり類例はないんじゃないかな。どうして片眼を失《な》くしたかってことは話しただろう……あの地域にひとりで、たったひとりで出かけるってことだって、やっぱり勇気のいることだよ……黒さそりに刺された経験はないだろう？　おれは錐《きり》の経験はあるが、さそりはもっと痛い、痛いなんてもんじゃないらしいな。あいつは、さそりを見ると猛烈に神経にさわったものだから、わざと近よって刺されたんだよ。徹底的に世間を拒むってことは、自分の力を自分に証拠だてるために、いつもひどく自分を苦しめることなんだ。こういったことにはきまって、素朴な傲慢《ごうまん》さがかぎりなくひそんでいるが、人生とすくなからぬ苦悩とがついにはそれにかたちを与えてしまうんだよ……　ばかげた経緯《いきさつ》で仲間を救おうとしてあいつはすんでのところで蟻《あり》に食われそうになったこともある（もっともこれは、あいつのピストルの理論のせいで、はじめきいたときほど印象的には思えないがね）」

「いつだって自殺はできるって思わないんですか、あなたは？」

「自分自身のために死ぬ方が、自分自身のために生きるよりたぶんむずかしくはないだろうよ。おれには疑問だけれど……　自殺しなきゃならないのは失敗するときだが、失敗するときこそ、あらためて人生が愛せる……　あいつはそう信じてるんだ、それが重要なところだよ」

「その男が死んでたら？」

藁葺《わらぶ》き小屋の戸がだんだん閉ざされていた。

「ヨーロッパ製の品物が売りに出されていたはずだよ。物々交換の行なわれるその村に行く連中同様、案内人がそれを知ってるだろうよ。やつにきいてみたが、何にも売られていない。いずれにしろ、公式には原住民の族長たちにおれたちは通行許可を求めるんだから……」

ペルケンはまわりをながめた。

「女、女だけだ……女の村……きみの心は動かないかね？　男っ気が全然ないこの雰囲《ふんい》気《き》、みんな女たち、こんなにも……こんなにも猛烈に性的な麻痺《まひ》状態にだよ」

「興奮するのはあとにしてくださいよ、まずは出発」

ボーイが荷物を一台の車に集めて、牛をつないだ。牛をつないだ車が一台、一台とサラの前でとまった。石が、かなり難渋《なんじゅう》した末、クロードの折畳みベッドの上におろされた。ついに荷車が動き出した。案内人が先頭のを、クサが二番目のを御《ぎょ》していた。クロードは、三番目のに横になって、御すというよりは牛の進むにまかせていた。ペルケンは、馬に乗って殿《しんがり》をつとめていた。ボーイが放してやったクロードの馬がうつむいてゆっくりとついてきていた。その従順さを見て、デンマーク人のペルケンは気がついた。《賢明だぞ》かれは思った。《こいつは捨てない方が》そこでかれは自分の前の、最後尾の車にそれを手綱でつないだ。道がカーブして村が見えなくなろうとしたとき、かれは振り返った。すると、すのこがいくつか倒れて、女たちの顔が当惑げに、またもの珍しそうにかれらをながめていた。

第三部

一

その半ば未開の未帰順地帯は、密林と同じように怪しげで脅迫的だった。その物々交換の村は寺院よりも腐朽していて、そこで出会った最後のカンボジア人たちは、脅《おび》えて、村落や族長たちやグラボについて、何をたずねてもすべてはぐらかすのだった……（しかし連中はペルケンの噂《うわさ》はきいたことがあるらしかった）ラオスやカンボジア低地のあの逸楽的なもの憂《う》さはもはや全然なくて、あるのは肉の臭《にお》いをともなった野蛮さだった。やっと使いの者が、ヨーロッパの酒瓶《さかびん》二本と引換えに通行が許可され、案内人がひとり与えられると告げた。誰が許可したのかはわからなかった。しかし、一行がスチエン族の中心に登っていくと、いっそう由々しい不安がかれらにのしかかってきた。ペルケンが、クロードの腕を拳《こぶし》でたたいてとめたところだった。

「足もとを見ろよ。動かないで」

かれの足から五センチのところに、するどく研《と》ぎすまされた竹の棒が二本、熊手の先のように突き出ていた。

ペルケンが指さした。

「何かまだ？」

かれは答えずに、歯の間でシーッと音をたて、煙草《たばこ》を前方に投げた。煙草は、日暮のせいで濃くなった緑色の大気のなかに真っ赤な曲線を描いて腐植土の上に落ちた。そのそばに、また二本の切っ先きがあった。

「そいつはいったい何なんです？」

「逆茂木《さかもぎ》だよ」

クロードはモイの男をながめていた。その男は——かれらは案内人を村で取りかえていたのだった——弩《おおゆみ》にもたれてかれらを待っていた。

「ぼくらにあらかじめ知らせるべきじゃなかったんですかね、あいつ？」

「どうもおかしいな……」

かれらはまた、大地すれすれに足を引きずるようにして、案内人の黄色い斑点のうしろから歩き出した。クロードにはもはやその案内人の血のついた、きたない腰巻しか見えなかった。それは完全に動物でも、完全に人間でもなかった。足を、地面を引っ掻かないようう——切株や幹を避けて——持ちあげるたびに、脚の筋肉が、あまり早く歩かないようにと気をつかうのでひきつった。クロードは、筋肉によって危険に結ばれて、いまでは盲人のように生きていた。努力してもほとんどきかない眼に嗅覚《きゅうかく》がとってかわり、不安をそそる腐植土の臭《にお》いのしみこんだ熱気が吹きつけて鼻をつくのだった。腐った木の葉が小道をおおっていたら、どうやって逆茂木が見えるだろうか？　脚をしばられて、奴隷のような従属……　かれは、こうした用心深い歩みに抵抗したが、ひきつったふくらはぎの方が気力よりも強かった。

「牛の方はどうですか、ペルケン？　一頭でも倒れると……」

「たいして危険じゃない。牛の方がおれたちより切っ先にずっと敏感だよ」

クサひとりにあやつられてついてきていた荷車に乗ればどうか？　そうすると、襲撃された場合、まるで防御のしようがなくなることになる……

かれらは、むき出しの川床を横切り、まるで小休止のように、何ひとつかくしてはくれない小石のそばで一休みした。数メートルのところにモイの男が三人、粘土の土手の傾斜上を上から下へ縦に並んで立ち、じっと身動きしないでかれらをながめていた。それはまるで、かれら自身からではなくて、静寂から由来したもののように非人間的な不動性だった。

《まずくいくと、背後にも敵を持つことになるぞ》

三人の未開人は相変わらず身動きしないでかれらのあとを眼で追っていた。ひとりだけが弩を持っていた。小道は前ほど暗くなくなり、木もまばらになっていた。やはり用心して歩かなければならなかったが、気がかりは薄らいでいた。

ついに森の間の空地の光が小道の端にあらわれた。

案内人が、首の高さのところに張られた籐《とう》の細い蔓《つる》の前でとまって、それを解いた。その小さな刺《とげ》が日光を浴びて輝き、光のうちに見えなくなっていた。クロードはいままで籐の刺を見たことがなかった。《まずくなった場合、ここから逃げ出すのはそんなに容易じゃないな》と、かれは思った。

モイの男は鋸《のこぎり》状の蔓を注意深くもとにもどしていた。

林間を横切る小道はついていなかった。しかし、すくなくともひとつ、つまりいままでかれらがたどってきて、先にのびている小道がそこから出ているはずだった。静けさにもかかわらず、一行が眠るはずのその空地には罠《わな》がかけられているような気配があった。半分はすでに闇《やみ》に浸され、あとの半分は夕暮に先立つ真黄色の光に照らされていた。棕櫚《しゅろ》の木はなくて、アジアは、暑さと、赤い幹をした木々の巨大さと、深い静けさだけで示されていた。そして、無数の虫の軋《きし》るような鳴き声と、ときには、いちばん高い枝にいどみかかるようにとまっていた鳥の孤独な叫び声が、その静けさに壮厳な広がりを与えていた。静けさは、よどんだ水のように、それらの叫びがなくなるとともに深まっていった。高いところでは、枝が夕暮の混沌《こんとん》のなかにおぼれたみたいに、ゆっくりと揺れていた。ところが、道も足跡も見当たらぬ草木の茂みが霧にかくれた奥の方へ下がっていて、その向こうに山々が、もう死んでいた空を背景に、くっきりと浮き出ていた。巨木に巣くうふなくい虫のようにモイ族たちはここで繊細な殺人道具でたたかっていた。こんなふうに考えていると、かれらの地下生活と、説明のつかない用心深さは、護衛もなく、先方まかせで送られてきた案内人に導かれている三人の男にはいっそう脅迫的になっていた。逆茂木《さかもぎ》や蔓の必要はなかった。なぜ、こんなにまでしてこの空地を守るのか？《グラボは、自分の自由が確保したくて、手落ちがないようにしているのかな？》と、クロードは思った。この場所では、考えるなんてことは珍しかったせいだろう、かれの気持はすぐに伝わって、ペルケンはその質問を見破った。

「きっと、あいつはひとりじゃないな……」

「というと？」

「あいつだけが族長じゃない。それとも、あいつ、まるで野蛮人になって……」

かれは口ごもった。その言葉は、うずくまって、皮膚病《ひふ》のせいで膝《ひざ》にできた白い斑点を引っ掻《か》いている案内人によってほとんどときを移さず裏づけられ、草木の壮厳さのうちに広がったようだった。

「……それで、すっかり変わっちまったんだよ……」

また未知なものに出くわした。探険はかれらを、王道の眼に見えない線の上にと同じく、そのグラボという男の上に投げ出していたのである。グラボがまたかれらの運命をふたしかなものにしていたのだ。ところが、そのグラボがかれらに通行を許可していたのだった……

ペルケンがバンコクから持ってきた何枚かの写真が、クロードのなかで強迫観念のようにしつこく生きていた。ジャングルやシャムの中国人酒場をぶらつき、ヘルメットをうしろにずらし、口を開け、眉《まゆ》をつりあげて大笑いしている、片眼で陽気ながっしりとした男。笑ったり、眼を円くして驚いたり、仲間だか敵だかの頭に、ポンと強くたたいてヘルメットを耳までかぶせるといったしぐさをすると、男の乱暴さのかげに子供の表情があらわれるそれらの顔をクロードは識《し》っていた……そこには、都会の男のいったい何が残っていただろうか？《あいつが野蛮人になっていなけりゃあ……》

クロードは案内人を捜した。かれは単調な歌を歌っていて、クサがじっと動かない牛のそばでそれを聞いていた。夜に備えてたかれた火が、（暑さのためにテントを張らずに）蚊帳《かや》の下にしつらえられたベッドからほど遠くないところで、パチパチと小さな音をたてていた。

「蚊帳をはずすんだ」ペルケンが言った。

「あの火のやつに明るく照らされるだけでたくさんだ。せめて、襲ってくるやつらが見えるようにしておこうじゃないか！」

空地は広々としていて、襲うには誰もがまずむき出しの地面を横切らなければならなかった。

「何かあったら、寝ずに見張ってる方が案内人をやっつけて、光が当たらないよう、右手の茂みに逃げこむんだ……」

「勝っても、案内人なしじゃ……」

かれらの上に重くのしかかっているすべてが、閂《かんぬき》のように、グラボの掌中にあるかのようだった。

「あの男はいったいどうすると思うんです、ペルケン？」

「グラボか？」

「そうですよ！」

「こんなにもやつが、いや、やつがやりそうだと思えることが間近に迫ると、どうも予想に自信がなくなるね……」

火は相変わらずパチパチ音をたてていた。ところが、焔《ほのお》はまっすぐに明るく、まるでバラ色に燃えあがって、煙のせわしない渦巻《うずまき》だけを照らし出し、いまでは空とほとんど見わけがつかない木の葉の塊《かたまり》に反射していた。ペルケンは、自分が賭《か》けた賭金を前にして、相手の男がわからなかったのである。

「逆茂木《さかもぎ》があっても、あの男はぼくらを通してくれるって思うんですね？」

「あいつがひとりなら、そうだ」

「たしかにかれは、この石の重要さを識《し》らないでしょうね？」

ペルケンは肩をすくめた。

「教養がないからね。おれだって……」

「ひとりでないなら、仲間は？」

「白人でないことはたしかだね。それに、こんなところまで登ってくる人間の間では、忠誠心は強いからな。おれはつくしてやったよ、グラボには……」

かれは、地面の草をながめながら考えこんだ。

「あいつがいったい何から身を守ろうとしてるかが知りたいんだよ……　古い夢や、挫折《ざせつ》で情熱がかきたてられるってこともあるからな……」

「どんな情熱かが問題でしょう」

「バンコクで女たちに裸で自分をしばらせるって男の話をしたね……　それはあいつだったんだ。女という別種の人間と寝て、その上暮そう――暮そうってんだよ――ってことにくらべて、別にそれほどばかげたことじゃない……　ところが、あいつはそれにひどく屈《くっ》辱《じょく》を感ずるんだな……」

「人に知られることにですか？」

「誰も知りゃしない。そうすることにさ。そこで、あいつは埋、、、合せをするんだ。あいつがここに来たのは、たぶん何よりもそのためだよ……　勇気が埋合せをする……　小さな恥の重みが減るにはそれで十分だよ」

人間の身振りの微々たる豊かさなどはこの広大さにくらべればものの数ではないとでもいうように、ペルケンはあごで空地と、闇《やみ》に消えていく山々を指し示した。夜と混じりあう遠くの木立の壁と、大きな原始の密林の火よりも明るい星が出ている空から、日没のゆっくりとした法外な力があらわれて、クロードを孤独で圧《お》しつぶし、かれの生命に追いつめられた者のような性格を与えていた。その力は、打ちかちがたい無関心さ、死の確実さのようにかれの心を沈みこませていた。

「かれが死なんか糞《くそ》くらえってのがわかりますよ……」

「あいつが恐れないのは死じゃなくて、殺されるってことだよ。あいつは死については知っちゃいない。頭に一発くらうのはへっちゃら、けっこうなことさ！」

と言ってから、声をひそめて、

「もっとも腹にくらうと、そうは安心できんよ……苦しみがつづくからな……人生に何の意味もないってことは、きみもおれ同様知っているだろう。ひとりで生きてると、自分の運命ってものを気にせずにはいられないのが普通だからね……　死はそこにある、そうだろう、まるで……まるで人生の不条理の否定できない証拠みたいにね……」

「誰にもですよ」

「誰にもじゃない！　死は誰のためにも存在しないんだ。生きることのできる人間ってのはごくわずかだろう…… みんなが…… ああ、どう言ったらわかってもらえるかな？…… そう、殺されるってことは考える。だが、そんなことはちっとも重要じゃない。死とは、そんなものじゃない。反対だよ。きみは若すぎる。おれがまず死っていうものがわかったのは、……ある女、要するにひとりの女が老《ふ》けるのを見たときさ。（サラのことは、前にもう話したな……）それから、その予告じゃ不十分みたいに、おれがはじめて自分が不能だってわかったときだよ……」

それは、無数の頑固《がんこ》な根を断ち切ってはじめて地表にあらわれる、むしりとられたような言葉だった。かれは話しつづけていた。

「けっして死者を前にしてじゃない……老いること、そう、老いることだよ。他人から引き離されてるときはとくにそうだ。老衰。おれに重くのしかかるのは——どう言ったらいいかな、おれの人間の条件なんだ。つまり、おれが年をとるってこと、ときという残酷なものが過ぎて帰らないで、おれのうちに癌《がん》のように広がるってことさ…… 時間ってやつだよ」

「このきたない虫どもは、光に服従しておれたちの燭台《しょくだい》の方にやってくる。あの白蟻《しろあり》たちは、蟻塚に服従して蟻塚のなかで暮らしてる。だけどおれは屈服したくないんだ」

密林が夕暮の広大な動きに、そのひそかな照応を見出して、大地の野生の生命が夜とともに活気づいていた。クロードはもう質問できないでいた。かれが思いつく言葉は、ペルケンの上を、地下の流れの上をすぎるように通り過ぎていくのだった。この男は、密林全体によって、理性や真理を必要とする人たちから隔《へだ》てられ、いまクロードを前にして、闇《やみ》のなかで自分のそばに蝟集《いしゅう》するおのれの幻どもとたたかい、人間の助けを求めていたのだろうか？　ペルケンはピストルを取り出したところだった。かすかに銃身が光った。

「おれの全生涯は、この銃身を口にくわえるとき、この引金に力をこめるしぐさを自分でどう考えるかにかかっているんだよ。自滅か行動か、問題はそれを自分がどう思うかなんだ。人生は材料で、それをどうあつかうかを知ることが問題なんだ——どうともできるものじゃないにしても、それならそれでできないやり方ってものがいろいろあるはずだ……ある流儀で生きるには、人生の脅迫や老衰やその他いろいろのことに決着をつけなきゃならない。その場合にピストルは恰好《かっこう》の保証なんだよ。だって、死が手段のときには自殺はやさしいからね……それがグラボの力なのさ……」

すっかり夜になり、夜はアジアの地のはてまで浸して、静寂とともにもろもろの孤独の上にもどってきていた。たき火の小さな音を越えて、明瞭《めいりょう》で単調だが、しばられて遠くには届かないようなふたりの原住民の声が立ちのぼっていた。かれらのすぐそばでは頑丈《がんじょう》な目ざまし時計が、正確にジャングルの限りのない沈黙を刻んでいた。たき火や、それらの声よりも、その時計の音の方がクロードを、その恒常さ、明確さ、機械的なものの持つうちかちがたさによって人間の生活に結びつけていた。クロードの思考ははっきりとしてきたが、それはかれが思うまいとしていた深処のものにつちかわれ、なお超自然なものの力に支配されていた。その力は、まるですべてが、大地までが人間の惨《みじ》めさをかれに是が否でも納得させようとするかのように、夜と、燃える大地から湧《わ》きあがってきていたのである。

「じゃ、別の死、ぼくのうちにある死はどうなんです?」

「こういったすべてに負けないように生きることだ（ペルケンは、脅《おびや》かすようにおごそかな夜を眼で指し示していた）、その意味はわかるだろ? 死に抗《あらが》って生きることも同じさ。おれはときどき、その瞬間に賭《か》けてるんだなって思えることがある。たぶんまもなくすべて片がつくよ、多かれ少なかれ不愉快な矢一本でね……」

「自分の死は選べませんね……」

「しかし、おれは自分の死に損《そこな》いを認めることで、自分の人生を選ばせられたんだ」

肩にそってできていた赤い線が動いた。きっと手をさし出したからだろう。それは、闇のなかに踏み迷い、星でいっぱいの広大な空でさわがしい声をたてているそのちっちゃな人間の斑点同様、取るに足りないしぐさだった。まばゆい空と死と闇との間にあって、その声だけが人間から来ていた。しかし、何かあまりに非人間的なものがそこにはともなっていたので、クロードははじまりつつある狂気のようなものによって、その声から隔てられている感じがしていた。

「強烈に死を意識して死にたいんですね、その……弱気になったりしないで？　……」

「おれはもうすこしで死ぬところだった。死を前に味わう、生の不条理から来る興奮はきみにはわかるまいな、ちょうど女……」

かれは、はぎとるような身振りをした。

「服を脱いだ女を前にしたときのようにね。突然、素っぱだかになった……」

クロードはいまでは星から眼を離せないでいた。

「ぼくらはたいていみんな、死に損ねてますよ……」

「おれは、死を見届けようとして生を過ごしてるんだよ。きみが言いたいことは――だって、きみも恐《こわ》いんだから――ほんとうだ。おれが自分の死より弱いってことはありうるさ。残念だけどね！　敗北の人生にも何か……満足すべき何かがあるよ……」

「ほんとうに自殺を考えたことはないんでしょう、あなたは？」

「おれが自分の死を考えるのは死ぬためじゃなくて、生きるためだからね」

その張りのある声はまさしくひとつの情熱を示していた。闇《やみ》の深みと同じようにはるかに遠い深みから流れついたもののような、希望のない、胸を突き刺すような歓喜がそれである。

二

眼がさめると、それほど多くはなくなった逆茂木《さかもぎ》と蛭《ひる》との間をまた何時間も進む。ときどき、猿《さる》たちの大きな叫び声が谷底まで滝のようにこだまして落ち、それをさえぎるように、荷車の車輪が切株にあたって鈍い音をたてていた。

小道の端に、双眼鏡のぼやけた円のなかに映るみたいに、スチエン族の部落が見えはじめていた。部落は、その空地いっぱいに広がっていた。クロードは、未知の武器でも見るように木製の砦《とりで》をながめていた。大梁《おおはり》が柵《さく》状に立てられ、森を隠して（一行はいまではすぐそばに来ていた）、荒々しく一種の力を誇示していた。その力は、砦の上方に突き出たもっぱら次のようなものによって、いかにも不安げに暗示されていたのである。羽毛ででき た物神で飾られた墓と、大きなゴール（南アジアの野牛――原注）の頭蓋《ずがい》がそれだった。酷熱の太陽の光が角《つの》の上できらきらと輝いていたが、それはまるで、高いバリケードのうしろに姿を消した密林が、それらの異様なものだけを、葉の茂みから解放された空にはめこんで、もとの場所に残したといった感じだった。案内人がまた籐《とう》の蔓《つる》をいくつも解いて、荷車が通ると、それを張りなおした。

入口の柵が半開きになっていて、一行は入った。入口を守っていたモイの男が、かれらが通ると、小銃の床尾《しょうび》で入口を閉めた。「とうとうグラボの持物があらわれましたね！」──クロードが言った。《銃のレバーが倒してないな》と、ペルケンは思った。しかし、かれは閉じられた木の音に押しやられて、前に進んだ。

右手には、ずんぐりした小屋がほとんどゆきあたりばったりに並んでおり、森の動物のように半ば地面にめりこんでいた。小さな野良《のら》犬が何匹か屑《くず》の山の上で鳴いていた。男や女たちが、待ち伏せするように、すのこの端から眼を光らせてながめていた。

案内の男が一行を、野牛の頭蓋《ずがい》を支えている竿《さお》のそばの空間の中央に建っている、他よりも高い小屋に連れていった。その小屋は、差し上げた両腕のように空に向かって突き出た巨《おお》きな角《つの》と同じく、人々でいっぱいのこの孤独の上に重くのしかかっていた。集会所か族長の家だった。グラボはたぶん、あの角の下の、棕櫚《しゅろ》葺《ぶ》き屋根の下にいるのだろう……グラボがかれらを守ってくれたのだ、一行は生きているのだから。案内人についてかれらは梯子《はしご》をよじ登り、なかに入って、うずくまった。

かれらはまだ何にも見わけがつかないでいた。しかし、白人は誰もいないような感じだった。ペルケンは立ちあがると、敬意を表そうとしてか、横向きになり、すこし離れてうずくまった。クロードもならった。小屋の奥、かれらの、ついさっきまでは後方だったが、いまでは前方に、十人ばかりのスチエン族の戦士たちが、サーベルとも伐採刀ともつかぬスチエン族特有の短い武器を持って立っていた。かれらのひとりが体を掻《か》いていた。

ペルケンは、かれを見る前に、爪《つめ》の軋《きし》る音を聞いていたのだ。

「安全装置をはずすんだ」ペルケンは声をひそめて早口で言った。

クロードがベルトにつけていたコルトは問題にならなかった。かれは、装置のはずれるかすかな音を耳にし、ペルケンがポケットからガラス細工をいくつか取り出すのを見た。クロードはすぐに、ポケットの奥で、小さなブローニングの安全装置を――できるかぎり気づかれないようにゆっくりと――起こして、青い南京玉を取り出した。すでにペルケンは片手をこちらにのばしていて、クロードの南京玉を自分のとあわせて相手にわたし、シャム語で二言、三言しゃべると、案内人がそれを通訳した。

「クロード、族長らしいあの老人の上の方をみろよ」

暗闇《くらやみ》のなかに明るい斑点がひとつ。ヨーロッパ人の白い上衣だった。《グラボはここにいるにちがいない》老族長は、唇《くちびる》を張り、歯ぐきを見せてほほ笑んでいた。かれは指を二本立てて見せた。「壺《つぼ》を持ってくるぞ」（忠誠の誓いのためで、同じ壺から飲むのである。それに壺はスチエン族の部落では、いちばんの貴重品なのである――原注）ペルケンが言った。

日光が三角形をなして小屋のなかに射《さ》しこんでいた。それは老人の肩から腰にかけて当たっていて、宦官《かんがん》のような顔は闇のなかに残され、鎖骨と肋骨《ろっこつ》の出っぱりがとても目立っていた。かれの視線は、白人から自分の前にのびていた頭蓋の影へと移っていた。角《つの》の姿はこんがらかって見えたが、輪郭ははっきりしていた。突然ガタンという音がして、それに揺すぶられたかのように影が震え出した。壺《つぼ》がひとつ梯子《はしご》の上方にあらわれたが、その首には葦《あし》が一本さしてあり、指をのばした両の手が、——うやうやしく——ちょうど柄のように両側にそえられていた。垂直にそえられた両手首の上におかれた壺は、まだ震えている影を静めるため、それに捧げられているかのようだった。また、かすかにカタンという音。壺を運ぶ男が、通るとき竿《さお》にぶつかり、梯子段をさぐっていたのにちがいない。ついにかれが、カンボジア人の青いぼろをまとって（モイ族の族長が身につけていたのも腰巻だけだった）、ゆっくりと直立の姿勢で地面からあらわれ、不可思議な慎重さで、自分の前の床に壺をおろした。クサがクロードの膝《ひざ》を指でつまんだところだった。

「どうした？」

ボーイがカンボジア語で何かきいていた。壺を運んでいた男はかれの方を振り向いたが、すぐに荒々しく族長の方を向いた。

クサの爪が肉に食いこんでいた。

「あいつ……あいつ……」

クロードには突如、その男が盲目であるのがわかった。だが、もっと他のことがあった。

「クメール・ミエン！」クサがペルケンに叫んだ。

「カンボジア人の奴隷だ」

その男の姿は、小屋の床にさえぎられて、また村の方に沈んでいった。かれが立ち去るとき、また竿にぶつかるはずだとでもいうみたいにクロードはガタンという音を当てにした。しかし、ここにいるすべての不安な人たちの期待は、沈黙さえもが、壺《つぼ》の上に厳《おご》そかにかざされた族長の手にひき寄せられているようだった。かれは手をおろすと、眼を閉じ、葦の管で酒を吸った。かれは管をペルケンに、次いでクロードに渡した。クロードは嫌《いや》がらずにそれを受けとった。不安があまりにも強かったからである。ペルケンが、戸外で何が起こっているかを見ようとして視線を動かしていたので、不安はいっそう募《つの》っていた。

「グラボがいないのがひどく気にかかるな。おれたちは誓っているけど、あいつはモイ族たちに誓ってはいない。あいつを信用はしてるが、やっぱり……」

「でもかれらは……誓ってる……じゃないですか?」

「誰も、米の酒の誓いを裏切りはしまいよ。だけど、あいつがやつらの眼の前で誓ってないとすると、どうなるか!　……」

ペルケンがシャム語で話すと、案内人が通訳した。族長が短い言葉で答えた。

その答えは、体を掻《か》くときのほかは相変わらず身動きしない、奥の男たちの興味を特別にそそっていた。クロードはやっとかれらの見わけがつくようになって、かれの眼は、皮膚病による体の白い斑点にひきつけられた。みんながいまでは注意深くこちらをながめていた。

「白人の族長はいないと言ってるよ」ペルケンが通訳した。

かれはまた上衣に眼をやった。

「たしかにあいつはここにいる！……」

クロードは小銃を思い出し、かれもまた上衣をみつめていた。その影は重なっているようだった。一方がほんとうの影で、もう一方は埃《ほこり》だった。

「上衣がおかれたのは、そんなに前じゃありませんね」クロードは、聞かれるのを恐《おそ》れるように小さな声で言った。

たぶん埃はひじょうに早く積もるのだろう。しかし、床は清潔だったし、物神をかたどった燭台《しょくだい》も同じだった。グラボがここでもバンコクでのような服装をしていることはまずありえなかったが、この小屋ですこし前から宙にぶらさがっていたかのように、ペルケンが林間の空地で言った言葉がいまクロードの上に落ちてきた。《あいつが野蛮人になってなけりゃあ……》という言葉がそれである。なぜかれは、動物の注意力のような重苦しい、こういった連中の注意力を自分の身がわりにして、姿を隠しているのか？

ペルケンはまた族長に話しかけていた。会話はとても短かった。

「オーケーだそうだ。だけど、それはまったく何の意味もないね。ほんとうのところ、怪《あや》しいもんだ……　念のために、おれたちはまたここを通る、そのときにはこれからやる酒《さか》瓶《びん》のほかに銅鑼《どら》と壺《つぼ》とを持ってきてやる、そう言っておいた。おれたちを殺すなら帰りの方が得ってことになるからね……　あいつはおれを信用してない……　何か具合が悪いんだな……　どうしてもグラボのやつをとっつかまえないと！　面と向かえば、あいつだって……」

かれは立ち上がっていた。話合いは終わっていたのだ。かれは、頭蓋《ずがい》の影を、それに触れるのを恐れるかのようにぐるっとまわって梯子《はしご》のところに行った。案内人がかれらを一軒の空家に連れていった。

村はすこしずつ活気を取りもどしていた。すのこは倒されていた。腰巻や青いぼろをまとった男たち――奴隷である――が、かれらがたったいまあとにした小屋のまわりで、盲人特有の控え目だが忙しそうな様子で動いていた。ペルケンは進んでいたが、眼はじっとかれらに注いだままだった。そのうちのひとりが、かれらがさしかかっていた空地を横切りはじめていた。双方のルートが交差するはずだった。ペルケンは立ちどまると、何か刺《とげ》でもささったように手で片足を持ちあげ、それを仔細《しさい》にながめていた。体の均衡を保とうとして、クサに寄りかかった。

「あいつに出会ったら、白人の小屋はどれか聞くんだ。どれが白人の小屋か。それだけでいい、わかったな？」

ボーイは答えなかった。その奴隷はかれらのすぐそばに来ていた。もう一度説明している暇はなかった。かれは、声の届くところに来ていた……しくじったのか？　いや、胸と胸とを寄せあうようにしてボーイは話しかけていた。相手の顔は地面の方を向いていて、かれも小さな声で答えていたのである。《別の奴隷に答えてるつもりなのかな?》ペルケンはクサに近づいて、急いで通訳させ、かれにさわろうとして、危うくばったりと倒れそうになった。かれはまだ足をつかんでいるのを忘れていたからである。ボーイはその不様《ぶざま》な動きを見ると、すこし離れてはいたが、腕をさしのべた。ペルケンはかれの手首につかまった。《それで?》クサは、白人のとっぴな行為に馴《な》れた原住民の不安げに忍従する眼《まな》ざしをしてペルケンをながめていた。ペルケンのとげとげしい態度と、この踏みならされた土の広場には、また歩きはじめていたその奴隷と、もの陰に逃げこむ一匹の犬がしみのようにいるだけなのに、誰かがふたりの話を聞いて、感づくかもしれないとでもいうようにペルケンが声をひそめたのに驚いたのである。

「バナナの木のそば」

ことははっきりしていた。空地には、半ば野生のバナナの木の茂みがたったひとつしかなかったからだ。そのそばに、ひとつ大きな小屋があった。クロードは気になって引き返してきていたが、何が起こっているのかだいたい見当がついた。

「あいつはあの小屋にいるって、奴隷が言ってるんだ」

「グラボが? どの小屋です?」

用心してペルケンは手を腰にやったまま、指でそれを示していた。

「行ってみますか？」

「ちょっと待て。牛を車から離そう。それから偶然そこに行ってしまったようなふりをするんだ……　要するに、なるたけ偶然なようにね……」

かれらは案内人に追いついた。かれらに振り当てられた小屋の前に来ると、クサが牛を離しはじめた。

「これでいい、ペルケン。さあ、行きましょう！」

「よし、行こう」

まわり道をしたにもかかわらず、バナナの茂みのその小屋はかれらを強くひきつけていた。かれらは、議論をして時間をつぶそうがつぶすまいがそんなことにはおかまいなくグラボの思いのままにされていた。話をつけなければならぬとしたら、早ければ早いほどいいだろう。

「うまくいかなかったら？」クロードが訊《き》いた。

「殺《ばら》すさ。それしかおれたちの生きる道はない。あいつの領土の森にいたんじゃ浮かばれんからな……」

グラボはたしかに、ズボンごしにピストルを使うことを心得ていた……　かれらは着いた。小屋には窓はなく、すのこではなくて幼稚な戸で閉じられていた。外側から掛金がかけてあった。《きっと、別に出入口があるんだろう？》犬が一匹、小屋のうしろでほえだした。《こんなにいつまでもワンワンやられたら》ペルケンは思った。《連中がみんなやってくるぞ》かれは掛金をはずすと、内側からも閉めてあるのではないかと心配して、ためらいがちに戸を引いた。すると、戸が、大雨の間に木にゆるみができたせいか、かれの不安な気持に応ずるようにゆっくりと開いてきた。

鈴が鳴っていた。屋根から一条の光線が斜めに射しこんで、細かい埃《ほこり》がいっぱい濃い青色をして浮かんでいた。そして、影の塊《かたまり》がいくつか、そのまわりを車軸のまわりでもまわるように、上がったり下がったりしながらまわっていた。いちばん上の方の影がはっきりした。水平の横木の側面がはっきりしてきたのである。何かが端《はし》でそれを引っぱっていた。それは大きなたらい、大きな桶《おけ》のまわりをまわっていた…… 横木はかれらの方にまわってきては、出入口から射しこむまぶしい光から遠ざかるにつれておぼろなかたちになっていた。その光は、胴が長く脚《あし》が短い、かれらのもつれたシルエットを中心において、床の埃をおおうように射していた。こうして、機械がついに、戸口から落ちていた長方形の陽光のなかに全貌《ぜんぼう》をあらわした。石臼《いしうす》だった。鈴が鳴りやんだ。

ペルケンは、もっとよく見るために後ずさりして影のところに行った。クロードは、いまいるところに居残ることも、歩くために、石塊のように家のなかに射しこんでいる光から眼をそらすこともできずに、蟹《かに》みたいに横向きでペルケンについていった。しかし、ペルケンは相変わらず後ずさっていた。恐怖におびえた後退だった。クロードには、ペルケンの指が何かにしがみつこうとしてひきつっており、ひとりの男が動転して茫然自失《ぼうぜんじしつ》しているさまがわかった。かれは一言も口にせず、もはや身動きもしないでいたのだ。石臼につながれて奴隷がひとりいたのである。顔にはひげがはえている。白人なのか？　ペルケンは、犬のほえ声をかき消すくらい大きな声で何やら叫んだが、あまり早口だったのでクロードにはわからなかった。かれは、あえぎながらすぐにまたくり返した。

「いったいどうしたんだ？」

奴隷は、肩を震わせると、前につんのめるように暗闇《くらやみ》のなかに進み出た。鈴がまたひとつだけ呼び鈴のように鳴った。だが、男は立ちどまった。

「グラボか？」ペルケンが大声で言った。

恐怖でもあり、質問でもあったその声が、ふたりの方を振り向いた男の顔にあたってくだけた。クロードは眼を捜したが、ひげと鼻しか見つからなかった。男は、何かをつかもうとして、指をばらばらに開いた片手をさし出した。が、その手はまた腿《もも》に落ちて、肉をたたく音がした。かれは革ひもでつながれていた。《目がみえないのか？》クロードは、そう口にすることも、ペルケンにたずねることもできずに考えていた。

しかし、そのよごれた顔はふたりの方に向けられていた。かれらの方に、それとも光の方にだったのか？　クロードには、捜しているあの眼《まな》ざしが見つからなかった。グラボは片眼だとペルケンは言っていたのだが……　男は正面ではなく、斜めに戸口の方を向いていた。

「グラボ！　……」

　返事がないのを願いながらも……

　男は調子外れの声で、何か言った。

「何だって《バス》？」ペルケンが息をつまらせながら叫んだ。

「あいつが話したのはドイツ語じゃありませんよ！」

「そう、モイ語だ。おれの方が……　何だって？　何なんだ?!」

　奴隷はふたりの方へ進み出ようとしたが、革ひもで横木の端にしばられていて、動くたびにかれは、右に左にと石臼の軌道に押しやられていた。

「まわってこい、くそ！」

　すぐに、ふたりの白人は、自分たちがいちばん恐《おそ》れているのはこの存在が近づくことだと感づいた。嫌悪《けんお》でも心配でもなくて、聖なる恐怖、非人間的なものの与える戦慄《せんりつ》だった。そうした戦慄をクロードはかつて火葬の薪《まき》を前にして体験していた。しかし、先ほどと同じように男は二歩ばかり進み出ると、(また鈴が鳴って) あらためて立ちどまった。

「やっぱり、あいつわかったんだ」クロードはつぶやいた。

　ひじょうに低い調子だったのに、男はその言葉もわかっていたのである。

「何だい、おめえたちは？」かれはついにフランス語で言ったが、その声には調子というものがなかった。

その質問のさまざまの意味にせきたてられて、クロードは口のきけない人のような絶望に胸をしめつけられた。名前を答えればいいのか、フランス人とか、白人とか言えばいいのか、それとも何と？

「何てひどいやつらだ！」ペルケンが口ごもるように言った。かれはそれまでどの言葉にも、まわってこいといった命令の口調にさえも問いかけの気持をこめていたが、それが憎しみでいっぱいのその声からは消えていた。かれは近づいて、自分の名を言った。クロードには、なくなった骨の上に張りついてべったりとした両の瞼《まぶた》がはっきりと見えていた。この男にさわれば、何かがついにこいつをおれに結びつけてくれるかもしれない！　だが、縦皺《たてじわ》のあるこの瞼の下、このひどいよごれの下に消されたこの顔から、どうやって何かある思いを引き出すことができるというのか？　ペルケンは相手の肩に両手をやって、その手をけいれんさせていた。

「何だって？　どうしたんだ？」

男は、顔をすぐ真近のペルケンの方には向けずに、光の方に向けていた。かれの頰《ほお》がひきつった。また話そうとしていたのだ。クロードは、何を言い出すのかと脅《おび》えながら、その声をうかがっていた。ついに、

「……何でもねえ……」

そいつは狂ってはいなかった。かれは、さらに言葉を捜すみたいに、その言葉を引っぱるように口にしていた。だが、それは思い出せない男でも、答えたがらない男でもなくて、自分の真実を語っている男の姿だった。けれども、(クロードは、《これでケリがついた》という言い方を思い起こさずにはいられなかった)それは死んだ男だった。溺《おぼ》れた人間にマッサージをするように、その死体の何かを生き返らせなければならなかった……

戸が音をたてて閉まった。地下牢《ろう》のような光がほのかに射すだけで闇《やみ》がまたふたりの上に落ちてきた。クロードは疑問の塊《かたまり》になっていた。モイ族たち――先ほどと同じモイ族たち――が、まわりを取り巻いていたのである。かれはこの牢獄の暗さに気がつくと、戸の方に飛びかかるように行って、パーンと開くと振り返った。ふたりが入ってきたときのように、男は日の光を浴びると、鈴を鳴らし、脅えたけだもののように身ぶるいして一歩前に進み出た。かれは、ともども光と声とにつれて反射的に動くのだった。ペルケンは、クロードの動作のあと、長方形の日光のなかに倒れた棒を拾った。それは調馬用の鼻勒《びろく》、先に逆茂木《さかもぎ》に似た竹のとんがりがついている枝だった。ペルケンの眼《まな》ざしはすぐに男の肩を捜した。しかし、かれはふたりの方を向いていた。ペルケンはナイフを取り出すと、革帯を切った。結び目は雑で凸凹《でこぼこ》していたが巧妙だったので、刃が通りにくかったし、かれはできるだけ腕から遠いところを切っていた。轅革《ひきかわ》を切るには、そばに近づかなければならなかった。相手は自由になったが、動かずにいた。

「歩いてもいいぞ！」

かれは壁にそって、腰を引きずるようにいままでの道を前の方に歩き出した。危うく倒れそうになった。ペルケンは、なぜだか自分でもわからぬままに、かれを九十度回転させて、戸口の方へ押しやった。かれはまた立ちどまった。肩で自由になったことを発見していたのである。かれはすぐに片手を前にのばした。はっきりと盲目だとわかるはじめての身振りだった。ペルケンは、革ひもを切り終えると、いかにも手持ち無沙汰《ぶさた》だったのか、片手を横木の上においた。手は、あの我慢のならない鈴にあたった。かれは、そのひもを引きちぎると、戸口から外へほうり投げた。地面にあたって鈴がチンチン鳴る音にきっと仰天したのだろう、男はポカンと口をあけた。しかし、ペルケンの眼《まな》ざしはその音の方を追っていた。外、数メートルのところでモイ族たちが家の内部を見ようとうかがっていたのだ。たくさんだった。前かがみの体の上に、顔の列がいくつもあった。

「まず、ここから出ましょう」クロードが言った。

「はじめは眼を閉じて踏み出すんだ！　でないとまぶしくて足がすくむぞ。やつらが飛びかかってこられるからな」

こんなときに眼を閉じるだって？　クロードは、閉じたら最後二度とは開けられないような気がした。かれは、とまらないよう全力を集中して、地面をみつめながら前の方へ飛び出した。モイ族たちの列が後ずさった。ひとりだけが残った。《奴隷の主人だな》と、ペルケンは思った。ペルケンはかれの方へ行った。

「フィア」かれは言った。そのモイは肩を揺すると、遠ざかった。

「何と言ったんです？」

「フィア、族長さ。通訳がいつも使ってる言葉だよ。たぶん、もっとうまく飛びかかろうとして引きさがったんだ……で、あいつは、畜生！」

その盲人は、日光を浴びていっそう恐ろしそうな様子で、小屋の敷居のところにいた。かれはふたりについてこなかったのである。ペルケンがもどって、かれの腕をとった。

「おれたちの小屋へ行くんだ」

モイ族たちがかれらについてきていた。

三

族長の小屋には誰もいなかった。暗がりの壁に白い上衣がかかっていた。モイ族たちがすこし離れて、半円形にかれらを取り巻いていた。ペルケンが案内人を認めた。

「族長はどこだ？」

そのモイは、敵対関係がすでにはじまっているかのように答えるのをためらっていたが、決心して言った。

「出かけた。晩にはもどる」

「嘘《うそ》でしょう？」クロードがペルケンにたずねた。

「ひとまず、おれたちの小屋へ行こう！」

めいめいがグラボを腕にかかえた。

「いや、嘘じゃないと思うな。おれが白人の族長のことをきいたんで不安になったんだ……こんなとき出かけたというのは、用心から、万一の場合には隣村の加勢を頼むためだよ……」

「つまり、待伏せってことですか？」

「だんだんことが面倒になってくるな……」

ふたりは、グラボの死んだような横顔ごしに話していた。

「いちばんりこうなのは、そいつがもどる前に発《た》つってことじゃないですか？」

「密林の方がやつらよりもっと始末が悪い……」

すぐに発つことは、食糧も石も捨てることだ……案内人がいなければ、死は確実だった。

かれらは自分の小屋にたどり着いた。

クサが怖気《おじけ》づいて、しかしほとんど驚きを見せずにかれらをながめていた。

「車に牛をつけますか？」クロードがきいた。

ペルケンが木の砦《とりで》の上の方をながめて、肩をすくめた。

「連中が集まっている……」

モイ族たちはもうかれらについてきていなかった。早くも他の連中が武装して、かれらに合流していた。密林は撃退されてもいろいろのかたちをとってたちあらわれ、それには所詮《しょせん》打ち勝てないかのように、またまたクロードは虫たちの世界に入りこんだのだった。静かで、つい先ほどは打ち棄《す》てられているように見えたばらばらに散らばって建っている家々から、モイ族たちが、どこからかわからなかったが出てきて、雀蜂《すずめばち》のような精確な動作で、かまきりのような武器を持って小道に流れこんでいたのである。弩《おおゆみ》と槍《やり》とが、ときどき触角のようにくっきりと空に浮かび、男たちが叫びもせず、茂みのなかでするカサカサという音以外何の音もたてずに集まりつづけていた。一頭の黒豚《くろぶた》の鳴声が空地いっぱいに聞こえたかと思うと、やんだ。沈黙がまた陽の光に溶けこみ、男たちが流れこんで、あちらの広場がふたたびいっぱいになった。

白人たちとクサは、武器と弾薬包を運んで小屋に入っていた。かれらはまだ荷車を見ていた。石がひとつはみ出していたのだ。三方をふさがれ、前方にだけ開いて、杭《くい》の上に乗っかったこの小屋でどうしたら防御ができるというのか？　地上にすのこがひとつあった。かれらはすぐにそれを立てたが、一メートルの高さでは体半分しか守れなかった。矢が飛んできだしたら、体を伏せなければならないだろう。かれらは縁日の小屋のなかにでもいるみたいだった。開いた大きな長方形の戸口から見ると、人気《ひとけ》のない広場の向こう、家々と植木の間の砦《とりで》のあちこちでモイ族たちが出たり、入ったりしていた。前方では人っ子ひとりいない広場全体が敵意にみちた沈黙とたたかっていた。

「おいグラボ、お前はやつらを識《し》ってるだろう。おれたちの小屋は、族長の家の右手にある。やつらは動きはじめてるらしい。何をしようってんだ？」

「答えろったら！　わかったな？」

沈黙。蚊が一匹ペルケンの耳のなかでブンブンいった。ペルケンはかっとして自分の頬《ほ》っぺたをたたいた。とうとう、例の声がした。

「それがどうだってんだ？　……」

「お前、ここに残りたいのか？」

かれは、たあいなく頭で《ノー》と言った。否定を支える眼《まな》ざしがないので、首の動きは、牡牛《おうし》のそれのように動物的だった。人間のものとは思えないような声の様子《ようす》も同様だった。

「いまとなって、どうだっていうんだ？」

「いまじゃ、お前は……その……」

「いまじゃ、何もかも、えーい……」

「何とかなるさ……」

「やつらは、犬どもにおれの眼玉を食らわせやがった、あの犬どもも片づけてくれるか？」

とがった線がいくつも、開いた戸口からはみ出すようにあらわれた。広場の向こうに、あたらしい槍《やり》の列。

「小屋にはおれの他に誰がいるんだ？　お前と、きっと若僧だな、もうひとりと、そのほかには？」

「ボーイだ」

「それっきりか？　で、やつら取り巻いてるのか？」

「広場しか見えん」

ペルケンはナイフでふた突きして、壁に小さな穴をあけた。

「ほかの側にはいないな」

「いまに来る……　夜になったら、下に火をつけさえすりゃいいんだ……　おれのときも、まあこんな具合だったな……　どうしようもねえさ……」

沈黙。槍の線影が姿を消していた。あちらでは、戦士たちがうずくまっていた……

《どうしたらこの男から何かが引き出せるか？》クロードは自問していた。

「ここでくたばりたいんですか？」

かれは両の拳《こぶし》を振っていたが、グラボにそれは見えなかった——相手が頭を壁に囲まれた囚人であるように、今度はクロードがかたちある世界の囚人になっていたのだ。どうしたらこの盲人を説得できるだろうか？　かれも眼を閉じ、瞼《まぶた》をきっとしめて別の言葉を捜した。だが、グラボが答えていた。

「おまえがひとりやっつけたら、そいつをおれにくれ……　縛りつけて……」

クロードは、またあらわれたばかりの一本の槍をうかがっていたが、グラボのいまの言葉があまりにもこたえたので、それからかれは眼を離した。それは屈辱の淵《ふち》から出てきたような獰猛《どうもう》な言葉――動物的ではなくて、ただ単に残虐な言葉だった。あの小屋でどうしても呼び出すことができなかった魂がもどってきて、ひたすら残虐きわまりない失墜の意識になろうとしていたのか？　手の指を集め、先をひきつらせ、爪を全部ひとつにあわせて、その拷問の夢は押しつぶそうとしてどの眼をねらっているのか？　手が腕の端で震えていた。顔には何も徴候はなかったが、足指がそり返っていた。その体――石臼《いしうす》小屋が開かれてからというもの、食べるためにさし出された手、調馬用の鼻勒《びろく》になれたこの背は――語ることを知っていた。しかも、受けた苦しみについてだけ語ることを知っていたのである。かれの肉体言語があまりにも強力だったので、クロードは一瞬、向う側で拷問はかれをこそ待っているのだということを忘れたほどだった。かれらは火に対してどうすることもできなかった。どうすることも。孔雀《くじゃく》の叫び声がしたかと思うと、空の深い静けさのうちに消えた。うずくまったモイ族たちは、狩人のような眼ざしがなければ、うとうとと眠っているように見えた。それらの眼ざしの上で大気が極度に張りつめていた。鷹《たか》が空中にじっと動かないでいるみたいだ。日のあるかぎりは……

「やつら、火をつけると思いますか、ペルケン？」

「まちがいないね」

グラボは、もう口をきかなかった。

「やつらは何かを待ってるんだ。族長の帰りか、それとも晩になるか。あるいは両方かもしれないな……　やつらが確信してることは、お前に誓《チユ》っていい」

クロードは、お前という言い方のせいで、はじめペルケンはグラボに話しているのかと思った。

「それじゃ、射《う》ちまくって、門の柵《さく》までたどりつこうとする方がましなんじゃないですか？　弾薬もかなりあるし……　百にひとつのチャンスだってことはわかっています……たぶん、やつら怖気《おじけ》づいて……」

「ふたり目がやられたところで、あとの連中はまずみんな隠れるね。すると、交渉は不可能ってことになる。ほんとうのところはわからないが……　グラボを捜したことでおれたちは米の酒の誓いを破ったと、やつら思ってるらしいが、確実にそうともいえないような気がする。様子を見なけりゃ……それはともかく、やつらは密林だとここよりもっと手ごわいからな」

「どうせくたばるんなら、何人かやっつけた方がいい。ほら、こっちの穴にふたりやってくる、いや四人……　五人、あっ、六人、八人、これで全部かな、敵さん。こいつは見込みがあるぞ。こっちから逃げてみたらどうです？　とにかく、柵……」

「密林だ！」

クロードはまた口をつぐんだ。ペルケンは耳をすませていた。鍋《なべ》をころがすような音がかれらのところまで聞こえてきていた。

「夜になる前には連中火をつけまいよ」ペルケンが言葉をついだ。「おれたちの唯一のチャンスは日が暮れたら逃げることだ。夜を利用してたたかうんだ、先手を打って……」

「やっぱり、やつらを何人かやっつけたいな、わくわくしちゃう！　あそこをひとりでぶらついてるやつ、ひとつこのピストルであいつの耳を驚ろかせてやるか……　ほんとにあいつにかまっちゃいけないかな？」

かれは挿弾子《そうだんし》のなかの弾丸《たま》の位置を示した。

「いつも二発は残しておくよ……」

「へーん？　……」

グラボだった。一声、一声だけだったが、極端なまでに憎しみをあらわしていた。その男はここにかれらといっしょにいた。そして、あるのは憎しみだけではなくて、また確信だった。クロードはびっくりしてかれをながめていた。穴倉に住む人間のような色あせた皮膚、しかしレスラーのようにがっちりとした肩…… 力づよい廃墟《はいきょ》。そして、かれはかつては勇敢どころではなかった。そのかれもまた、寺院と同様、アジアの下で腐っていたのだ…… 自分の片眼をつぶして、何の保証もなしに、こんな奥地にひとりで入ってくることのできた男が。《やっぱり切り抜けるには、おれのピストル……》こう思うと、何か恐ろしいものが、モイ族たちのそばでと同じようにかれのそばにただよっていた。

「でも、畜生、やってできないことは……」

「ばかやろう!」

その悪口、いやその声よりも雄弁にグラボのめちゃくちゃにされた顔が物語っていた、やっても無益なときにはできないし、やらなくちゃならないときでもできないことがあるということを。《……やろうとすればいいんだ……》かれ、クロードの入りこむ余地のほとんどないことが問題だった…… クロードは、銃身を自分の頭に向けて、外側から手でピストルを持ちあげた。しかし、かれはそのばからしさに気づき、射《う》つとすれば、その武器をいよいよのときにはグラボに向けて、その顔、その憎しみ、その現存を消して——殺人者が罪をあかす自分の指を切るように、その人間の条件の証拠を追いはらおうとするだろうと知った。かれは突然、ピストルの重さを感じて、手をおろした。ばからしさが、強い波のようにかれからひいていった。その残骸の上で、広場の端《はし》の不吉な影、空に張りついたような槍《やり》や野蛮《やばん》な角《つの》がはじめて力を失ったように思えたのである。しかし、それも束《つか》の間だった。ひとりのモイが立ちあがるだけで十分だった。かれが危うくころびそうになって、隣りの男にしがみつくと、そいつが叫び声を上げたのだ。その音は遠いので鈍かったが、ゆっくりと空地を横切り、空地を、その化石化したような待伏せの眺望《ちょうぼう》から解放した。向う側ではモイ族たちがますます数を増していた。しかし、かれらはうずくまっていようと動いていようと、武器が弩《おおゆみ》であろうと槍であろうと、かならず広場のふちのところでとまっていた。かれらは、何かある不可思議な力がその線を越えるのを禁じてでもいるみたいに、犬や狼《おおかみ》よろしく、その神秘の線のそばでひしめき、うごめいていた。時間だけが、この空ろな広場を圧するように生きていた。一分一分がこの凶暴な連中の輪に囚《とら》えられていたのである。その輪は永遠の性格を帯びていた。まるで、かれらの頭を越えることなどはこの世界では起こりうるはずがないかのようであり、残された時間――色あせる空が予告する時間、間近に火事が迫った日暮れどき――を生き、それに耐えることは白人たちにとって、巨《おお》きな杭《くい》の柵《さく》の前に立った人垣の圧迫にいよいよ抗《あらが》いがたく耐《た》えることだし、この囚われの状態がどんな奴隷状態への前ぶれであるかをいっそう理解することにほかならないようだった。追いつめられ、囲まれていた。待伏せる野獣の頭のように、かれらの頭は眼《まな》ざしだけになって生き、眼ざしは罠《わな》の中心に注がれるように小屋に注がれていた。クロードが双眼鏡の円のなかに頭をとらえるとつねにきまって眼に出会った。しかし、双眼鏡をおろすと、それらの貪《むさぼ》るような未開人の眼《まな》ざしは遠くに消えるのだった。しかし、かれの前からはやはりその皺《しわ》だらけの瞼《まぶた》と、犬のようにのばされた首は消えなかった。あたらしい戦士たちが弩に寄りかかってあらわれたところだった。それによってまるでかれらの仲間は二分されたみたいだった。かれらは相変わらずあの神秘的な線にそって、左の方へ蟻《あり》のように進んでいた。小屋の壁のせいでかれらの姿が見えなくなった。ペルケンが壁に穴をあけた。すると、ほとんど眼下に墓がひとつあって、その上に歯をむき出したふたつの大きな物神がのっていた。男と女で、赤く塗《ぬ》った性器を手いっぱいに押さえていた。その向こうに小屋がひとつあった。モイの連中は明らかに、その小屋を占領しようとして、そのうしろに進んでいるのだった。しかし、すのこがいくつかその入口には立てかけてあるので、そこには何の動きも見られなかった。モイ族たちの列は、落し穴にでも消えるみたいに、その小屋のうしろに消えていった。そして、その渦巻《うずまき》はすこしずつ近づいてきて、かれらが見るのをやめた直後から、小屋の正面の方に向かっていた。ふさがれたその正面は、そりかえった指がはめこまれた例のふたつの木製の性器の向こうで、雀蜂《すずめばち》の巣のようにやかましかった。

その小屋の正面も生きていた。それが隠しているすべてのもの、背後に消えたかと思うと脅迫的な虚無に変わる人間以下の人間たちによって、陰険に、じっと動かずに生きていた……

「やつら進んできていったいどうしようってんだろう？」クロードはささやいた。「和解しようってのかな？」

「なら、あんなに大勢は来ないだろう……」

ペルケンはまた双眼鏡を取りあげた。と、すぐにクロードを呼ぶように、片手を宙にあげてある身振りをしたが、その手をもどして、双眼鏡をしっかりとおさえた。それから双眼鏡をクロードに渡した。

「すみの方を見ろよ」

「それで？」

「もっと下、床の近くだ」

「何が気になるんです？　通過してる器具ですか、それとも穴みたいなものですか？」

「同じものなんだ。器具は弩《おおゆみ》で、他のを次々通すために穴があるんだよ」

「それで？」

「二十以上あるね」

「ぼくらが射てば、あのすのこじゃやっこさんたち防げやしませんよ！」

「やつらは伏せてる。たくさん弾丸《たま》を無駄《むだ》にする。それに夜になる。この小屋が燃えるからやつらにはおれたちが見えるが、おれたちにはほとんど見わけがつかないだろうよ」

「じゃあなぜあんなに厄介《やっかい》な真似《まね》をするんです？　もとの場所にいたらよかったじゃないですか？」

「おれたちを生捕りにしたいのさ」

クロードは魅いられたように、その巨《おお》きな罠《わな》、罠の塊《かたまり》、動物の下あごみたいに罠の基底に突き出ている弩の曲がった木をながめていた。ペルケンに話していたクサの声もほとんどクロードの耳に入らなかった。ペルケンがまた双眼鏡を取りあげた。今度はクロードが、空地の奥、同じ方向を捜した。モイ族たちがたくさん、植物でも移植するみたいに大地にかがみこんでいた。他の連中は猫《ねこ》のように、足をひじょうに高く持ちあげ、膝《ひざ》を曲げてたいへん注意深く歩いていた。クロードは、たずねるようにペルケンの方を振り向いた。

「やつら、逆茂木《さかもぎ》を植えてるんだ」

してみるとかれらはたしかに夜を待って、予《あらかじ》め備えているのだった。あの小屋のうしろや、あのかがみこんだ体が蝟集《いしゅう》する線のうしろで、似たような作業がどれほど用意され、あるいは遂行されているのだろうか？

モイ族たちがかれらの小屋に火をつけるのを防ぐことなど考えられないことだった。火がつけられたら、かれらは前方に——つまり弩に向かって飛び出すか、右手の逆茂木の方に飛び出すかしかなかった。その向こうは囲いの杭《くい》、そしてその向こうは密林だった……できるだけ相手を殺す以外、どうにもやりようがない。ああ、マッチの上で、ジュウジュウ音をたてながらあんなにも身をよじらしていた蛭《ひる》みたいじゃないか！

ペルケンがすすめたようにする以外、なしようがなかった。火事の寸前、日暮れに逃げ出すことである。あとには密林が待っている……しかし、この逃亡からして、逆茂木《さかもぎ》に対してどれほどのチャンスがあるだろうか？

クロードは荷車をながめていた。

荷車……石。

またやりなおしか……

まずここから出ることだ、でないと殺される。生捕りにはされないこと……

「また連中、何を植えてるんです？」

かれらは、槍《やり》を交差させて、空地の向こうでふたたびうごめいていた。

「何にも植えてやしない。族長がもどってきたんだ」

ペルケンがもう一度双眼鏡をクロードに渡した。こんなふうに近づけて見ると、うごめきはやはり整然としていた。モイ族たちは何ものにもわずらわされずに目標に向かっていたのである。雰囲気《ふんいき》は極度に緊張し、敵意が大気《たいき》にみなぎって、まるでかれらに向かってさしのべられるそれらの動作のすべてが、ただひとつの塊《かたまり》となって集められたかのように、いっさいが待伏せするかれらの存在を、追いつめられた人間たちの方へ集中させていた。そして、この小屋のなかでも何かが、ペルケンという仮借《かしゃく》することのない魂に突然協調した。そして、ペルケンは、空《うつ》ろな眼《まな》ざしをして、口を開け、あらゆる表情をたるませてスナップ写真のようにくぎづけになっていた。小屋のなかにはもはや人間的なものは何ひとつなかった。クサは片すみに崩折《くずお》れ、動物のように体を曲げて待っていた。そばでは、グラボ──黙りつづけていてくれればいいのだが！　──が、あの野獣の顔を見せ、死の歯をのぞかせた野牛の頭蓋《ずがい》のように明確で獣的なあのサディストの本能をしのばせていた。そして、化石のようになったペルケン。孤独に打ちひしがれた人間の恐怖が、クロードのみぞおちと腰下とをとらえた。それは、身動きしようとしている正気を失った人々のなかに打ち捨てられた人間の恐怖だった。かれはあえて口は開かなかったが、ペルケンの肩にふれた。ペルケンはながめもせずにかれから離れると、二歩ばかり進み出て、入口の枠《わく》のまっただなか、──矢のとどくところにとまった。

「危ない！」

ペルケンはもう聞いてはいなかった。こうしてこのすでにながい生涯《しょうがい》は、ここで、熱い血の斑点として、あるいはグラボを腐らせた勇気というあのレプラにかかって終ろうとしていた。何ものも、どんな場所にいても、密林からは逃れられなかったかのように。ペルケンはグラボをじっと見た。その盲人は、首を垂れ、顔を髪で隠し、片方の肩を前に突き出し、奴隷状態にもどって──石臼《いしうす》のまわりを歩くように──円を描いてゆっくりと歩いていた。ペルケンは、永遠に瞼《まぶた》を閉じて、明日は恐らく自分のものになるだろうその顔に悩まされていた……　しかし、たたかうことはできるのだ。相手を殺せばいい！　この密林はどうにもならない膨脹体《ぼうちょうたい》にすぎないというわけではない。木や茂みがある。それに隠れて射《う》つことはできるし――餓《う》えで死ぬことだってできるのだ。ペルケンは、餓えによる刺すような狂気を識《し》っていた。しかし、それにしても村で、奴隷の馬具をつけられて眠りこんだような石臼《いしうす》のそばで暮らすのにくらべればなんでもない。密林で静かに自殺だってできるだろう。

だが、明確な思いはすべて、あの待ちかまえている頭の群によって無に帰せられるのだった。自分の運命に追いつめられた男のどうにもならない屈辱感が爆発していたのである。破滅に対するたたかいは、かれのうちで性的な興奮のように荒れ狂いだし、それは自分の勇気の屍《しかばね》のまわりをまわるみたいに小屋のなかでまわりつづけているグラボによって、いっそうかきたてられていた。ひとつのばかげた考えがペルケンを揺さぶっていた。傲慢《ごうまん》の罰として選ばれた地獄の刑罰――手足を折り、ひっくり返され、袋のように背中に頭を垂れ下げて体が杭《くい》のように永遠に大地に打ちこまれる刑罰――と、こうしたことはみな、つまりはある男がわめきながらも、はっきりと意識して、自分から望んで、拷問の面《つら》に唾《つば》をはきかけることができるためにあるのだという、血迷った願いとがそれだった。かれは自分の死以上のものを賭《か》けているという昂揚《こうよう》した気持を狂おしいまでにおぼえていた。そしてその気持は宇宙に対する復讐《ふくしゅう》、人間であることからの解放にまでなっていたので、ペルケンは自分を魅了する狂気や、一種の天啓とたたかっているのだと感じたほどだった。《人間誰だって拷問には耐えられないんだ》という思いがペルケンの精神をよぎった。しかし、それは何とも妙なカチカチという音に結びついて、ただひとつの言葉にとどまり、力がなかった。かれの歯が鳴っていたのだ。かれはすのこの上に飛びあがったが、一瞬またためらうとおりて、身代金《みのしろきん》みたいにピストルの銃身をつかんで片腕を宙に上げて身を起こした。

《気でも狂ったのか?》クロードは、息を殺して、自分のピストルの銃身でかれのあとを追っていた。ペルケンは全身をこわばらせて、一歩一歩モイ族たちの方へ歩いていたのだ。太陽が傾き、空地にながい斜めの影を落として、ピストルの床尾《しょうび》に名残《なご》りのように反映していた。ペルケンにはもう何も眼に入らなかった。かれの足は低い茂みにぶつかった。するとかれはそれをはらいのけることができるかのように手を動かし、(かれは小道を行ってはいなかったのである)進みつづけ、倒れて片膝《かたひざ》をついてはまた起き上がった。同じようにこわばったままで、ピストルは手放さないでいた。植物の刺《とげ》があまりに痛かったので、かれは一瞬、前方にあるものに眼をやった。族長がしつこく片手を大地の方に下げる身振りをしていた。ピストルをおけというのだ。ピストルは片手で高く持ちあげられたままだった。やっとのことでかれは腕を曲げ、もぎとろうとしてもう一方の手でピストルをつかんだ。もうためらいどころではなかった。動かすことができなかったのである。ついにその手がバタンと落ちて開き、すべての指がのびた。ピストルが落ちた。

さらに数歩。かれは、膝を曲げずにこんなふうに歩いたことはかつてなかった。まるで骨というものがなくてかれはやっと動いているみたいだった。魅いられた動物のような力で拷問の方へ自分を投げ出している意志がなかったら、かれは流れにまかせて漂《ただよ》っていると思っただろう。硬直した脚の一歩一歩が腰と首とに響いた。足もとを見ないので草が歩くたびに引きむしられ、その草がかれを大地につなぎとめ、体の抵抗をつよめていた。そして体は震えながら一方の脚からもう一方の脚へと重みをかけて、そのたびに震えがとまっていた。ペルケンが近づくにつれてモイ族たちはかれの方へ槍《やり》を傾け、かれらの槍は暮れかけた光のなかでぼんやりと輝いていた。と、突然ペルケンは、連中が奴隷たちの目をつぶすだけではなくて去勢もするにちがいないと思った。

いまいちどかれは、肉体に、内臓に、人間に反抗しうるものすべてに打ちのめされて、大地にくぎづけになった。それは恐怖ではなかった。自分が雄牛のような歩みをつづけられることを、かれは知っていたからである。したがって、運命はかれの勇気を打ち砕《くだ》く以上のことができたのだ。グラボはきっと二重に屍《しかばね》だったのである。それにしても、うるさいやつだ……　かれはばかげたことに振り向いてもう一度グラボを見ようとした。だが、眼に入ったのはピストルだけだった。

その武器は小道のすぐわき、粘土の地面のほぼ中央にあった。その地面は、その武器がまわりの草を焼いたかのようにむき出しになっていた。あれがあればあいつらの七人は殺せるぞ。あらゆる防御ができるだろう。生きているものみたいだ。かれはその方へもどった。いくつもの弩《おおゆみ》の曲がった木が、一瞬空地の赤い大気のなかでキラキラと輝いた。してみると、あのえぐられた眼、いましがた発見した去勢のかなたには数々の残虐行為の世界があるにちがいない……そして、この森のはずれの背後には無限の密林があるように発狂が…… しかし、かれはまだ狂ってはいなかった。悲劇的興奮、そして残忍な喜びにかれは動転していた。かれは大地をじっと見つづけていた。すると、おかしなことには、引きちぎれたゲートル、ねじれた革ひもに、かれと同じように擒《とりこ》になった未開人の族長の古いイメージがくっついた。かれは生きながら蝮《まむし》の樽《たる》に浸され、もつれた結び目のように拳《こぶし》を振りまわして、戦いの歌をわめきながら死んだのである…… 恐怖と決意とがかれにくっついて離れなかった。足でピストルを蹴《け》飛ばすと、ピストルはひき蛙《がえる》みたいに、床尾から銃身へと跳ねて、一メートルばかり転がった。ペルケンはまたモイ族たちの方へ歩き出した。

クロードは息をはずませながら、照準線の先にでもとらえるように双眼鏡の円のなかにかれをとらえていた。モイ族たちは矢を射《い》かけようとしているのか。かれは双眼鏡で今度は連中を見ようとしたが、すぐには距離のちがいに眼があわなかったので、焦点があうのを待たずにまた双眼鏡をペルケンにもどした。ペルケンは、正確に前のめりの歩行姿勢にもどっていた。それは、腕のない、船曳《ふなひ》き人のように背を傾《かし》げて両脚で突っぱった男の姿だった。かれがちょっと振り返ったときクロードはその顔を見ていたが、す早い間のことだったので、眼に入ったのは開いた口だけだった。しかし、体のこわばりや、機械のような力で一歩一歩と遠ざかっていく肩を見ると、かれの眼がじっと見すえられているのがクロードには察せられた。双眼鏡の円のなかには、その男を除いて何も映っていなかった。視界が左の方へそれていた。手首を動かしてもとにもどした。またペルケンの姿を見失った。ながく尾をひいた一条の陽光のなかの遠すぎるところを捜していたからである。ペルケンは立ちどまったところだった。

一瞬ペルケンには、自分が向かっているモイ族たちの列が、頭の高さでははっきりとしているが、下の方は大地からのぼりはじめている霧のなかに薄れて厚味がないように見えた。最後の照り返しが、夕べのやすらぎに抗する男たちのあえぐ苦悩に結びついて、それらの動くものの上で震えながら輝いていた。かれの空《から》になった手はいまでは力なく、病人の手のように軽くなって閉じられていたが、それはなお武器を捜しているみたいだった。突然かれの眼《まな》ざしは木々の梢《こずえ》に出会った。地面に近いところでは動かぬうごめきがつづいているのに、そこでは赤味をおびた最後の陽光がながながとのびていた。すると、失われかけていた自由への情熱が狂おしいまでにペルケンの胸にこみあげてきた。しつこくつきまとう堪《た》えがたい変身の縁に立たされて、ペルケンはひきつった両手を腿《もも》の肉に食いこませ、眼に見えるいっさいのものの侵入を防ごうと眼をかすかに開き、皮膚を神経のようにして自分自身にしがみついていた。ペルケンは死の苦しみにあえぐその自由に、性衝動にでもかられたように身を投げかけ、この切迫した破滅を前にして自制するすさまじい意志力に支えられ、いよいよ高みにのびている水平の日の光をじっと見すえて、死そのもののなかに突き進んでいた。大地から立ちのぼる闇《やみ》のせいでそれらの不吉でうつろな影が待ち伏せているのをかれは忘れているようだった。太陽の赤い微光が影のように一気にのびた。昼が、熱帯の夜の直前に解体して、空地に崩れ落ちた。槍《やり》の列を除いてモイ族たちの姿が混濁した。それらの槍は死んだ空に黒々と見え、赤い反映はもうなかった。ペルケンは憎悪《ぞうお》に燃えたそれらの姿と、たちあらわれた野蛮な槍の群とに直面して、また人間たちの掌中《しょうちゅう》に落ちていた。突如、すべてが同時にひっくり返って、ペルケンは自分の叫び声を聞き、つかまえられたと思った。ちがっていた。皮膚ではなくて恐怖から来た感じだったのだ。だが、この傷の痛みは……ついにかれにはわかった。草の匂《にお》いが襲ってきていたからである。かれは、片足を一本の逆茂木《さかもぎ》にひっかけて、他の逆茂木の上に倒れていた。切れた手首から血が流れていた。かれはまず両手をついて起きあがった。たしかに、膝《ひざ》を怪我《けが》していたのだ。モイ族たちはほとんど動かなかった。しかしすこしばかりかれに近づいていた……連中はかれに飛びかかろうとしたが、誰かが制止したのか？　薄闇のなかでペルケンには、かれらの白眼がギョロギョロ動いてはたえず自分の方にもどってくるのだけがはっきりと見えていた。まるで家畜の群だ。間近い……ペルケンは、飛びかかられば、槍のとどくところにいた。また傷が痛み出したが、それははげしくて、しびれるようだった。しかし、かれは救われてほっとしたような気持がした。また水面に浮かびあがった感じだった。モイ族たちは、野獣に近づくときのように、槍を両手で、胸のあたりに横にもってかまえていた。そして、ペルケンはけだものみたいに息づいていた。かれはポケットにやはり小型ブローニングをしのばせていた。ポケットに入れたままで族長を射《う》とうか？　だが、そのあとは？　傷ついた脚に体重をのせることができないので、もう一方の脚に重みをかけ、痛い方をぶらぶらさせていた。だが、足の重みにひっぱられて、激痛が膝を襲っていた。痛みは、ふんわりとしながらも刺すような動きで、規則正しい間隔をおいてのぼってきており、それはこめかみから頭へと響く血の動悸《どうき》と連結していた。と、ある大きな動きがかれのまわりで起こっていた。それをかれは、まるで痛みに呼びさまされたように意識した。モイ族たちが、かれの背後に近づいて、クロードとかれとを隔てていたのだ。そのためにかれらは、ペルケンをここまで進むにまかせたのではなかったか？

四

ペルケンはかれらと向きあっていた。族長は、瞼《まぶた》の震えのせいで眼をぴくぴくさせながらかれを見つめつづけ、かれの次の動きをうかがっていた。かれの元気な右手は相変わらず小型ブローニングをにぎっていて、ポケットの荷重を救ってやりたくてたまらない気持でいらいらしながら、服ごしに射てる用意をしていた、そんなふうにして傷ついた脚の重みを軽くすることができるとでもいうように。かれは、族長のわきに立っている案内人の方へ左手をさしのべた。その未開人は突き出された手の方へ刀をはすにあげたが、その身振りが平和的なことがペルケンにはわかった。刀が、血の一滴一滴音もなく大地に落ちている手に触れるか触れないかというところまでくると、またおろされたからである。

「あの男は壺《つぼ》百個の値打ちはある、そうだろう!」ペルケンは叫んだ。

案内人は通訳しなかった。無力感が、天啓のようにペルケンに落ちかかった。この野郎、首をひっつかんで、揺すぶっても口をきかせてやるぞ!

「通訳しろ、畜生!」

案内人は、戦闘よりもその言葉の方が恐《こわ》かったみたいに首を両肩の間にすくめ、ペルケンをながめていた。かれがわからないのだということにペルケンは気がついた。かれはくずれていないシャム語であまり早口にしゃべりすぎたし、叫びが語調の区別をいっそうむずかしくしているからだった。

かれは口調をゆっくりしようとつとめて、また言った。

「お前、言うんだ、族長に……」

かれは、音節をたたくように発声するあわただしい呼吸にいらだちながら、一語一語を切り離して口にしていた。通訳の眼を見すえ、未開人の眼《まな》ざしの前でぎこちなくなってペルケンは、相手の様子を見抜こうとしていた。そのモイは族長の方に肩を軽く傾《かし》げて、いかにも話しかけそうだった。

「……盲目の、白人の男、値打ちある……」

わかったのか？　かれ、ペルケンの運命は、この生きた塊《かたまり》に翻弄《ほんろう》されていた。かれの生涯は、この湿疹《しっしん》でおおわれた脚、このきたない、血のついた腰巻、密林のけだもの同然に罠《わな》と奸計《かんけい》をあやつることしかできないこの人類につまりは行きついていたのである。かれはまるごとこの存在、虫けらのようなそいつの思いのままだった。そのとき、脳のなかに生みつけられた蠅《はえ》の卵がかえるみたいに、何ごとかがその男の頭のなかでひそかに活動していた。一時間この方、ペルケンはこれほどまでに殺したいという思いに駆《か》られたことはなかった。

「……値打ちがある、壺百個以上の……」

ついにかれは通訳したのだ！　老族長は身動きひとつしなかった。まるで夜だけが歩みをとめず、空に立ちのぼるのが見えるように思えたほど、みんな動かなかった。朝の儀式のときと同様、この場所の生活すべてが、世界から切り離されて、族長の押し黙った影に左右されていた。動物の叫びひとつ木の葉の深みからは聞こえてこなくて、その深みはこの沈黙と不動のなかに地のはてまでのびているかのようだった。ペルケンは手の身振りを待っていたが、だめだった。族長は通訳の方に近づいて、話していた。

「百個以上だって？」

「そうだ」

族長は兎《うさぎ》のようにたえず歯を動かして考えていた。かれは顔を上げた。ひとつの叫び声が空地の奥から聞こえてきたところだった。

「ペルケン！」

クロードにはもうかれの姿が見えなかったので、呼んだのだった。数分もすればすっかり夜になるだろう。そして、最後のチャンスである交換がうまくいかなければ、かれらはおしまいになるだろう……

「来い！　……」

ペルケンはその言葉を声をかぎりに投げかけていた。族長は疑い深げに、相変わらず歯ぐきを動かしながら、またはじまった沈黙のなかで脅《おびや》かすようにかれをながめていた。

「あいつを呼ぶ」ペルケンは通訳に言った。

「武器は持たずに！」族長が答えた。

「小型ブローニングだけは持ってこい」ペルケンはフランス語で叫んだ。

たたかいはつづいていた……

光の輪がひとつ、ペルケンの声が消えていた灰色の闇《やみ》のなかにあらわれた。クロードが懐中電灯をつけていたのだった。かれの姿は見えなかったし、踏みしだく茂みの音さえ聞こえなかった。その円だけがつねに同じ高さでジグザグに進んできていたが、それはペルケンが悩まされている、こめかみの血管を血がどくどくと流れる音にともなっていた。光はまちがいなく小道をたどってきていた。それは突然、持ちあげられたかと思うと、地面を離れて、集まった人々の上をなぐように通過し、地面にもどると道を捜した。それらの存在がすべて――突如照らし出された白い歯並み、ペルケンの方へ傾《かし》げられた上半身――一瞬闇から出たが、ふたたび影の役割にもどった。

ペルケンは苦しみだしていた。そこでかれはつらそうに地上に腰をおろした。痛みは前ほどひんぱんではなくなった。懐中電灯が消えた。クロードはほんの数メートルのところを、木の葉を踏みしだいて進んでいた。両脚をのばし、顔を地面近くにおいていたペルケンには、近くのいっさいのかたちが消えてなくなっている密林の塊《かたまり》と、空に浮き出た槍《やり》の格子《こうし》しか見えなかった。おし殺して議論でもするように話し声がかれのまわりをうろついていた。

「怪我《けが》したのか？」

クロードだった。

「いや。うん、たいしたことはない。そばにすわれ。そいつを消せよ」

とはいえ、モイ族たちが大がかりなたき火を用意していた。

ペルケンが経緯を要約した。

「壺《つぼ》百個以上って持ちかけたんだな…… 戦闘員の数はどれくらいだ？」

「百から二百だ」

「やつらぶつぶつ言ってるけど…… 何を言ってるんだと思う？」

事実、前よりも喉《のど》にからんだような話し声がざわざわとつづいていた。ふたつの声がなかでも大きく、断定的できわだっていた。そのひとつは族長の声だった。

「族長とグラボの持主が言い争ってるんだろう」

「何を擁護《ようご》してるんだ、族長は？ 部落全体かな？」

「たぶん」

「戦闘員ひとりひとりに壺《つぼ》一個、部落には適当にあんたのはからいで、五個か十個って持ちかけたら？」

すぐにペルケンはその提案をした。通訳が訳すや否やつぶやきが人影のなかに湧《わ》き起こった。めいめいの話は、はじめは弱々しかったが、ついにはすさまじいおしゃべりになった。槍《やり》がいまや、昨夜と同じ星のちりばめられた空にうごめいていた。その槍の姿が消えた。薪《まき》の焔《ほのお》がシューシューと音をたて、そのふぞろいな先であたりのものを鞭《むち》うちながら燃えさかり出したところだったのである。焔が立ちのぼって、前列の方ははっきりと、うしろの方はかすんだように頭がいくつもあらわれた。戦士たちのほとんどすべてがそこにいて、おしゃべりに夢中で、突然白人たちのことを忘れたみたいだった。めいめいがますます大きな声で、腕は動かさなかったが、頭を振って自分の言い分を話していた。火が、規則的な間隔をおいて、話し声の押し殺したようなカスタネットの音をのみこみ、年とった百姓のようなかれらの顔を赤い色調で塗《ぬ》りなおした。その顔にはまた突如として、焔が燃えあがるより早く、例の狩人のような見すえられた眼《まな》ざしがあらわれるのだった。おしゃべりがひとつの無言の輪を取り巻いていた。この沈黙の穴のなかでは、猿《さる》のようにとてもながい腕をした長老たちが族長のまわりにうずくまってひとりずつ順番に話していた。クロードは、かれらの顔の表情が気がかりで、かれらから眼を離さず、その表情を読みとろうとしたが、断念した。かれらが話していた言葉と同じように表情も異様なのだった。

通訳がペルケンの方へやってきた。

「どちらかが出かけて、一方はかれが帰るまで残る……」

「だめだ」

「ひとりだと途中で死ぬかもしれない」クロードが言いそえさせた。「すると、交換ができない」

そのモイは引き返そうとして、ペルケンの怪我をした脚にぶつかった。ペルケンはすんでのところで叫ぶところだった。痛みがまた鈍くなった……

談判が再開された。

「万一の場合には」クロードが言った。

「いや、おれは未開人のことはよく識《し》ってる。たとえほんとうにそうしたくても、老人たちは部落に反対してはがんばれまい。要はときをかせぐことさ。これが昼間だったら、別のやり方を考えるだろうよ……」

おしゃべりが突然、押し殺した声にのみこまれるようにしてやんだ、小鳥のさえずりが飛び立つとやむように。全員が、長老たちのグループをながめていた。かれらの顔がそちらを向くと同時に、隣り同士で話しているうちは開いたままだった口が注意してきくために閉じられていた。

「どんな部族だって、ひとりひとつずつなんか壺《つぼ》を持ってやしないぞ!」ペルケンがシャム語で叫んだ。

通訳が訳した。族長は答えなかった。誰も身動きしなかった。敵意にみちた期待が、水の波紋のように広がっていた。戦士たちは族長をうかがっていた。

ペルケンは起きあがろうとしたが、あまりに苦しいのに歩いて、言葉の力を弱めるのが心配だった。かれはまた叫んだ。

「おれたちは護衛なしだ。壺は……」

通訳がペルケンの方に来ると、連中の顔がいっせいにそのあとを追って動いた。

「……壺は荷車でくる」

ペルケンは、すぐ翻訳ができるようにと、ひとつひとつ文句を区切って言っていた。

「護衛はなし」

「おれたち三人だけだ」

「あんたたちの指定する空地で交換する」

クロードは、白人が同意のしるしにうなずくのを見馴《な》れてきたので、かれらがふたりの方を向いたすぐあと顔を動かさないのが拒否のようにカチンときた。

「連中には魅力的なはずだがな」クロードはつぶやいた。「めいめいがひとつずつ壺を持つってのは！」

「やつら、よくわかってないんだ……」

いったいどうなっていたのか？　何人かのモイが立ちあがっていた。ためらいながら、まだ背を曲げ、起きあがるのにいま体を支えた腕《うで》を地面に向かってだらりと下げている。そして、前に影を落として、白人たちが出てきた小屋の方へ向かっていった。三人、四人……かれらは木々の塊《かたまり》と溶けあった。槍《やり》の上の部分だけが星をちりばめた空にまた見えていた……他の連中は期待に緊張して待っていたが、その期待は強い伝播力《でんぱりょく》をもっていて白人たちにも及んでいた。クロードは、木々の波うつ障壁の上方に槍がふたたびあらわれるのをうかがっていた。喚声が起こり、それに満足のどよめきが応じた。槍の穂先が一瞬、ひときわ明るい星のそばで交差し、上がったり下がったりしてだんだん大きくなった。男たちが夜のなかに影を溶けこませて、赤い光のなかに入った。ペルケンはかれらのなかにグラボの主人を認めた。かれは自分の奴隷が間違いなくそこにいるかどうかたしかめに行ったのであり、他の連中はグラボが逃げはしなかったかと心配したのである。グラボの主人はその小屋にもどりたがっていた。ふたりの戦士がかれの手首をつかんでいた。三人とも叫んでいたが、ペルケンには何を言っているのかわからなかった。とうとう、かれらはしゃがみこんだ。談判がまたはじまり、ふたたび、田舎者の議論のばかばかしい雰《ふん》囲気《いき》が生まれて、それで残虐さが、すっかりではないがおおいかくされたようだった。

「ながくつづくのかい？」クロードがたずねた。

「明け方、たき火を消すまでだ。いつだってそうなんだ。ことをきめるのにそのときが好都合ってわけさ」

いまでは気がゆるんでペルケンはふたたびわれにかえっていた。しかし、かれは自分の生命《いのち》をまた見つけたという感じがあまりしなかった。さきほど、抵抗できないのではないかと恐れながら拷問と破滅の危険を冒《おか》していたときに、あまりにも自分から切り離されていたので、かれは霧のような生命を前にしてもはや自分が感じられなかったのである。容赦なくのしかかる森と夜のただなかのこの常軌を逸した人間たちの秘密集会、焔《ほのお》にあわせて上下しているこの喧騒《けんそう》のなかに、いったいどんな現実的なものがあっただろうか？　出てきた熱とともに人間に対する憎しみ、生命に対する憎しみ、いまやふたたびかれを征服し、恍惚《こうこつ》の思い出と同じく残忍な思い出をすこしずつ追いはらっていくこれらすべての力に対する憎しみでペルケンはいっぱいになった。ペルケンは、自分の思考よりも傷、痛み、熱の語る声に耳を傾けていたけれども、自分が囚人だと感ずることをやめていたのだ。しかし、頰《ほお》やこめかみから吹き出している浴槽《よくそう》のような熱気が人間に由来するすべてのものを風化させるのだった。モイ族たちはもう動かなくなっていた。たき火のきらめきが毎度、地上に突き立てられた同じ槍《やり》に縞模様《しまもよう》をつけ、汗で輝く同じ腕をつやつやとさせて、以来喧騒《けんそう》はうずくまったミイラの上を飛びかう虫の羽音のように、ほとんど影のようになった集会の上を通りすぎていた。たき火が低くなると、闇《やみ》がまた磯波となってそれらの漂流物をたたき、乱雑に並んだ槍が顔を出すのだった。相変わらず上がっていた熱のせいで、かれらは鉱物みたいにじっと動かないように思えた。夜が、崩壊した野蛮の襲撃に対して立ちあがり、かつて森が寺院をおおったように野蛮さを包みかくしたかと思うと、夜の波は砕《くだ》けて、かれらの顔がまたあらわれ、かれらの眼のじっと見すえられた赤い点が暗がりの深いところにまで火を反射させるのだった。

夜明け。

ひと塊《かたまり》の土で、たき火の最後の焰が押しつぶされた。通訳がやってきて、ペルケンのそばにしゃがんだ。

「場所と日を選んで欲しい」

「誓いは？」

「誓う」

通訳はわめくようにその対話を伝えた。

ひとりまたひとりとモイ族たちが、難破船の破片のように、蒼白《あおじろ》く冷たい朝のなかで立ちあがった。かれらの塊は雨覆《あめおお》いのように波打って、ついに崩れ去った。何人かが動かずに小便をしていた。

「あんたは誓いを信ずるのか、ペルケン？」

「待てよ。弾薬を捜しにいかなきゃ。おれの古いケースに入ってる。先頭の車の上衣の下だ……　それからおれのコルト……」

「どこだ？」

「わからない……小屋とここの間……」

幸いにもそれは、草の生えていないしみのような地面に落ちていて、クロードがすぐに見つけた。かれがそれを手にするかしないうちに——和解の証《あかし》のように——洋服を着たひとりの男がかれらの小屋から出てきた。クサだった。ふたりして荷車のところに行き、クサがケースを取り出し、ペルケンの方へもどった。

「グラボは？」ペルケンがきいた。

ボーイは両手を開いて見せた。

「いま、眠ってる！　……」

長老たちが例の野牛の下にしゃがんでいた。ひとりの奴隷が酒の壺《つぼ》を持ってきた。クロードに支えられてペルケンは立ちあがった。クロードにはペルケンのひげを剃《そ》っていない頬《ほお》の凹《くぼ》みと震えとが心配だった。かれは、痛みでしかめっ面をすまいとしっかりと歯を食いしばっていたのである。族長は飲むと、竹の管をさしだした。ペルケンは顔を近づけたが、思いとどまった。みんながかれをながめていた。

「どうしたんだ？」クロードがたずねた。

「待て……」

誓いを拒むのか？　モイ族たちは族長からの合図をうかがっていた。ペルケンは注意をひきつけようとして、左手を上げていた。ケースからコルトを取り出すと、通訳に「野牛をよく見てろ」と言って、ねらいをつけた。標的が震えていた。熱に傷……夜露で武器の調子が悪くなっていなければいいが……油は塗《ぬ》ってあった……全員が、朝まだき、太陽と蟻《あり》とでてらてらになったその骨を見上げていた。ペルケンが射《う》った。二本の角《つの》の間に血痕《けっこん》がにじみ、中心から端の方へと広がった。赤い溝《みぞ》がひと条《すじ》ためらったあと、突然鼻の方へ下がり、端でとまると、ついに一滴一滴としたたり落ちた。族長が恐怖から片手をさし出した。赤い雫《しずく》がひとつ上の方にぶらさがったまま動かなかった。それが族長の指の上に落ちた。すぐそれをなめると、何かひと言いった。すると、そのひと言で全員があたらしい不安にとらわれて、地面の方を向いた。

「人間の血か？」通訳がたずねた。

「そうだ……」

クロードはペルケンの説明を待っていた。だが、ペルケンはモイ族たちをながめていた。かれらは、肩を前に突き出し、体全体をへなへなにすると同時に緊張もさせて、お互いに寄りそっていた。ときどき、人眼を避けるようにある眼《まな》ざしがグループを離れて頭蓋《ずがい》に注がれては、またそそくさと下に落ちた。このたえまのない眼の狩猟と不安の下で、そのしみは広がりつづけているようだった。上の端の方の血は乾いていたが、いまひと条の溝《みぞ》がゆるやかなジグザグを描いて地面の方へ下がってきた。その血は動きながら、動物の脚のように幾条も溝をともない、大きな昆虫のように生き、光を浴びて青味がかって見える骨に、所有のしるしのようなものを刻印していた。

舌でなめたせいで血の雫が広がっていた方の手で族長は竹の管を指し示していた。ペルケンは飲んだ。クロードは何かある崇拝が突然起こるのではないかと期待していた。「白人……やつらは嫌《いや》というほど超自然なことには馴《な》れてるからな」ペルケンが言った。「白人がすばらしい銃を持っているやつをじろじろ見るみたいにおれを見てるんだ。そして、同じようなふうにおれを恐れてもいる。いちばんはっきりしたおれたちの収穫は、米の酒の誓いに絶対的な価値を与えたってことさ」今度はクロードが飲んだ。「ところでいったいさっきはどうしたんだい？」――「空弾丸《からだま》のひとつにおれの膝《ひざ》の血をつめといたのさ」

族長が立ち上がった。クサが荷車に牛をつなぎに行った。ペルケンとクロードはグラボが残っている小屋に引き返した。かれは片腕をのばし、その手を半ば開いて横向きに寝ていた。眠っていたのだ。ペルケンはかれを起こして、モイ族たちとの間に了解がついたことを知らせた。かれはいまではすわっていたが、肩に力なく頭を埋めて、まだ半分眠っているのか、さもなければ敵意をもってか返事をしないでいた。

「これでやつらは米の酒の誓いをきっと破りはせんだろう」ペルケンが言った。

グラボは答えずに片方の手を開いた。クロードは眼をそらせた。クサが例の最後の案内の男と並んで、荷車といっしょに進んできた。何にも奪われてはいなかったので、かれは普段と同じように早く牛をつなぐことができたのだった。すると、こうした物事の流れの回復と夜の悲劇の消失がクロードには、自分自身の空《うつろ》さの意識みたいに落ちかかってくるのだった。野牛の下にはひとつの大きな空虚が生じていた。骨のぎざぎざになった縁、ふた条《すじ》の黒い溝《みぞ》の端では、一滴の血がかたまって、陽《ひ》に輝いていた。

五

案内の男が槍《やり》でシャムの部落を示した。三百メートルばかり下の方、何本かのバナナの木のそばの、密林のなかの土のしみの上に、藁葺《わらぶ》き小屋が何軒か相も変わらぬ森のけだもののような姿を見せてかたまっていた。丘の線が何本もほとんど平行して地平線までつづき、それらは次第にすくなくなっていった。シャムだった。案内人は交換の場所を示すために槍を地面に突き立てた。

「うまい場所を選んだな」クロードが言った。「ここだと自分の方に通ずる小道が全部見渡せるからな」

ペルケンは担架にでも寝るように、クサが屋根をとっぱらった荷車に横になっていたが、起き上がった。

「ばかなやつだ。シャムが行動を起こしたけりゃ、交換の前にはやらないさ。壺《つぼ》を積んだ車のあとをつけさせるのはわけないだろうよ。つけたやつがそれから軍隊を案内するのさ……」

そのモイは相変わらず槍を握っていた。とうとうかれは、白人たちがかれの言うことを了解したと確信した。かれはうしろを向くと、はじめはゆっくりと、次には走って、追われる動物のようにぎこちないかっこうで帰っていった。ふたりにはもうかれの足音は聞こえなかったが、気配はまだ感じられた。男は小舟が親船にもどるように野蛮に舞いもどっていったのだった。

荷車と石と、部落にかれらを押しやる小道だけが道づれだった。部落の屋根は光の淵《ふち》のかなたにきらめいていた。

村人のある者はシャム語を話した。ペルケンが御者《ぎょしゃ》を選び、カンボジアでと同じように一日また一日と村々で乗りつぐ行軍がふたたびはじまった。カンボジアでよりいっそう早かったが、それは日ごとにふくれあがる脚とますます赤くなっていた膝《ひざ》のなかを流れる血の鼓動をリズムとしてだった。ペルケンはほとんど食べなかったし、どうしてもという以外には起きなくなっていた。夜になると熱が上がるのだった。ついに、熱帯の光のなかに真青なパゴダ（東洋諸地域にみられる寺院の塔）の白い尖頂《せんちょう》と高い鐘楼《しょうろう》が姿をあらわした。シャムに入ってはじめての大きな町だった。バンガローに着くとすぐクサが情報を持ってきた。ここには、シンガポールで勉強をして、いつもはバンコクに住んでいる若い現地人の医師がひとりと、まだ二日はとどまるというイギリス人の巡回医師がひとりいるとのことだった。「イギリス人は中国人の店で食事する……」間もなく正午だった。クロードはその中国人の安料理店に駆《か》けつけた。吊《つ》り団扇《うちわ》の下、大きな煙草《たばこ》の広告を張ったぼろぼろのござの壁の前、ソーダ水と緑がかった広口瓶《びん》の間に、白服の背と白髪とがあった。

「先生ですか？」

その男はもやしを箸《はし》の先につまんだままゆっくりとこちらを向いた。髪とほとんど同じくらいその顔も白かった。かれは、疲れはて、またあきらめきったような様子でクロードをながめていた。

「また何ですな？」

「白人の怪我人です。重傷なんです。傷口が化膿《かのう》してるんです」

老人はゆっくりと肩をすくめて、また食べはじめた。クロードはちょっと待ってから決心して、テーブルに両の拳《こぶし》をドンとおいた。医師が眼を上げた。

「食事を終えさせてくれませんかな？」

クロードはためらった。《往復びんたをくらわせてやろうか？》ヨーロッパ人の医師はかれきりだった。クロードはその男と戸口との間の隣りのテーブルに腰をおろした。

「《どうぞ》と答えたら、もっと手短かに済んだでしょうがね。とにかく、《済ませてください》」

やっと医師は立ちあがった。

「どこに置いてあるんです？」

その声と顔は、《おまけにどこかばかなところに患者を置いたんじゃないか》という問いを意味していた。

「バンガローです」

「参りましょう」

太陽、太陽……

部屋《へや》に入るとすぐにかれは、ベッドに腰をかけ、ナイフを開き、ズボンの布を切り裂こうとした。ところが、腫《はれ》は、ペルケンが自分でズボンのわきを引き裂いていたほどすでにひどかった。医師は布を手荒に引っぱったが、触診をはじめるや、かれの態度が変わった。傷口の皺《しわ》のよった巨《おお》きな黒点は、赤くはれあがった膝《ひざ》とは関係がないようだった。

「脚《あし》は曲げられませんかね？」

「ああ」

「矢にやられたんですか？」

「逆茂木《さかもぎ》の上に倒れたんだ」

「どれくらいたちますか？」

「五日」

「それはまずい……」

「スチエン族はぜったい尖《さき》に毒は塗らないよ」

「尖に毒がついていたら、いまごろあんたは御陀仏《おだぶつ》だったでしょうな。しかし、ある人間はひとりでとてもうまく自分を毒殺するもんです。そんなふうにすばらしくできてます」

「ヨードチンキは塗ったよ……すぐにじゃなかったが……」

「こんなに傷が深いと、何を塗ってもむだですよ」

医師はてらてら光る膝にしずかに触ってみていたが、触られるとひどく敏感で、ペルケンにはゴムみたいに思えた。

「ひどい……膝蓋骨《しつがいこつ》がぐらぐらしてる……体温計を……三十八度八分か……もちろん体温は晩には上がります……もうほとんど食欲はないでしょう？」

「ああ」

「スチエン族のところでね！……」

かれはまた肩をすくめて、考えこんでいるようだったが、それから恨《うら》みがましそうにペルケンをじっと見た。

「じっと静かにしてることはできなかったんですか？」

ペルケンはかれの真白な顔色をまじまじと見ていた。

「阿片《あへん》常習者が安静なんてことをぬかすと、いつもおれはそいつを寝てろって追いかえすことにしてる。もしあんたのパイプの時間なら、吸いに行ってあとからもどってきてもらおう。その方がいい」

「別にあんたに頼んじゃいない……」

「あんた、ペルケンの話をきいたことがあるだろう？」

「それがあんたにどんな関係があるんです？」

「おれがそのペルケンだよ。ということは、気をつけなってことさ」

「誰だってやすらかになりたいって思うのに！……」

かれはまた傷の方にかがみこんだ。服従してというよりはまるで何かを捜すかのようだった。医師は自分の考えを追っていた。「ばかなことだ」かれはつぶやいた。「ばかげてる……」かすかな微笑が、うんざりといったふうに唇《くちびる》の端を持ち上げるかわりに下げるようにして浮かんだがすぐ消えて、またあらわれた。

「あんたがペルケンですか？」

「いや、おれはペルシアの王様だ！」

「で、あんたには、じっと静かにしている代わりに、あちらでいろんなことをした、大いに動きまわったってことが重要に思えるんですな……」

「あんたが言うようにじっと静かにしてるってことが、あんたにはどうして重大に思えるかなんておれはきいたかね、あんたに？」

微笑がなくなっていた。

「ところで、ペルケンさん、いいですか。あんたは膝《ひざ》に化膿《かのう》性の関節炎を起こしてる。二週間もしないで畜生みたいにくたばりますよ。だが、どうにも手のほどこしようがないんです。わかりますか？　まったくどうにもなりません」

ペルケンははじめかっとしてはり倒してやりたかった。しかし、その口調には敬意よりもずっとにがにがしさがこめられていたので、かれは体を動かさなかった。しかし、ペルケンはそこに年老いた中毒患者たちの、行動に対する憎しみを識別していた……

「とにかくもっと誠意のある医者を見つけなきゃ」クロードが言った。

「あんたはわたしを信用しないんですか?」

ペルケンは考えこんだ。

「あんたに会う前から、たぶんこんな具合だろうっていう気がしてたんだ。死とおれとの間には古いつきあいがあるのさ……」

「そんなくだらない話はおやめなさい!」

「……でも、おれは信用してないよ」

「あんたはまちがってる。どうしようもないんです。どうしようも。阿片《あへん》をお吸いなさい。楽な気持になれますよ。他のことは考えんことですな。このあたりの阿片はなかなか上等です……　痛みがあんまりはげしかったら注射をなさい……　わたしの注射器を一本あげますよ。中毒じゃないんでしょう?」

「ちがう」

「そうでしょうとも! それじゃ必要に応じて量を三倍にすれば、好きなときにけりがつけられますよ……　注射器をボーイに渡しときます」

「前にも逆茂木《さかもぎ》で怪我《けが》をしたことがある……」

「膝《ひざ》じゃなかったのですな…… 今回は膝でできた細菌性の毒素が徐々にあんたを冒《おか》してるんです。解決法はたったひとつ、切断です。だが、切断してもらえるような町へ行く時間がありません。注射をして、別のことを考えなさい。じっと静かにしていなさい。気持も変わりますよ。それだけです」

「メスで切開したら？」

「むだでしょう。患部が深すぎるし、おまけに骨が邪魔してる。その点で、もしお気に召したら、このお若いのが言ってるように、シャム人の医師をお呼びなさい。申し上げておきますが、かれには臨床の経験は全然ありませんよ。それに現地人だし…… しかし、あんた方の考えでは、われわれよりあの連中の方がきっとお気に入りでしょう……」

「いまは、大いにそうだな」

クサに付きそわれて戸外に出る前に医師は振り返ってもう一度ペルケンとクロードを見つめた。

「あんたは別に何とも、あんたの方は？」

「ええ」

「なぜって、わしがここにいるうちなら……」

しかし、かれの眼《まな》ざしはペルケンに注がれていた。その重たげな眼ざしと瞼《まぶた》のひだからは、曇った鏡に映った像のように、定かではないが、ある思いが読みとれた。ついにかれは立ち去った。

「残念だが、ここでやつに往復びんたをくらわせても何にもならない」クロードが言った。「変てこなやつだ。シャム人の医師を呼んでこようか？」

「すぐにたのむ。この辺を巡回してる白人の医師なんて変なやつにきまってる。阿片中毒か色気違いさ……クサ、駐在部隊長を呼んでこい。これを渡すんだ。（かれは、自分の名前だけがローマ字で書きこんであるシャム政府の用箋《ようせん》をさし出した）ペルケンからだと言ってくれ。それから今晩のために女どもを見つけてこい」

クロードがもどってくると――現地人の医師がやがて来るはずだった――駐在部隊長が来ていた。ペルケンとかれとはシャム語で話していた。将校が耳を傾け、手短かに答え、ノートをとっていた。かれはペルケンの口述で十行ばかり書いた。

「で、グラボは？」かれが立ち去るとすぐにクロードはたずねた。

「取りもどせるさ。あいつもおれのように、政府がこの機会を利用して鎮圧隊を送って、あの未帰順地帯で占領できるところはみんな占領するだろうって思っているよ。いい口実だし、現実的にも得なことだ。白人が犠牲《ぎせい》になってるからにはフランス側も文句のつけようがないからな。もっとも連中もいつかは似たような口実を見つけるだろうから、そうなると面倒なことになるがね。鉄道の敷設権を持っている連中は軍事占領を猛烈に望んでる……あいつはおれの電文を書きとめていったから、今夜にも返事が来るだろう。軍隊が手はじめに村のひとつでもぶっとばしゃ、全地域に恐慌がはじまるさ……」

クロードは、わずかに持ちあげられたござとガラスのない窓との間から道をながめていた。誰もいない。シャム人の医師ははたして来るのだろうか？　棕櫚《しゅろ》の木が水銀灯の明りのような白熱した青さの空のうちにかすんで見えていた。太陽が地面に強烈に張りつくように照っていたので、生命がすべて停止しているかのようだった。それはもはや密林の不安ではなくて、熱気による大地と人間のゆっくりとした占有であり、仮借《かしゃく》のない支配の確立だった。計画も意志も熱気のうちで蒸発していた。またはじまった静寂とともに、熱気が部屋《へや》に侵入してくるにつれて、いまひとつ別の存在が、白熱した大地、眠りこんだ動物たち、この過熱した影のなかに避難してじっと動かないふたりから、立ちあらわれてきていた。死である。例のイギリス人の前ではペルケンは理解するよりも答えることがはるかに必要だった。そしてそのあとかれは、まぶしい太陽のように自分を取り巻くあの思いがもどってくるのを遅らせようと必死になってじたばたしていた。が、ついにその思いがかれをとらえたのだった。

医師の静かな宣告はかれを納得させてはいなかった。医師がどう言おうと、かれ自身の感覚は、いまやかれがそれをより明晰《めいせき》にとらえようとつとめていたからなおのこと、かれを納得させてはいなかった。熱も、膝《ひざ》がねじれるような間歇的《かんけつてき》な痛みもかれには経験済みだった。痛みは膿瘍《のうよう》が原因の敏感さによるものだった。ほんのちょっとしたものにさわっても神経質に身を遠ざける腫《はれ》た肉体の反射作用のせいだった。問題はそこにある、血の毒性化にあるのじゃない。そんなものはかれには苦にならなかった。傷口の宣告に対して、人々の宣告だけがたたかっていたのだ。例のシャム人の医師についていうと、かれが自分の生命を勝ちとってくれるはずのように思えていたのである。

ところが、かれが入ってくるとすぐに、そういった考えは眼ざめの動揺とともに崩れ去った。かれの職業的な冷淡さは、そういった防御の世界を打ち壊すのに十分だったのだ。ペルケンは自分の体から、かれを死のなかに引きずりこもうとしている無責任な体から、荒々しく引き離されるのを感じた。医師はベッドのふちにシャム風にしゃがんで、包帯をほどき、傷口をしらべた。ペルケンはイギリス人の医師に識《し》らせたのと同じ症状を並べたてた。シャム人は何も答えないで、とてもたくみに触診をつづけていた。ペルケンはたまらなくいらいらしてはいたが、不安は感じなかった。かれは、たとえ相手が自分自身の血だったとしても、あらためてそれと面と向きあっていたのである。

「ペルケンさん、ここに来る途中、ブラックハウス先生にお会いしました。あの方は……不潔な人ですが、経験豊かな医者です。あの人は——まるでわたしがこの病気を知らないみたいに——イギリス人特有の軽蔑的《けいべつてき》な調子で、化膿《かのう》性の関節炎だと言いました。この病気は書物で識《し》っています。ヨーロッパ大戦中に広がったものですが、まだわたしは出会ったことがありませんでした。症状は、あなたがおっしゃった通りです。こういった性質の感染性の病気をおさえるには切断しなくてはなりません。しかし、このあたりの医学の現状では……」

ペルケンは両手をあげて話を打ち切らせた。この西洋かぶれのおしゃべりから、ペルケンは自分の死の用心深い確認をかれが正当な報酬を当てにして行なっているのだと思いついたのである。かれは金を払い、その男は立ち去った。ペルケンはかれを眼で追った——証拠でも追うように。

ペルケンは死よりも脅迫感の方を信じていた。かれは、死体に縛られて溺死《できし》させられる人たちのように、自分の肉につながれながらも同時にそれから引き離されていたのである。かれはおのれのうちで待伏せている死とはあまりにも無縁だったので、あらためてあるたたかいと直面している自分を感じていた。しかし、クロードの眼《まな》ざしがまたかれを肉体のなかに投げ入れた。その眼ざしのうちには、勇気のある胸を刺すような友愛感と憐憫《れんびん》の情とがぶつかりあう強い共犯意識と、死を宣告された肉を前にして示される人間存在の動物的な結合とが読みとれた。ペルケンは、かつて誰にも感じたことがないような愛着の念をクロードに感じていたが、自分の死はあたかもかれのせいだという気がしていた。絶対的な宣告は医師たちの言葉よりも、クロードがたったいま本能的に伏せた瞼《まぶた》のうちにあった。膝《ひざ》の痛みがまた襲ってきて、反射作用で脚がひきつった。痛みと死との間には、まるで一方が他方の不可避的な準備になったかのように、ある契約が成り立った。それから、痛みの波が退《ひ》くとともに、それに対抗していた意志もまた弱くなり、あとには待ちかまえて、まどろんでいる苦痛しか残らなかった。はじめてペルケンの内部には、かれよりも強い何かが身を起こし、それに対してはどんな希望も優先しえなかった。しかし、それに対してもまた戦わなければならなかったのである……

「驚いたことには、クロード、たとえ遠くても死ぬってことがわかると、ためらいなしに自分が何を望んでるかってことが突然わかるんだよ……」

ふたりは、すでに何度も自分たちを結びつけた沈黙のきずなにつながれてお互いに見つめあっていた。ペルケンは片脚をのばしてベッドに腰をおろしていた。かれの眼ざしはまたはっきりとしてきていたが、意識の重荷を担《にな》っていた、まるでその意志は自らが招いた悔恨の情からまだ解放されてはいなかったかのように。クロードはかれの思いを読みとろうとしていた。

「軍隊といっしょにまた奥地に行くつもりかい？」

ペルケンはその不意打ちにためらった。かれはそんなことを思ってもいなかったからである。スチエン族は、かれの精神のなかでは、かれの死とまるで関係がなかったのだ……

「いや、いまおれには部下が必要だ。おれの地域にもどらなきゃ」

と突然、クロードは、いかにペルケンが自分より年をとっているかということを発見した。顔や声にではない。歳月が信仰のようにかれには重くのしかかっているようだった。ふたりは取り返しのつかないほど別々で、別の種族に属していたのである……

「じゃ、石は？」

「いまじゃ、昔の希望ほど始末の悪いものはないね……」

かれはひとりで、領地の山岳地帯まで行きつけるだろうか？　……

クロードがバンコクに行きつくのをさまたげるものはもはや何もなかった。

死がたちあらわれなければ何も。

「あんたといっしょに行くよ」

沈黙。ふたりとも、珍しい人間の結びつきの帝国から解放されようとでもいうように、ござの下できらめいている外の光でまぶしそうにしながら、窓をながめていた。じっと動かない太陽に焦がされて数分が過ぎていた。クロードは荷車の屋根の下におさまっている石のことを思っていた。それらの石には、かつてあんなにもはげしくかれを立ち向かわせていた生命がなくなっていた。守備隊にあずけておけば、また見つけられるだろう。それに、たとえ見つからなくても……《なぜおれはかれといっしょに行くことにきめたのか?》クロードはペルケンを見捨てることができなかった。かれは、ペルケンが永遠に隔《へだ》てられていると感じたこの人類にも、また死にもペルケンを委ねることはできなかった。まだ識《し》らなかった力の試練が啓示のようにクロードをひきつけたのだった。とりわけクロードはそういった決意、もっぱらそうした決意によって、人々のあらゆる承諾行為からかれを隔てる軽蔑《けいべつ》心をつちかってきたのである。勝者になろうと敗者になろうとクロードにはこうした賭《かけ》では、男らしさで勝負するしかなかったし、勇気の欲求や、世界の空しさと、祖父の家でかたちははっきりしないがしばしば出会った人間たちの苦しみとの意識を堪能するしかなかったのだ……

ござが音もなく押しのけられて、部屋《へや》に三角形の細かい埃《ほこり》の渦《うず》を投げこんだ。クロードには、この空気の塊《かたまり》のなかでは、自分のさまざまの推論が軽くて取るに足らず、消えてしまうように思えた。そしてかれには、自分自身のことはけっしてその意志しかわからないように思えたのだった。

ひとりの原住民がはだしで、電報を、駐在部隊長が受け取った仮りの返事を持ってきたのだ。《機関銃手八百名ヨリナル鎮圧隊ノ行動基地トシテ、宿営地ノ準備ヲセヨ》

「八百名か」ペルケンが言った。「あの地域を平定するつもりだな…… どこまでだ?……たとえ自分で選びはしないとしても、こうなりゃ奥地にもどらなけりゃ…… それに、連中は機関銃を持ってくる……」

クサが帰った。

「旦那《だんな》、女がいるよ……」

「おれにも見つけられるか？」クロードがたずねた。

「られるよ」

ふたりとも外に出た。

女がふたり戸口の右手にいた。小さい方の女がつけていた花にも、柔和な唇《くちびる》をした彼女の顔にも同じような敵意を感じてペルケンは立ちどまった。いまやペルケンはものおもわしげな様子を嫌悪していた。かれは、よく見もしないで、もうひとりの方に来いと合図した。小さい方は立ち去った。

空気が宙につるされたようになっていた。まるで時がとまり、ペルケンの指の震えだけが、そりかえった鼻をした女の顔のアジア的な不動性に支配された沈黙のなかで生きているかのようだった。なるほど繊細なペルケンは周囲の緊張した雰囲気《ふんいき》に熱が高まるのを感じたけれども、それは欲望でもなければ熱でもなかった。それは賭《かけ》をする男の震えだった。今宵《こよい》、かれは不能を恐れてはいなかった。だが、人間の匂《にお》いに浸りながらも、かれはまた苦悶《くもん》にとらわれていた。

女は服を脱いで横になった。薄闇《うすやみ》にぼんやりと浮かんだその毛のない体には、ちっちゃな性器の裂け目のはじまりと両の眼がきわだち、ペルケンはその裸体の示す魅惑的な失墜感を空しく捜すことにまだ倦《あ》きないで、その眼をじっと見つめていた。女はペルケンの不可解な感情から生ずる支配力から逃れようとして眼を閉じた。女は、男たちの欲望に馴《な》れてはいたが、この絶対的な沈黙のなかで、もはや自分の眼《まな》ざしから離れないペルケンの眼ざしが生みだす雰囲気に魅了されて待っていた。クッションに邪魔されてか両の脚と腕とを軽く押し広げ、女は口を半ば開けて、自ら欲望をつくり出し、乳房をゆっくりと波打たせて欲望がみたされるのを求めているようだった。ふたりの動きが部屋をいっぱいにしていた。動きはくりかえされて同じようだったが、はじまるたびにはげしくなっていた。それは波となって下がってはすこしずつまた上がった。筋肉が緊張し、あらゆる影の凹《くぼ》みが広がった。ペルケンが片腕を彼女の体の下にやり、彼女がかれに手をかさなければならなかったそのときから、彼女に恐《おそ》れがなくなっていくのを感じた。彼女は腰で支えて、軽く体をずらせた。一瞬、黄色い光のアクセントが鞭《むち》でひと打ちしたみたいに尻を取り巻いたかとおもうと、両脚の間に消えた。女の体の熱気がかれに浸みこんできた。突然、女がかれの唇《くちびる》をかんだ。胸のうねりをおさえることができないことを、そうしたかすかな意志の介入によって彼女は極端に強調していたのである。

ペルケンは、女の体をなぐりつけるようにして自分のものにしていたが、そうした体に自分を結びつけている野蛮な感情からほとんど離れて、女の顔を、青味がかった瞼《まぶた》をしたその顔から十センチばかりのところで、仮面でも見るようにながめていた。顔のすべて、女のすべてが彼女の緊張した口のなかにあった。突然、唇がふくれあがって開き、歯の上で震えた。と、いま生まれたかのように、ながい震えが、酷暑の下の木々のおののきのように、非人間的でじっと動かないその緊張した体全体を駈《か》けめぐった。顔は相変わらず口だけで生きていたが、彼女はペルケンの動きに爪《つめ》でシーツを掻《か》きむしって応《こた》えていた。震えがはげしくなり、指は虚空にのばされてベッドにさわるのをやめた。唇が、瞼がさがるように閉じた。唇の端がひきつっていたにもかかわらず、自分に狂喜したその体は希望なくかれから離れていった。けっして、けっしてペルケンはこの女の感動を識《し》ることはないだろうし、けっしてかれを揺り動かしたこの狂乱のなかに最悪の別離以外のものを見出すことはないだろう。人は愛するものしか所有できない。自分の動きにとらえられ、彼女から身を引き離して彼女を正気にもどしてやる自由さえもなくてペルケンもまた眼を閉じ、かれを死に駈りたてているその無名の顔を力ずくで滅茶苦茶にすることに酔いしれて、毒にでも飛びかかるみたいに自分自身にまた飛びかかった。

第四部

一

クロードと同じく死をかたわらにして、刺すように痛む膝《ひざ》から湧《わ》きあがってくるような熱気と蚊のなかを、またもや夜を日についでの旅。密林を横切り、麻痺《まひ》したような状態、昼と夜の交替のように引き裂かれた空地と植物群の交替、いまでは夜が葉の茂みのようにながくのび、時間さえも腐っている世界に翻弄《ほんろう》されながら進んでいった。密林がついに根こぎにされて光に席をゆずったかのように裂け目が近づいてきた。しかし、ペルケンは、それが大きな谷で、またあたらしい森の波が自分の身動きならない体と、荒廃した意志――そこでは、野犬の遠ぼえや、虫の刺し口のたえがたく熱い感じのうちに希望が見失われていた――の上に落ちかかってくるのがわかっていた。しばらく靴《くつ》を脱がせてもらっていたが、肉が、革の端《はし》のところまで刺されて、刺青《いれずみ》でもしたように暗紅色になっていた。痛み、むずがゆさ、腐敗、はてしない猿《さる》の叫び声、ラオス、つまりかれの地域の方へ一行が登りだしてから森の切れ目のたびに見覚えのあるよじれた枝、その上では狩りたてられたスチエン族の生命が、完全に解体されたかのように姿を見せなかったが、深いところをみたしているのが感じられた。壺《つぼ》が引き渡され、グラボが取りもどされてバンコクの病院に送られると、鎮圧隊は逆茂木《さかもぎ》や罠《わな》で傷ついた兵士たちを運びながら、村に進撃して門を吹っ飛ばし、手榴弾《てりゅうだん》で家々を一掃した。あとに残ったのは死骸の山と、粉々になった壺の間を捜しまわる黒豚《くろぶた》たちと、動物の群がたかった腸《はらわた》だけだった……スチエン族は逃走しながら村々を掃蕩《そうとう》し、軍隊はかれらのあとを追って深い密林のなかで、とりわけ傷から入る毒によってたくさんの人員を失っていた。民兵たちが、置き去りにされた病人は手榴弾で、負傷者は銃剣で、始末していた。その移動は、まるで動物たちが水のある地点に向かってゆっくりと押し寄せるみたいに、密林に穴をうがっていた。それは密林を、ひだのある表面はかき乱さずに東に向かって登っていった。しかし、晩になると、ながい火の列がじっと動かない大気のうちにまっすぐに立ちのぼって、はてしのない木々の連なりにつれて進むいろいろの部族の叙事詩的な歩みの停止を示すのだった。

クロードとペルケンが例のシャムの町をあとにして数日後に、それらの火はあらわれはじめていた。そして、それらは、かれらがペルケンの地域であると同時に鉄道工事予定の地帯に近づくにつれて毎夜数を増し、いまではあたらしい森の裂け目ごとに地平線をふさぐように立ち並んでいた。蟬《せみ》でいっぱいの夜のなかに姿をかくして軍隊がおり、軍隊のうしろにはシャムの政府がいた……

「おれのような人間はいつも国家を相手にしなくちゃならないのさ」と、いつかペルケンは言っていた。その国家が暗がりの奥にいて、他の部族に先立って、まず動物のような部族を眼の前に狩り出し、一キロまた一キロと鉄道線路をのばし、一年また一年とつねにすこしずつ遠くに、自分のかかえる冒険家たちの屍《しかばね》を埋めていたのだ。昼間、木の幹のようにはっきりと煙が見えるとき、双眼鏡をのぞくと、それらの煙の間の空に赤く塗られた頭蓋《ずがい》が見えるのだった。火のパチパチとはねる音は広大な自然にまるで押し殺されているみたいだったが、いったいいつになったらそれらの火は通行のできる道にたどりつけるというのだろう。はるか後方、鉄道線路工事のはじまりの地点から、煙が闇《やみ》のなかに消えはじめると、きまって空に向かってサーチライトの光が投げかけられていた。まるでモイ族たちの大逃走、葉の茂みの下を移動するかれらの家畜のような泡《あわ》立ちの中心は、白人たちが空に投げかけるその光の三角形のなかにあるとでもいうみたいだった。木の茂みのあたらしい裂け目の向こうには、飛行機からのながめのようにひとつの奥深い風景が下の方へつづくのが見えたが、小道を、その下降する線や濃い青色に溢《あふ》れた遠景につなげるものは何もなかった。その奥に沈む太陽は、峰々の半透明な塊《かたまり》や棕櫚《しゅろ》のまわりの微塵《みじん》となって、水のなかでのように震えるだろう。黒ずんだ緑のなかに仏寺の白い鐘楼《しょうろう》がいくつか見える遠くには、ペルケンの領土を告知するラオスの最初の味方の村落であるサムロン、ペルケンが族長を識《し》っている、はじめての村落があった。その前方に、数条の煙が、そのせいでいっそう大きく見える広大な自然のなかに立ちのぼっていた。そして、その煙の前進はあまりにも密林の生命と直結していたので、人間にではなくて大地に由来しており、火事やみちてくる潮のように抗しえないもののようだった。

「なんでやつらはあの村に進みやがるんだ？　武装した戦闘員がいるっていうのに。きっとそうしなきゃならんわけがあるんだろう……」

「食糧の欠乏では？」クロードがたずねた。

「軍隊もいまじゃ連中を見棄ててる。軍隊が川を越えないってことは了解済みなんだよ。その向こうがサバンの地域で、また向こうがおれのなんだ」

その川はU字型をなして、かなたに、青い淵《ふち》のなかにそこだけ白く、白熱したように輝いていた。

「サバンが村を守るのを助けてやらなきゃ……」

「その体で？」

「尾根伝いに行けば、たしかに連中よりさきに着ける。遅れてもせいぜい一日だよ……」

ペルケンは相変わらずその村落と森とをながめていた。しかし、ペルケンは体を掻《か》くまいとして憤然と爪《つめ》をかんではいたけれども、かれの眼《まな》ざしはぼんやりしていた。クロードにはかれをそこにひきつける友愛の念がわかりすぎるくらいわかったので、それ以上言い張らなかった。それにかれが黙っていたのは不安のせいでもあった。広がりを通して容赦なく進んでいる、森の精のような高い煙から生まれたかのように、ひとつまたひとつと何かをたたく音が、まどろんだ大きな静寂のなかに吸いこまれていた。それらの音は、光の地獄をみたすには弱すぎてそこに消えていたが、それはちょうど、珍しい鳥が木々の茂みから出たと思うと、太陽に圧迫されて、石のような軌跡を描いてまた茂みの塊のなかに舞いおりるさまに似ていた。光のなかに消えていく音は規則正しい間隔《かんかく》に隔《へだ》てられて、どこか遠い遊星でたたかれる荘厳な告知とでもいった性格をおびていた。クロードは石をたたくあの鉄槌《てっつい》の音を思い出した。

「あれは……」

「何だ?」

ペルケンは自分の痛みが襲ってくるリズムにしか耳をかたむけてはいなかった。かれは息をとめた。一…二…三…四…… 音はだんだん近づいてきていた。それははっきりしていたが鈍い音で、まるでスポンジのようにふわふわしていた。煙のゆっくりとした進行のせいで、その音の速度はいっそう早められているようだった。

「あれは人間だ」クロードがまた言った。「防御陣地でも築いてるのかな?」

「モイ族か? やつらじゃない。煙はかなり進んでるからな。それに、音はわれわれにずっと近い」

ペルケンは双眼鏡を音のする方に向けようとしたが、むだだった。熱気の青い霧が森をかくしはしなかったが、そのかたちをぼんやりとさせていたからだ。膝《ひざ》の痛みがまたかれのうちに、遠いあの音とは不調和に、鐘の音のようにひとつまたひとつと鳴りはじめていた。そして、あの煙と、あの不可解な槌《つち》を打つような音とをそりたてているかに思える憎しみに燃えたこの自然の上には、どんな人間のかたちも姿を見せないのだった。下の方にひとつきらきらと輝く点が、ガラスの上の太陽のきらめきのようにあらわれた。

そのあたりにはたしか水はなかった。

ペルケンはあらためてながめ、車をとめ、もう一度またながめた。死んでしまったような痛む片足が邪魔で光をかくしていた。かれは、自分から切り離されたその肉体を遠ざけようともせずに、体を起こした。——まるでかれは他人の肉体のなかで苦しむことができるみたいだった。今度はよく見えた。クロードが手をのばしたが、ペルケンはかれに双眼鏡を渡さなかった。きらめく点は、それから来ているらしいパチパチという音と同じく、間をおいて上がったり下がったりしていた。ペルケンはだらりと手をおろした。クロードは双眼鏡を取ろうとしたが、ペルケンは放さなかった。とうとうかれは指をゆるめた。

「川はあそこなのかな？」かれは言った。

クロードは、その光る点をじっと見すえていた。鍋《なべ》か、野営の資材か？ 川よりはずっと前方だった。すぐそばに、交差した細い線、人間のかたち、ずっと大きい幾何《きか》学的な表面があった。それらは見おぼえがあった。テントだ。交差した線は叉銃《さじゅう》だった。クロードもあらためて川をながめた。それははるか後方で、ずっと遠かった。するとまた、ひとつ光る点が前方に、モイ族たちの煙を追って灯《とも》った。

「軍隊だろう?」クロードがたずねた。

ペルケンは黙っていたが、ついに口をきいた。

「あの連中にとっても、おれはもう死人なんだ……」

かれは、一種嫌悪の念で自分の脚《あし》とその光とをかわるがわるながめていた。視線が脚から離れた。その木槌の音は、テントの杭《くい》をたたいて、よく響く樽《たる》のように広がりを通して響き、その響きが広がるにつれて、煙を、森自体を、太陽に押しつぶされているすべてのものを、すこしずつ支配していた。人間たちの意志がそこでは、死に仕えるために支配的立場を取りもどしていた。痛みにもかかわらずペルケンは、自分の破滅のこうした宣告に抗して猛然と生きようとする自分を感じた。またたたかわなければ。しかしながら、かれが成しとげたすべてがかれの前に自分自身の屍《しかばね》のように横たわっていたのだ。一週間もたたないうちに軍隊はかれの国に入って、かれの生涯は空しい期待にすぎなかったことになるだろう。

叉銃《さじゅう》がそこにあった。軍隊は、電光のような青味がかった燐光が立ちのぼっているその川の大きな屈曲部には無関心に前進していた。テントがそこにあった。ところが、かれが感じたのはたしかさではなくて、吐き気に先立つ半ば意識を失った状態にも似た、むかつくような不安だった。意志に反して、何よりもまず、船のように上下する痛みに注意を向けると、ペルケンはほっとした気持で軍隊と死とをまた見出すことができた。それらはお互いに結びついて、大きな煙のようにふたつとも同じ目標に向かって進んでいた。《りっぱに死ぬって方が》ペルケンは考えた。《りっぱに生きるってことよりおれにはずっと重要かもしれんな……》

かれは双眼鏡を持ちあげて、ぼやけて見える靴《くつ》のふたつの塊《かたまり》の間に、驚くほどはっきりとまたあらわれた例の村落をながめた。

いまでは絶壁を転落しているかれの生命のなかに、その村落は、あの寺院の石同様、かれがかじりつかなければならない石のように居をすえていた。そして双眼鏡は自然と部隊の方へもどっていた。しかし、ふたつの波がつづいていた。まず、スチエン族とたたかわなければなるまい。

「サバンのところにだって、おれたちはやつらより前にちゃんとつけるぜ……」

「そいつをそんなに信用してるのか？」

「いや。おれが信用してるのは北部の族長たちだけだ。でも、いまじゃ、そんな選り好みはいっちゃおれない」

二

銃撃がいよいよはげしくなり、それがいまではこだまに入り混じって、ひとつの黒い空地の部分だけを除いて、断続的な数々の火の点でサムロンとその仏教寺院の鐘楼《しょうろう》を取り巻いていた。そのほとんど閉じられた輪の内部に、夜の蟬《せみ》の声と、ひとつの角灯の赤茶けた薄明りがあった。囚《とら》われた、重苦しいラオスの平和である。

「相変わらず異常なしか、クロード、下の方は？」

ペルケンはもう起きあがれなかった。

クロードはまた双眼鏡を取りあげた。

「何にも見えないな……」

クロードが双眼鏡をおくかおかないうちにまたひとつ短い銃声がある峰のすぐそばで閃《ひらめ》いた。こだまが、その銃声をいっそう高く響かせた。またしても銃撃。それらの微光は星の間近でいかにもきたなかった。

「スチエン族が村を包囲したのかな？」

「そんなことはありえない」

ペルケンはひとつのぼんやりと見える丘を指さした。

「こっちの見張りは相変わらずあそこでは射《う》ってない。だから、やつらは登ろうとはしてないよ」

「モイ知ってる、鉄道工事やってる方に機関銃あること」クサが言った。

銃火のかなたにたき火がいくつも、赤っぽい焔《ほのお》のように震えていた。ペルケンはずっとそれらをながめていた。火が光っているところには、軍隊はまだ到着していなかった。ひとつのもの影が、ペルケンがしらべていたものをかくすように、すぐ近くで双眼鏡の視界をよぎった。

「誰《だれ》だ、そこを行くのは？」

ペルケンは、間仕切り板の上に横になって、杭《くい》の高さから庭を見おろしていた。もの影が消えた。かれは、叫び声が起こるかと思って、当てずっぽうにそちらの方を射《う》った。反応なし。

「これで二度目だ……」

「あんたが連中に軍隊を食いとめるようにすすめてから」クロードが答えた。「ことが厄《やっ》介《かい》になってきたな……　連中がスチエン族とたたかうのを助けてやってる分にはよかったが……」

「どいつもこいつもばかばかりだ！」

ペルケンが配置した見張りはいままでは前よりもずっとはげしく射っていた。軍隊とたたかっていたスチエン族がどっと村を襲ってきていたのである。

「やつらにいってやったことにあんた確信はあるのか？　連中が軍使を送っても討伐隊の隊長が問題にしなかったり、連中が射てば、機関銃の返礼ってなことになるかもしれないな……」

「指令だと軍隊はかれらとたたかってはいかんということになってる。やつらは仏教徒で、定住民だし、おれの手下たちみたいに武器を持ってる。だから、折衝に応ずるさ。だが、もし連中が無条件に民兵を入れると、シャム人の言うように《管理されちまう》な。それがわかってるのはサバンだけだ……しかし、族長としてのあいつの権威は、あの銃火同様にゆらゆらしてる……だが、こいつだけははっきりしてる。もし連中がここに入れば鉄道はおれの領地まで通されるさ。おれがしっかりと握ってるのは、北部の族長たちだけだからな……」

原始的なたき火の匂《にお》いが夜気に運ばれてただよった。

「おれたちがここに足をとめたのは、やつらのスチエン族に対する防御戦を組織するためだけじゃないんだ！」

銃撃の数がますます多くなり、そのスピードを落とした機関銃のようなリズムのせいで、ペルケンの妄執《もうしゅう》はいや増すのだった。それらはあらわれては消えて、じっと動かずに燃えつづける火の存在をきわだたせていた。またあたらしく火がいくつも燃え出した。弾幕射撃がはげしくなるにつれてそれらの火は遠くに定着して、幾重にも層をなしてあらわれるのだった。しかし、火薬のすばやい炸裂《さくれつ》のもとで、それらの火はあまりにも厳かにじっと動かなかったので、まるでこの戦闘には関係なく、暑さと夜とから生まれたもののようだった。

「やつらは集結して襲撃をかけてくると思うかい？」クロードがたずねた。

「いまじゃ、やつらはたいへんな数だ。たき火を見ろよ……」

ペルケンは考えこんだ。

「やつらはきっと村を襲うだろう。だけど、団結はできまい。おれの手下たちも、それにおれが集めたかった族長たちも、このあたりの連中と同じに仏教徒のラオス人だ。それでもやつらをまとめることはまあできない相談だからな。おまけにスチエン族はかならず通行中を襲うのが手なんだ。古い死体の転《ころ》がってる前じゃ襲撃も鈍るし、死体の臭《にお》うなかじゃ襲撃の準備もうまくいくまい。それに、いまやつらを駆《か》りたててるのはとりわけ飢えだからな。明日ともなりゃ今度はまた軍隊がやつらの重荷になるし……」

ペルケンはまた考えこんだ。

「おれたちも……」

一斉射撃が、たき火の上に弧を描くようにまたはじまっては弱まった。ひとりの男がものの陰から小屋の入口に姿をあらわし、かれのはだしはもの音ひとつたてずに、手でもおくように階段の横木にそっとおかれていた。燭台の光のぼんやりした光のなかに、ひとつのはっきりとした斑点が、頭、上半身、脚という具合に持ちあがってきていた。伝令だった。ペルケンは体を起こし、痛みで顔をしかめ、また倒れた。痛みがかれのうちにあまりにもはげしく高まってきていたので、命令を与えるためにかれは、何かある生きものがおりていくみたいに痛みが弱まるのをうかがっていた。その男は、暗唱する人の調子で、すでに口早に短い文句をしゃべっていた。クロードは、その男がシャム語の文句をそらんじているんだなと思って、まるでヨーロッパ人の沈黙の方がもっとたやすく理解できるとでもいうようにペルケンをながめていた。ペルケンは相変わらずしゃべっているその男を観察するのをやめた。瞼《まぶた》を伏せ頬《ほお》がかすかに震えていなければ、かれは眠っていると思えただろう。突然かれは眼を上げた。

「どうしたんだ？」クロードがたずねた。

「この男の話だと、スチエン族はおれがここにいるのを知って、わざわざ攻撃をしにもどってきたとのことだ。それに、おれたちは軍隊ほどおっかない敵じゃないからな……」

一斉射撃がやんだところだった。伝令は、クサといっしょに立ち去った。

「村の包囲はできっこない……おれたちには銃がある……」

二発の射撃のこだまが重なって聞こえた。そしてまた静かになった。

「それから、鉄道技師たちが軍隊といっしょにいるとのことだ」

クロードには事態がわかりかけてきていた。

「でも、連中はあそこでせっせと働いてるよ！　一日にすくなくとも十は発破《はっぱ》をかける！」

「その爆発のひとつひとつがまるでののしってるみたいにおれには聞こえるのさ……やつらは前進してる、まちがいないよ……連中がここに来たら……」

「連中、道筋を変えたのかな？」

ペルケンは身動きひとつしなかった。身じろぎもしないで、前方の暗がりをじっと見ていた。

「おれの領地を通ると、やつらにはうんと経費の節約になるんだ……やつらはとても勇敢だと思うよ。モイ族たちがけだもののように逃げていくんだからな。だけど、やつら、たとえ軍隊でもあそこは通れんぞ」

クロードは答えなかった。

「……軍隊でも……」ペルケンはくり返した。

かれはまた口をつぐんだ。

「機関銃が三挺《ちょう》、たった三挺ありゃ、やつらはけっして通れはしなかったんだ……」

かすかに一斉射撃がまたはじまり、そしてふたたびやんだ。

「やつらは静かになるだろう。夜が明けたら……」

「夜が明けたらサバンはたしかに来るかな？」
「と思うよ……間抜けどもの集まりだ！　やつらがもし軍隊を通したら……」

三

サバンは梯子《はしご》をよじのぼって来た。破局が来る前にもう何回夜明けを迎えることになるのだろうか？　ペルケンは、戸口の枠《わく》のなかにせりあがってくるかれの短く刈《か》ったグレーの髪、不安そうな眼、ラオスの仏像のような鼻をながめていた。死がペルケンのうちに居すわってからというもの、存在はそのかたちを失っていたのである。かれが識《し》っているこの族長もひとりの人間としては、あのスチエン部落の老族長よりも存在感が薄く見えた。しかし、その手はすでに話合いをしたがっている……　ただ話し合うのに適したひとりの男。他の顔がいくつも重なるようにしてあらわれた。男たちがかれについてきていたのだ。全員が入った。サバンはためらっていた。かれは白人たちの前でしゃがむのを好まなかったし、腰をかけるのも大嫌《だいきら》いだったのである。かれは立ったままで、注意深く自分の足もとをながめて何も言わなかった。めいめいが待っていた。このアジア的な沈黙にクロードはいらいらしていた。ペルケンは馴《な》れてはいたが、怪我《けが》をしてからというものそれに耐えるのがいっそうつらそうだった。待っていると自分が動けないことが痛切に感じられたからである。かれがまず口火を切った。

「軍隊がここに来ると、どうなるかは承知だね」

そろそろ、下りの斜面がずっと地平線まで見わけられるようになりはじめていた。数百メートルのところに、まばらに立っている木々にひっかけられた頭蓋《ずがい》が夜の暗がりから浮き出て見えていた。夜明けの風が梢《こずえ》をたわめ、群生する植物の大きな波が、部族の眼に見えない逃走によって運ばれ、丘から丘へとくり返して、風の動きを引きついでいるかのようだった。発破《はっぱ》がひとつとどろいた。小屋の反対側で行なわれている鉄道の開削《かいさく》作業はかれらには見えなかった。だが、轟音《ごうおん》が谷間をみたしたかと思うと、すぐに石や岩のかけらが雨のように落ちる音が聞こえた。

「あさってには軍隊はここに来る。もう一度言うが、手持ちの火器で村が抵抗すれば、やつらは北に行くだろう。でなければ、鉄道はここを通る。シャムの役人たちに服従したいかね？」

サバンは否定の身振りで答えたが、そこには不信の気持があふれていた。

「きみらを攻撃する命令を受けていない軍隊とたたかう方が、鉄道を開削してやってくる正規軍とたたかうよりもやさしいんだ……」

「しかし、そのころには」かれはフランス語でクロードに言った。「おれはたぶん死んでるだろうがね……」

感動的な調子。またも、ペルケンは自分の生命を信じているのだった。

原住民たちはひとりずつ入ってきて、小屋のなかにうずくまっていた。かれらはお互いにシャム語を話してはいなかったし、ペルケンにはかれらの方言はわからなかったが、かれらが敵意をいだいているのは眼に見えてわかった。サバンが連中を指で示した。

「この連中は何よりもスチエン族を恐《こわ》がってる」

「銃があれば、スチエン族なんていないも同じだ！」

宙にとどまっていた族長の指が森の方を指さした。ペルケンは双眼鏡をとって、木々をながめた。いちばん高い木々のてっぺんに竿《さお》がひとつまたひとつと立ち、そこには何か粗野な玉のようなものがのっていた。スチエン族はもはや逃走してはいなかったのだ。物神の数はごくすくなくなっていたかわりに、たくさんの頭蓋《ずがい》や狩で殺した動物たちが森から湧《わ》き出て、野蛮の脅威を朝の空に刻印していた。その光景はまるで例の野牛の頭蓋《ずがい》から生まれたおびただしい骨が、自分もまた逃走して川のところまでおりて、昆虫となって増殖したとでもいうようだった。胸郭《きょうかく》や頭蓋や蛇《へび》の皮までがチョークのように白っぽく、高いところで揺れていた。そこには飢餓《きが》が昂《こう》じて未開人たちの移住を苦しめていることが突然しかと見てとれた。そして右手の川のすぐ近くには、死者を悼《いた》む泣き女たちをかたどる、文明人にはわからない苦しみをあらわす物神のひとつがしつこく眼にとまったが、その上には周囲に小さな羽がついた人間の頭蓋がのっていた。ペルケンは双眼鏡をおろした。またあたらしく原住民たちが何人も小屋に入ってきた。ふたりが小銃を持っていて、それがぼんやりと光っていた。ペルケンはグラボの上衣がつるさがっていた小屋のことを思い出した。

「きみたち全員の生命がかかってるんだ。きみたちが軍使を送って軍隊に発砲すれば、それでも来ようとはしないだろう。おれは連中が受けてる命令を識《し》っている。それに、軍隊はスチエン族を背後から襲うってことだってできるんだ。さもなければ……」

そこにいる何人かはシャム語がわかった。ひとつのはげしい抗議、一種のほえ声がペルケンの言葉をさえぎった。サバンはためらったが決意して言った。

「スチエン族がわれわれを攻撃するのはあんたのせいだと、連中は言ってる」

「飢《う》えでくたばるからやつらはきみたちを攻撃するんだ」

全員がいまやサバンをながめていた。サバンはまたためらったが、ついに心をきめた。

「あんたさえいなけりゃ、やつらはわれわれを攻撃しないだろうって言うんだ」

ペルケンは肩をすくめた。

「で、連中はあんたに立ち去ってほしいと言ってる」

ペルケンは拳固《げんこ》で間仕切りの板をたたいた。うずくまっていた原住民の全員が蛙《かえる》みたいに跳《は》ねて立ちあがった。銃を持った例のふたりのラオス人が白人たちにねらいをつけていた。

「来たな」クロードは思った。「ばかめ！」ペルケンは脅《おびや》かす連中の頭ごしにながめていた。だが、クサは小屋にはいなかった。

「やつらが動いたら」かれは、居あわす連中の背後の方を見ながら叫んだ。「射《う》て！」

銃をかまえたままふたりができるだけす早くうしろを振り向いた。二発の銃声。ペルケンがポケットごしに射ったところだった。衝撃のためあまりに痛かったので、ペルケンは一瞬自分の膝《ひざ》を射ったのではないかと思ったほどだった。しかし、ラオス人のひとりは倒れ、もうひとりは銃を放し、両手で腹をもむようにして口を開け、瀕死《ひんし》の男の茫然《ぼうぜん》とした眼をして立っていた。みんなが逃げると今度はかれも倒されて、逃げ去る連中の頭の上に五本の指が突き出ていた。はだしのペタペタという音が退《ひ》くと、また沈黙がおとずれた。

サバンだけが残っていた。

「それでは？」かれがペルケンに言った。

かれは、遅かれ早かれ白人たちの狂気にはいつも伴うはずの破局がやってくるのをあきらめて待っていた。かれは仏教と無関心の世界に生きていたが、その世界がかれを取り巻いているようだった。血が音もなく流れているそれらの丸くちぢこまったふたつの体を見おろしながら、かれは空《うつ》ろな眼《まな》ざしで、人気のない広場を前にした亡霊みたいにじっと動かずに突っ立っていた。《さっきいちばんわめいていたやつらはきっとかれのライバルにちがいない》ペルケンは思った。《厄介《やっかい》ばらいができてやつは怒るどころじゃあるまい》

ペルケンは突然眼の前のふたつの体を見た。血はかれらから、まるでかつては生きていなかったものからのように、ある見えない穴を通して流れていた。ペルケンは、かれらがここに横たわっているのを知っていたが、他の連中と逃げてしまっていたような感じがした。こいつらは死んでいる。で、このおれは？　生きているのか？　死にかけているのか？　サバンとおれとの間には、いったいどんなきずなが結ばれうるというのか？　利害と拘束、それはわかっている。そうだ、ここの連中を煽動《せんどう》することはできる。だが、必要なのは反乱とか戦争だし、それをこそおれは何年も前から待っていたのではないか。たとえサバンは軍隊とたたかうことを受けいれるにしても、村の半分は逃げてしまうにちがいない。かつては生き甲斐《いがい》みたいに期待していたこういった同盟がかれには突然、一度もいっしょに戦ったことのないこのためらうラオス人同様、もろいものに見えてきていた。白人の侵入や軍隊や谷を揺るがす発破《はっぱ》に対してかれが当てにできるのは、かれが人間的に結ばれていた連中、忠誠心のある連中、すなわち仲間たちだけだった。それにあの連中にしたって……おれが怪我《けが》をしてなかったら、ラオス人たちもけっしておれをねらうなんて真似《まね》はしなかっただろうに。連中には弱って見えたとしても、おれには自分がけっして弱ってなんか見えないぞ。やつらはいまそれを思い知ったはずだ。ペルケンはサバンの方に顔を上げた。ふたりの視線が出会うと、ペルケンは、族長がほんとうにそう言ったかのように、自分がかれにとっては死を宣告された男だということがわかった。ペルケンが他人の眼《まな》ざしのなかで自分の死と出会ったのは、これが二度目だった。かれは、その男にぶっ放してやりたいという欲望を猛烈に感じた、まるで人殺しだけがかれにその存在を確認させ、自分自身の終末とたたかうことを可能にすることができるかのように。かれはその眼ざしを、手下全員の眼のうちにまた発見することになるだろう。死をひっつかみ、動物のように死とたたかいたいという、たったいま、サバンを射《う》とうと思ったときにかれを襲った狂おしい衝動が、かれのうちに発作的な力を持って広がっていた。最悪の敵、破滅感、ペルケンは自分の部下のひとりひとりの魂のうちでそれとたたかおうとしていた。かれはひとりの叔父《おじ》、デンマークの田舎《いなか》紳士のことを思い出した。かれはさんざん狂気じみたことをやらかしたのち、フン族の王のように杭《くい》で支えた死馬に乗って自分を埋葬させたが、死の苦しみの間、全神経が助けを求めるにもかかわらず、たった一度も叫び声をあげまいとして、舞踏病さながらに肩を揺さぶるひじょうな恐怖を追いはらおうと気を配ったという……

「おれは発《た》つぞ」

四

もう村落はなかった。ペルケンが自分の解放を当てにしていた山岳地帯が空に向かってはじまっていた。川は下の方にあった。森の表面をかすめるように鳥や蝶《ちょう》が重たげに飛んで、きらきらと輝いていた。ところが、軍隊に地平線まで狩りたてられたモイ族たちの前方では、小動物たち、とりわけ猿《さる》が山火事にでもあったように恐れをなして逃げ走っていた。猿たちは何百となく群をなして川を渡っていたが、向う岸に着いてしまうと木の葉の渦《うず》みたいだった。が、川っぷちにとどまっていると、尻尾《しっぽ》を宙に上げて猫《ねこ》に似ていた。大猿が一匹、たぶん石にのっているのだろう、川の真中でじたばたしていた。双眼鏡を取るとクロードには、その大猿が、ずぶ濡《ぬ》れの犬よろしく、かじりつく小猿たちを背中から振り落とそうと、一生懸命になっているさまがはっきりと見えた。向う岸に猿たちは枝をポキポキと鳴らして風のように消えていったが、森の両岸の間にあらわれた猿たちの逃走は、きらめく川の流れを、部族の移住が描く大きなカーブのように思わせた。

たき火がいままでは一日中燃えて、山の斜面に煙のスカーフをたなびかせていた。真昼の強い光でさえいまはその煙のスカーフをかき消せないほどだった。それらは、風もないのに、白人たちがたどっている小道の方へ、山々の中腹をすこしずつ進んできていた。軍隊の鈍い足並のような、人間的な進行だった。あたらしくたかれる火の煙が、その位置のせいで前のよりもいっそう脅迫的にまっすぐ濃密に立ちのぼり、その煙の尾は崩れてスカーフのような煙に合体するのだった。そして、クロードは、またひとつあたらしい煙が立ちのぼるのを、錠前のなかで一回転する鍵《かぎ》みたいに待ちながら、不安にかられて一キロばかり先の方をながめていた。

「あれも火になるな。もうひとつ上がったら通れないぞ」

ペルケンは眼を閉じたままだった。

「そんなことはどうだっていいと思うときがあるもんだ」かれは、自分自身に言うようにつぶやいた。

「路が塞《ふさ》がれるってことがか?」

「いや、死がだよ」

山々のかなたには、死によって守られ、火のない峰々の孤独に押しつぶされたペルケンの領土があった。反対側には鉄道があった。ペルケンが死んだらクロードは、きっとかれを待っている浅浮彫りのところへ飛んで帰るだろう。スチエン族は単独ではけっして鉄道を襲ったりはしないだろう。

ペルケンは麻痺《まひ》状態に落ち入っていた。かれの耳もとでは蚊がか細くブンブンと鳴いて飛びかっていた。蚊の刺す痛みは透明で、まるですかし模様のように傷の痛みをおおっていた。蚊の刺す痛みもまた、熱をいよいよひどくさせながら強まったり弱まったりしていて、ペルケンは、体に触るまいとして、悪夢のようなたたかいを余儀なくされていた——それはあたかも傷の痛みが、蚊の刺す痛みを囮《おとり》として、かれ自身を待伏せしているみたいだった。肉の音がペルケンを驚かせた。かれの指が虫刺されの焼けるような痛みに魅せられて、かれの気づかぬうちに、車をけいれんしたように軽くたたいていたのである。人生についてかれが考えていたいっさいが、地中の死体のように熱で解体していた。ところが、いっそう車の揺れがはげしくなって、かれは生の表面へ連れもどされていたのだ。ペルケンはその瞬間、クロードの言葉と進行する車の動きとに意識させられ、そこへ連れもどされたのだったが、かれはそれらふたつをわけることはできないでいた。ペルケンはひじょうに弱っていたので、自分の感覚の見わけがつかなかったし、その耐えがたい目ざめによってかれは、自分が逃れたい生命と同時に、もう一度見つけたい自分自身とに同時に投げこまれていたのである。何かを考えてみよう！　かれは身を起こして、あたらしい火をながめようとした。だが、かれが身動きする前に、前方遠くで発破《はっぱ》がひとつ爆発した。土くれが大きくやんわりと動いて舞い落ちた。モイの犬どもがほえはじめた。

「問題は軍隊だけだよ、クロード。鉄道工事が終る前なら、軍隊はやっつけられる。どんな兵站《へいたん》線だって奥行が深いから、そいつをうんと後方で断ち切って、先頭を孤立させ、武器を奪わなけりゃ……それは不可能じゃない……　おれが着けたら……　熱のやつめ……こいつが下がりゃおれはやりたいんだ、すくなくとも……　クロード？」

「うん、それで……」

「すくなくともおれの死によって連中を自由にしてやらないと」

「あんたにとってそれがいったい何になるんだ？」

ペルケンは眼を閉じていた、生きている者にはわかってもらえないとでもいうように。

「また痛みがおさまったのかい?」

「ひどい揺れさえなけりゃね。だけど、おれはひどく参ってるから、こいつは自然じゃない……またはじまるさ……」

ペルケンは山々の頂《いただき》を、それから発破《はっぱ》が破裂したばかりの丘をながめた。双眼鏡を固定するために、かれは車の材木に寄りかからなければならなかった。かれの頭は左右に揺れていたが、ついにじっと動かなくなった。

「いまじゃおれは、もう射《う》つことさえできないよ……」

かなたでは、水牛が枕木を運び、シャム人たちがそれを落としては、機械みたいに正確に、ちょうどグラボがあの小屋でやっていたように最後の枕木のまわりをまわると立ち去っていた。音もなく落ちている枕木のひとつひとつが、別世界でのように、かれの膝《ひざ》のなかで鳴り響いていた。地平線の山々に向かって破城槌《しかばね》のように前進しているその鉄道線路は、かれの希望だけではなく、かれの正真正銘の屍、かれの腐った眼を越えて進んでいこうとしていた。自分のところまでは届かなかったその材木の落ちる音を、ペルケンは刻々と、自分の血の鼓動のうちに聞いていた。かれには自分の領地に行けば自分がなおるだろう、そして死ぬだろうということがわかっていたし、かれは自分という希望の房の上で、世界が囚人の縄《なわ》のように鉄道にしめつけられて閉ざされるだろうことを知っていた。

それは、世界のうちの何ものもけっして、かれの過去の苦しみも、現在の苦しみも償《つぐな》ってはくれないだろうということ、つまり人間であることは、瀕死《ひんし》の人間であることよりももっと不条理だという思いなのだった。モイ族たちの煙は、真昼の坩堝《るつぼ》のなかでますます数多く、まっすぐに広がって、巨大な格子《こうし》のように地平線を閉ざしていた。暑さ、熱、車、焼けるような痛み、犬のほえ声、かれの体にシャベルでかけられるみたいに投げ出される枕木、それらがその煙の格子と密林の力、さらには死そのものと、超人的な幽閉のなかで希望なく混じりあっていた。蚊の歌声のかなたではいまや犬どものほえ声が、谷間の端から端へと響き、別のほえ声が丘のうしろでそれに応えていた。それらの叫びは地平線まで森をみたし、煙と煙との間の自由な空間にいっぱいこだましていた。ペルケンは、地下室にでもいるように、穴倉の動物にも似たこうした脅やかすもの、火、この不条理とともに人間たちの世界のなかになお閉じこめられた囚人だった。おれのかたわらでクロードは生きようとしている。拷問《ごうもん》する残忍なやつらを他の連中が人間だと信じているように人生を信じている。憎むべきやつだ。おれは独りだ。頭から膝《ひざ》まで駈《か》けめぐる熱と、このおれの手という、腿《もも》におかれた忠実なものといっしょに独りぼっちだ。

ペルケンは自分のそのような手を、何日も前から見てきていたのだった。それは自由で、かれから切り離されていた。その手はそこ、かれの腿の上で静かにかれをながめ、全身の皮膚に湯を浴びるような気持でかれが浸っている孤独の地帯にまでかれに同道していた。かれは一瞬表面に浮上して、苦痛がはじまると、手がひきつることを思い出した。かれにはそれに確信があった。密林と同じように始原的な世界へのこの逃走のなかで、ひとつの残忍な意識がもとのまま残っていた。その手が、白く魅惑的にここにあるということであり、その指は重たげな掌《てのひら》よりも尊大で、その爪は、ちょうど蜘蛛《くも》が熱い木の葉の上で、脚先で巣にぶら下がっているように、ズボンの糸にひっかかっていた。それは、他の連中がねばねばした深処でもがくように、かれがもがいているかたちの定かでない世界のなかで、かれの眼前にあった。大きくはない。単純で自然だが、眼のように生きていた。死とは、その手なのだった。

クロードはペルケンをながめていた。野犬のほえ声がそのやつれた顔に調和していた。ひげはのび放題で、瞼《まぶた》は垂れ下がり、ほとんど眠っていなかったので、その顔はただ死期の近いことをあらわすばかりだった。子供のころの思い出ではなくて、自分のうちの、自分のありのまま、自分がありたいものを愛してくれたただひとりの人間だった…… クロードはかれに触る気にはなれなかった。しかし、かれの頭が車の横木にぶつかると、クロードはかれの頭を持ちあげ、額《ひたい》がかくれないようにヘルメットで支えてやった。ペルケンが眼を開けた。空が押しつぶすように、しかし喜びに溢《あふ》れてかれに襲いかかった。虫のいない枝が何本か、空とかれとの間を、空気のように、またかれが抱いた最後のラオスの女のように震えながら通り過ぎていった。ペルケンにはもう人間たちのことも、木々やけだものといっしょにかれの下を降っていく大地のことさえも全然わからなかった。かれにはもう、光のせいで白いこの広大な空間と、かれがそこに消えていき、かれの心臓の鈍い鼓動がすこしずつみたしている悲劇的な喜びだけしかわからなかったのである。

かれにはもはや自分の声しか聞こえなかった、あたかもかれだけが自分の魂を密林から引きむしる坩堝《るつぼ》に調和できたし、かれだけがこの聖なる空に自分の傷で執拗《しつよう》に答えることができたかのように。《おれはどうも死の瞬間におれ自身を賭《か》けることになるように思える……》生はそこ、大地がそこに姿を消している眩暈《めまい》のなかにあった。そして、もうひとつのものは、かれの血管のはげしい痛みの槌音《つちおと》のなかにあった。しかし、そのふたつはたたかってはいなかった。この心臓は打つのをやめて、それもまた光の容赦のない呼びかけのうちに消えていくだろう……　かれにはもう手も体もなく、痛みだけしかない。破滅という言葉はいったい何を意味しているのか？　かれの眼は瞼の下で刃《やいば》のように燃えていた。一匹の蚊が片方の瞼にとまったが、ペルケンはもう身動きできなかった。クロードがかれの頭をテントの布で支え、ヘルメットをもと通りにしてやると、またかれらしい影ができた。

ペルケンは、酔っぱらって川に落ち、水音を制するように声をかぎりに歌っている自分の姿を思い浮かべた。いまもまた、死はかれのまわりに、震える大気のようにずっと地平線まで広がっていた。何ものも、かれを太陽の餌食《えじき》にしているこの昂揚《こうよう》ですらも、かれの人生にけっして意味を与えはしないだろう。地上には人間たちがいる。そしてかれらは自分の情熱、苦痛、実在を信じている。それは、葉陰の虫同然、死の円天井《まるてんじょう》の下にうようよしている。かれはそのことに深い喜びを感じていた。その喜びは、手首やこめかみや心臓に血が鼓動するたびに、かれの胸、かれの脚のなかで鳴り響いていた。喜びは陽光のなかに溶けこんで、行き渡った狂気を槌《つち》で打っていたのである。しかし誰もけっして死んではいない。かれらは、つい先ほど空に吸いこまれていった雲や、森や、寺院のように通り過ぎていったのだ。かれだけが引き離されて、死のうとしていた。

かれの手がまた生き返った。それはじっと動かなかったが、かれはそこに血が流れるのを感じ、川音と溶《と》けあうその液体の音を聞いていた。思い出の数々がまた、脅迫的な指のかすかなけいれんに抱きとめられて、そこに待ち伏せしていた。指の動きと同じく、思い出の侵入は最期を予告していた。思い出は、遠いタム・タムの音や犬のほえ声とともに進んできているあの煙のように濃密に、断末魔《だんまつま》のかれの上に落ちかかるだろう。ペルケンは、自分の体から逃れ、自分をけだもののようにとらえている白熱した空を手放すまいとして夢中になって歯を食いしばった。恐ろしい苦痛、手足を引きちぎるような苦痛がかれの膝《ひざ》から頭へと襲いかかった。ひとつの回廊が、深く地下にかくされ、いまにも崩れんばかりになってかれを待っていた……　かれはあまりに唇《くちびる》をかみすぎたので、血が流れ出した。

クロードは血が歯の間から湧《わ》き出るのを見た。しかし、苦しみがまだかれの友を死から守っていた。苦しんでいるかぎり、かれは生きていたからだ。突然、クロードは想像力によってペルケンの立場に身をおいた。クロードは、自分が愛してもいない人生にこんなにも愛着をおぼえたことはかつてなかった。血は、せんだって野牛に弾丸《たま》が当たって流れた血のように、あごの上を条《すじ》をなして流れていた。そして、クロードには、食いしばった赤い歯をながめ、待つしかなすすべがなかった。

《おれが思い出すのは》ペルケンは思っていた。《死にかけているからだ……》かれの全生涯が恐ろしく、忍耐づよくかれのまわりにあった、ちょうど小屋のまわりのスチエン族がそうだったように……《たぶん、思い出しはしまい……》かれは、手をうかがうように、自分の過去をうかがっていた。しかし、意志と苦痛にもかかわらず、かれにはコルトを投げ捨て、夕《ゆうべ》の斜陽を浴びてスチエン族に向かって歩く自分の姿が浮かんできた。とはいえ、それは死を予告するものではなかった。別の人間、以前の人生が問題だったのだ。おれの領地に着いたら、熱を槌《つち》でたたくあの発破《はっぱ》をどんなふうにしてやっつけてやろうか？　苦痛がもどってくると、かれには自分の血のしょっぱい味を識《し》るかのように、自分の領地にはけっして着けないだろうことがわかった。かれは痛みのために、こわいひげでブラシをかけるみたいに歯を食いしばって、あごの皮膚を引き裂いていた。苦痛がなおかれを昂揚《こうよう》させていたのである。けれども、苦痛がこれ以上はげしくなると、それはかれを狂人か、ときが早く流れるようにとわめく産気《さんけ》づいた女に変えてしまうだろう——なお人間たちが世界には生まれていたのだ——かれのうちにもどってきていたのはかれの青春ではなくて、かれが期待していた通り、死が死者たちを呼ぶかのように、消えてしまった人たちだった……《生きたまま埋葬はされたくない!》しかし、手が、いつかの夜の暗闇《くらやみ》のなかの未開人たちの眼のように、背後に思い出を押しやってそこにあった。かれは生きたまま埋葬されはしないだろう。

《顔が何となく人間らしくなくなったな》と、クロードは思った。ペルケンの肩がけいれんした。死の苦しみは、いまではきらめく沈黙のうちに消えていく犬たちの慟哭《どうこく》の叫びのかなたの空同様に、不変なようだった。その苦しみは、人間であることの空しさに直面して、沈黙と、愛する瀕死《ひんし》の男という、世界の動かしがたい告発とを病む苦しみなのだった。死は、密林よりも、空よりも強くペルケンの顔をひっつかんで、それを力ずくで永遠のたたかいの方へ向けさせていた。《この時刻に、いったいどれほどの人間がこういった体を見守っていることだろう?》ヨーロッパの夜やアジアの昼に消え去るこうした体のほとんどすべてが、やはり自分たちの人生の空しさに押しつぶされ、朝には眼ざめるだろう人たちへの憎しみでみたされながら、神々で心を慰められていた。ああ! 神々が存在すれば、永遠の苦しみの代償として、どんな神聖な思想も、どんな未来の報《むく》いも、何ものも人間存在の終焉《しゅうえん》は正当化できないことをあの犬たちのようにわめくこともできようものを。そして、昼の絶対的な静寂に、この閉じた眼に、皮膚を引き裂きつづけるこの血まみれの歯に、そのことを空しくわめくことから免《まぬが》れもできようものを！　……このやつれはてた顔、この恐ろしい敗北から逃れもできように！　唇《くちびる》が半ば開いていた。

「ないさ……死なんて……ただあるのは……おれ……」

一本の指が腿《もも》の上でひきつった。

「……このおれが……死んでいく……」

クロードは憎しみをこめて、幼いころきいた文句を思い出した。《主よ、われらの苦しみに力をかしたまえ……》この気も狂わんばかりの絶望的な友愛感を、言葉ではなくて手と眼とで表わそう。クロードはかれの肩を抱きしめた。

ペルケンは、別世界の存在のように見知らぬその証人をじっと見ていた。

解説
死を生きる生の冒険

渡辺 淳

I 人生と仕事を支え、動かすもの

マルローも、第一次大戦直後に青春を迎え、当時の血気盛んな文学青年の例に洩れず、まずときの新しい風潮のダダやシュルレアリスムの洗礼を受けたし、ひとときモーラスらの秩序・伝統擁護派の考えに共鳴したりもした。しかし、それよりもマルローは東洋、しかもその考古学的な美術の世界に強くひかれて、その頃の仏領インドシナ、今日のベトナムに渡り、古代クメール文化の遺跡の発掘にたずさわるが、そこで民族独立運動にふれ、一説によると、さらに中国にも歩をのばして、広東革命に立ち会ったとも伝えられる。

こうした旅の最初の成果として発表されたのが、ヨーロッパを旅行する中国青年と、中国を旅する若いフランス人がかわす往復書簡のかたちで綴られた『西欧の誘惑』（一九二六年）である。これは、単に東西文化の比較論とか、東によって西を裁くといった体《てい》の書物ではなくて、東洋の体験、ひいては広い世界体験によってマルローがここで伝統的な西洋の知性と感性のありようを見なおし、そのリフレッシュ化を促している点が異色と言っていいだろう。

そして、そこでのテーマをさらに内面化するとともに、今度はフィクションとしてダイナミックに客観化して発展させたのが、次の二つの小説である。まずは、先ほどふれた一九二五年の広東革命、すなわち国民党と共産党が手を結んで企てた、内は軍閥政治の打倒、外はヨーロッパ列強の帝国主義支配排除の革命をあつかった『征服者』（一九二八年）がそれである。ここにはコミュニスト、ボルシェビキ、アナキスト、テロリスト、民族主義者、個人主義者など、さまざまの人種と、思想と生き方を異にする人間たちが登場するが、中心には、リアリストのコミュニスト、ボロジンと、孤独でニヒルな冒険家、ガリン、いずれも古い神を失って、新しい神を求めて死闘するふたりの白人指導者がすえられている。もうひとつが、先にも少しふれた通り、かつてインドシナに繁栄を誇ったクメール王国の古寺院への王道を分け入って、美術品を見出し、あわよくば富をえようと企てるふたりの白人の生命を賭した宝探しの冒険物語『王道』（一九三〇年）なのである。

こうして、これらオリエントへの冒険行の記録と、オリエントでの政治的激動へのアプローチの記述を通じてマルローは、自分の、生来のような孤独と不安と虚無感、もっと一般化して言うと、西欧知識人に特徴的な個人主義的ヒューマニズムの危機感を、それなりに深く、また広く、しかもリアルな行動の次元で試練にかけ、検証しようとしたように思われる。異国の地について語ることや、政治や革命そのものについて論ずることは、マルローにとって確かに二義的なことだったのである。

マルローは、これら初期の代表的な青春の書において、人間の、すべて生あるもの同様、避けられない絶対的な条件としての死という厳然たる事実と、それが生を否応なしに運命に変えることの実感を物語り、だからこそそれ、つまり根源的なこの人間実存の不条理性とたたかうことこそが自意識を持つ人間の人間たるゆえんだということを、自他に言いきかせようとしているかに見受けられる。

多少とも具体的に社会や政治が視野に収められ、いわゆる歴史が早くも前面に押し出されている『征服者』にしても、その基底を支えているのは、たった今指摘したようなおお閉ざされた、コミュニケーションを拒む個の存在と行動である。そして『王道』では、たとえ最後でクロードは、僚友ペルケンの死をみとりつつ、ペルケンに対して友愛感を覚えはするにしても、それは「絶望的」なのであり、「ペルケンは、別世界の存在のように見知らぬその証人をじっと見ていた」のである。このように、ここでは叙述は、端的直截に個と行動と死とにねらいを定めている。なお、本作については、後ほどもう少し詳しくふれることにして先を急ごう。

　こうした次第で、その後の時代の移り行きのなかで、マルローの、とりわけ政治的な立場、姿勢には、初期と比較すると、いちじるしい変化が見られはするが、それらを通してマルローに底流する基本的な思想は変っていない。これら初期の作品、ことに『王道』には、マルローの全人生と仕事の原点が認められるが、これが何よりも重要な点であろう。このことは、少し遅れてだが、やはり時代の動きとともにはげしく変転したサルトルにおいて、小説の『嘔吐』や劇作の『出口なし』や哲学著作の『存在と無』などが、その後の彼の全キャリアーに息づく初心を示しているのに比べられもしよう。

　ところで、一九三〇年代も進み、隣国ドイツでヒットラーが政権を掌握し、フランスでも右翼の蠢動《しゅんどう》が目立つようになり、ヨーロッパ全域でいよいよ風雲が急を告げると、フランスでは反ファシズムの気運が、知識人の先導で急激に高まった。するとマルローは、そうした動きの先頭を切るように

アンドレ・マルロー（1958年）

して、左翼の側で社会の政治的な防衛と変革の運動に身を投じ、あれこれの会議に出席しては弁舌を振るった。そして、スペインに戦争が起こると、政府の不干渉政策に抗して、反フランコの国際義勇軍飛行隊を組織し、自ら操縦桿をにぎり、共和国政府擁護に身を挺するなど、甲斐々々しく社会的連帯の行動に乗り出したのである。『人間の条件』(一九三三年)、次いで『侮蔑の時代』(一九三五年)、そして『希望』(一九三七年)などといった著述は、そうしたマルローのアンガージュマン(社会参加)の産物に他ならなかった。それらには総じて、反社会的な個から社会的な連帯へ、アナキズムからコミュニズムへ、絶望から希望へ等々といった基本的なトーンの変化が見られるということだ。もう少し作品に即して眺めてみよう。

『人間の条件』も中国革命を舞台にしているが、今度は例の国・共合作が頓挫《とんざ》して一九二七年、上海で実権をにぎった蔣介石の国民党が共産分子の駆逐・粛清に乗り出し、それに抗してクー・デタが企てられるが、それが悲劇に終るさまが描かれている。そして、ここでもさまざまな行動人のタイプが登場する。孤独なニヒリストでテロリスト、死を生甲斐とするような陳《チエン》や、キャリアーを積んだロシア人の職業革命家、カトフや、その逆の反革命派のフェラルにケニッヒや、いまは革命から身を退いたマルクス主義社会学者で阿片中毒のフランス人、ジゾールらがその人たちである。

しかし、彼らのイメージは以前より客観性を持っているし、ジゾールと日本人女性との間の混血児、革命家の清《キヨ》（小松清がモデルだとも言われる）にしても、やはり孤独だが、自分の人生と社会の将来への気がかりと、人間の尊厳に対する敬意と希望を抱いている点が新しい。そして、ことに、清の死のあとも生き残って革命に献身しようとするその妻のメイの姿に、旧来はもっぱら男の道具あつかいされた女性、すなわち娼婦しか登場させなかったのにマルローが独立した人格を担わせ、エロチシズムから愛の芽生えを見届けようとしているのはかなりの変化だろう。題名の通り、ルポルタージュ形式のうちに、いっそう突っ込んで内と外から孤独と死という根源的な《人間の条件》を尋ねながらマルローが、そこに生ずる虚無感の充実をより積極的に手探りして、人間を信じ、愛せる端緒をつかみ出そうとしているのが興味深い。また少し視点を変えると、ここには第三インター、つまりソビエト共産党が戦略的にクー・デタを擁護する立場をとらなかったという歴史の一瞬における革命の苦渋が生々しく映し出されているのが面白い。確かに、これでゴンクール賞もえて、マルローの作家的地位は揺るがぬものとなった。

『希望』（一九三七年）は、マルローの小説のなかではいちばん長くてエピソードの数も多数、多彩だが、それらが映画のカット・バック手法で一大叙事詩として積み上げられている。ここでも、例の通り登場人物たちはみな孤独だが、否応なしのように社会の動乱に巻き込まれて、人間の条件とたたかっている。けれども、ここでは、カトリックだが反フランコのヒメネス大佐や、とくにマルロー自身を思わせる国際義勇軍飛行隊長のマニャンらは、これまでになく人間的な革命家の顔をのぞかせ、社会の変革に希望を託している。そして、テルエルの山中に不時着したマニャンの目と心とを通して、リアルな集団としての農民、民衆の姿が、生活の変革を大前提とした革命の必要を示唆《しさ》し、たたかいが抽象的な屈辱の反対の尊厳のためと言うより、もっと具体的な友愛に賭けた行為として描かれている点に注目したい。これは第二次大戦前夜、三〇年代の知的風土を証言した異色作に違いない。

しかし、マルローの人格、人生が定住を知らず、大きな振幅ではげしく揺らぐそれだったからこそ、彼が見せもした次のような側面がまた見落とせない。それは、マルローが少年の頃から考古学、美術に関心を寄せたことははじめに述べた通りだが、つとに三七年の頃から、芸術の永遠の美の世界に思いをひそめ、戦後（一九五一年）、『沈黙の声』という総タイトルでまとめて発表された著述の『芸術の心理学』の第一巻『空想の美術館』を書き始めていることだ。つまり、これはマルローにとって人間の条件、すなわち運命から逃れるひとつの手だてだったと言っていいかもしれない。

そして、この歩みは戦中から戦後にかけて、相変わらずの政治の季節のなかでも続くが、五〇年に体調を崩してひととき政治の第一線から身を退くとますます軌道に乗って、先にあげた『沈黙の声』を完成させ、五七年にはやはり長い芸術論『神々の変貌』の第一巻を上梓している。

こうして、一九五八年にマルローはド・ゴール大統領のもと、ふたたび入閣して政治に携わることになるが、たった今述べた芸術関連で、五九年には初代文化相に就任、今度は公の立場で文化政策に辣腕ぶりを発揮し、あれこれと批判も受け、物議をかもしもしたが、とにかくハード、ソフト両面で形だけではなくマルローが、ド・ゴールの片腕として文化の創造と推進に寄与した功績は大きい。なかでも《文化の家》の創設を中心とした文化の地方分散化の仕事は高く評価されよう。

ところで、先ほどもド・ゴールの名前を出したが、おしまいにどうしてもふれておかなければならないのは、そのド・ゴールとの関係である。マルローとド・ゴールとは、あの『王道』のクロードとペルケンのようにひとつに結びつき、このコンビは戦後のフランス史を六〇年代の末まで色濃く彩ったと言っても過言ではないだろう。

ドイツ占領下でマルローは、ド・ゴール派としてレジスタンスに加ったが、彼がド・ゴールと会い、お互いに肝胆相照らす心の友となったのは、少し遅れて戦後の四五年のことだったようである。そして、同年一一月にド・ゴール首班の連立政権が発足すると、マルローは情報相として入閣しているが、このときはまだ無所属だった。ところが、四七年にド・ゴールが《フランス国民連合》（ＲＰＦ）という政党を結成するや、そこの広報担当として入党、以来、ふたりの結びつきはいよいよ強固になり、先述したように、ド・ゴールの政界復帰とともに情報相から文化相に転じて業績をあげ、六九年、ド・ゴール退陣とともにマルローも文化相を辞して、野に下っている。

およそ経緯はこうだが、こうした変貌を支えた思想的根拠について考えると、スペイン戦争の不首尾や独・ソ不可侵条約、そして戦争とレジスタンスの体験などを通して、マルローは西欧的なものと、フランスのナショナルなものの価値を評価しなおし、インターナショナルな志向の基盤としてそれらをあらためて定立しようと考え、そこでド・ゴールとスクラムを組み、その方向へ転身することになったと推察される。ただヒロイックな愛国主義や悲劇趣味や力への意志ではなくて、人間を踏まえ、西欧とインターナショナルを展望し、視野に入れたド・ゴール主義（ゴーリスム）にマルローは共鳴したのに違いない。『アルテンブルクのくるみの木』（一九四三年）には、そうしたマルローの転機が読みとれもする。

ともあれ、このようにしてマルローは、サルトルやカミュに先立ち文学者として、その行動と作品ともどもで、ことに私と公、個と連帯の旧来の型を破ったラディカルな結びつけなおしという課題に正面から取り組み、大きな足跡を残したことは確かである。この点でマルローの範は二〇世紀の証人として、この世紀末から来るべき二一世紀にかけてもなお問題を提起することを恐らく止めはしまいし、共和国への功績によってヴォルテールやゾラらと並んでマルローが《パンテオン》入りしたのは多分不当とは言えまい。

II　『王道』について

ここで、もう少し詳しく『王道』についてコメントすることにしよう。評論家のピエール・ド・ボワデッフルも言っていたように『王道』も『征服者』同様、若書きの「狂熱的なバロック風の作品」には違いないが、先述の通り両者の内容はかなり異なり、『王道』の方が発表は遅れたが、書かれたのは先だったという説の方が辻褄が合っているように思えもする。話の中身の面で、『征服者』の方が後の作品とのつながりが密接だからだ。

なお、そうした伝記的な事実についてここで一言しておきたい。この一事からも推察しうるように、マルローは自分の伝記的な事実を事実として語ることを好まなかったようで、研究書はむろん、伝記的アプローチも少くないが、彼の人生と制作の事実には謎の部分、不分明な点が多く、人々を困らせもしている。彼の神話好みのせいとも言えようか。ところが、その反面マルローは虚構の作品のなかに好んで自伝的な要素や体験をたくさん盛り込んでおり、そこに語られている内容は多分に架空ではなくて、事実であることが多いようなのである。マルローにあっては実人生と作品、現実と虚構とが独特に入り混じって、それがマルローの小説をユニークなものにしている。マルローの作品では内的世界の動きが歴史のそれと一致し、人間と自己の創造が歴史の創造とひとつになっていると言うモーリス・ブランショの指摘は恐らく的を射ている。

こうして、若い考古学者のクロード・バネックは、明らかに作者自身の分身と言えるし、影のように彼につきしたがい、おしまいには一体化する、つまりこちらが光と化するとも言える、一応デンマーク国籍のドイツ人で、シャム政府の委嘱を受けてここにいる正体不明のようなペルケンも、本文中にも出て来る実在の考古学者、ダヴィッド・ド・メールナや、かの有名なアラビアのローレンスがモデルだとも言われている。ついでに言い添えると、この小説ははじめ、『砂漠の力』と総題された連作ものの第一巻として書かれたが、後にその企図は放棄されて単独の書物となったとのことである。

ともあれこうして、ここではペルケンの先達としての存在は大きく、クロードはすっかりペルケンのとりことなって、いろいろと人生の教えを彼から受けるわけで、そうしたペルケンから発信される思想が、この作品の柱をなしている。そして、その中心をなすのが、いわゆる《エロスとタナトス》合体の思想と、その具体的な確認の描写であり、それが圧巻と言っていい。

本文からいくつかペルケンの言葉を拾い出してみよう。ペルケンは言う。「女をセックスの補足物と考えないで、セックスを女の補足物と考える男ってのは、気の毒だが、恋の年ごろだってことさ。」「肝心なのは相手の女を識らないことだよ。」「死はそこにある、……まるで人生の不条理の否定できない証拠みたいにね……」「おれは、死を見届けようとして生を過ごしてるんだよ」「おれが自分の死を考えるのは死ぬためじゃなくて、生きるためだからね」などと。そして、マルローは、後々の作品でこうしたペルケン＝クロード的な人生・世界観を乗り超えようと格闘したわけなのである。

なお、本書は書誌にも記した通り、旧旺文社文庫の訳文はほぼそのまま、マルローの死という新事態に応じて解説、年譜などに手なおしを施したものだが、翻訳の底本には一九三四年刊の Editions Bernard Grasset 版を用い、七二年刊の Le Livre de Poche 版を参照した。つまり後者にしたがってパラグラフを前者よりも数多く切り、最初にかかげたようなエピグラフをつけ、おしまいの『砂漠の力』云々のただし書きを削除し、またそこに散見したミスプリントは前者によって訂正した。　（一九九九年十二月）

年譜——マルロー

異論の多い事実は（　）に入れた。

一九〇一年（明治三四年）
ジョルジュ・アンドレ・マルロー、一一月三日、パリ、一八区、ダムレモン街に生まれる。父、フェルナン＝ジョルジュ・アンドレ・マルローは実業家。父方の祖父はもと、ダンケルクの回船業者で、市長をしたこともあった。

一九〇五年（明治三八年）　四歳
（両親離婚、このころより、母とともにパリ東郊ボンディの母方の祖母の家に住む）

一九〇九年（明治四二年）　八歳
祖父（事故）死。（あるいは自殺？）

一九一五年（大正四年）　一四歳
パリのチュルゴ市立中学入学。

一九一八年（大正七年）　一七歳
（チュルゴにあきたらず、名門校コンドルセ高等中学に転ず）

一九一九年（大正八年）　一八歳
正規の勉学を放棄、パリ大学付属東洋語学校の聴講生となり、美術、考古学に熱中。独立して生計をいとなむため、パリ市内に居を移し、稀覯本出版のルネ＝ルイ・ドワイヨン書店に勤務。

一九二〇年（大正九年）　一九歳
ドワイヨン書店創刊の雑誌に、はじめて論文「立体派の詩の起源について」を発表、文筆活動に入り、前衛的な作家、芸術家たちとの交友はじまる。シモン・クラ書店に移る。
一九二一年（大正一〇年）二〇歳
シモン・クラ書店から最初の単行本、散文詩集『紙の月』を限定出版。文学上のつきあいで識った富裕なドイツ系ユダヤ人、クララ・ゴールドシュミットと結婚、ヨーロッパ各地を旅行。
一九二二年（大正一一年）二一歳
《新フランス評論》（NRF、ガリマール社刊）に書評などを書きはじめる。
一九二三年（大正一二年）二二歳
クララを同伴、考古学踏査のため仏領インドシナ（いまのベトナム）に出発、幼いころからの友人ルイ・シュバッソンとともに奥地に向かい、古代クメール王国の首都、アンコール・ワットに近いバンテアイ・スレイで、浮彫女神石像約一トンの発掘に成功。ところが、一二月、帰途プノンペンでその積荷を押収され、一行は逮捕される。
一九二四年（大正一三年）二三歳
マルロー、シュバッソン起訴され、マルローは懲役三年の判決を受ける。ヨーロッパに帰ったクララの奔走で、ドワイヨン、ブルトン、ジャコブ、アルラン、モーリアックらによって釈放運動が行なわれ、マルローの二審判決は禁固一年、執行猶予。さらに上告のため、またサイゴンで発行することになった新聞の基金集めのため帰国。
一九二五年（大正一四年）二四歳
一月、ふたたびクララとともにインドシナに赴く。最高裁で無罪判決。反植民地主義的色彩の新聞「ランドシーヌ」を政治家・弁護士の友人ポール・モナンと発刊。総督府当局の弾圧で八月に廃刊。一一月に再刊のかたちで今度は「鎖につながれたインドシナ」紙を出す（翌年二月まで）。（その間、安南青年党を組織、また活字入手のため中国（香港）に渡り、国・共合作の広東革命に立ちあう）一二月サイゴンを発ち、船中で『西欧の誘惑』の筆を起こす。

一九二六年（昭和元年）二五歳
八月、グラッセ書店より『西欧の誘惑』を出版。ガリマール社と関係深まる。ポール・デジャルダン主宰の《真理のための会合》に顔を出しはじめる。

一九二七年（昭和二年）二六歳
「ヨーロッパのある青春について」を書く。小説『幸福の島々への旅』を雑誌に発表。『戦艦ポチョムキン』の上映禁止に抗議。

一九二八年（昭和三年）二七歳
『征服者』を、はじめ《NRF》に発表（三～七月号）、ついで九月にグラッセ書店より刊行。

一九二九年（昭和四年）二八歳
考古学調査のためアフガニスタンに行く。《真理のための会合》で『征服者』についての討論会開催され、マルローも出席。

一九三〇年（昭和五年）二九歳
『王道』を「ルビュ・ド・パリ」に連載ののち、グラッセ書店より発刊。第一回アンテラリエ賞を受ける。父自殺。

一九三一年（昭和六年）三〇歳
『征服者』をめぐってトロツキイと《NRF》で応酬。クララとともに中近東、インド、蒙古、中国、日本（約二週間、京都、奈良の古美術見学）、アメリカを旅行（四～一一月）。

一九三二年（昭和七年）三一歳
『人間の条件』の執筆をはじめる。
D・H・ロレンス『チャタレー夫人の恋人』の仏訳に序文。ガリマール社美術主任となる。

一九三三年（昭和八年）三二歳
『人間の条件』を《NRF》に連載（一～六月号）、同社より出版、ゴンクール賞を受ける。反ファシズムの動き活発化。ルイズ・

ド・ビルモランを識り（三十数年後に同棲）、ビルモラン、かれのすすめで小説を書きはじめる。九月、亡命先にトロツキイを訪問。『人間の条件』の未刊の一章を「マリアンヌ」紙に発表（一二月）。娘フローランス生まれる。

一九三四年（昭和九年）三三歳
一月、フランス共産党の依頼で国会放火事件の犯人として逮捕されたディミトロフ、テールマンの釈放請願書をもってベルリンに行く。両人釈放のための国際委員会をつくる。三月、イェーメンに赴き、シバの女王の廃都を空から調査。エチオピアを訪れる。八～九月、ソビエト作家会議に招かれてジッドとともに出席、ゴリキイに会う。このころ、ジョゼット・クロチスに会い、クロチス、第二の妻となる。

一九三五年（昭和一〇年）三四歳
コミュニストの同調者として反ファシズムの動きいよいよ活発。『侮蔑の時代』を《NRF》に連載後、出版。六月、パリで催された《文化擁護国際作家大会》に出席、講演。スペイン旅行。『芸術の心理学』にとりかかる。

一九三六年（昭和一一年）三五歳
四月、パリで開かれたソビエト文化の研究・討論会に参加。六月、今度はロンドンで開かれた《文化擁護国際作家大会》に出席、講演。七月、マドリッドに飛び、九月には国際義勇軍飛行隊《エスパーニヤ》を組織、指揮する。ときにはみずから操縦桿をにぎり、テルエルやトレドなどのたたかいに参加、負傷二回。

一九三七年（昭和一二年）三六歳
三月、スペイン共和国援助資金集めのためアメリカ、カナダに講演旅行に発つ。トロツキイはげしくマルローを非難。七月、バレンシアの国際作家会議に出席。一二月、ガリマール社より『希望』を出版。『芸術の心理学』

を「ベルブ」誌に発表しはじめる。

一九三八年（昭和一三年）三七歳

『希望』をもとにした映画『テルエルの山々』を翌年にかけて撮る（一九四五年、ルイ・デリュック賞）。

一九三九年（昭和一四年）三八歳

七月、クララと別居、事実上離婚（正式には戦後）。一〇月召集、戦車隊に一兵士として配属される。ジョゼットとの間に長男誕生（次男は四年後）。

一九四〇年（昭和一五年）三九歳

六月、負傷し、捕虜となり、サンスの収容所に入れられる。一一月脱走、フランス南部の非占領地帯に赴き、一二月、はじまりつつあった対独抵抗運動（レジスタンス）と接触。『天使とのたたかい』の第一巻『アルテンブルクのくるみの木』の執筆開始。

一九四一年（昭和一六年）四〇歳

主としてスイスと南仏に滞在、ジョゼットと長男を呼び寄せる。『天使とのたたかい』、『芸術の心理学』を書き進める。イギリスのパラシュート部隊と連携。夏の終りごろサルトルの訪問を受ける。

一九四三年（昭和一八年）四二歳

ゲシュタポに踏みこまれ、『アルテンブルクのくるみの木』だけを残し、『天使とのたたかい』の残りを押収、破棄される。『アルテンブルクのくるみの木』をスイスで出版（四八年、ガリマール社より出版）。

一九四四年（昭和一九年）四三歳

ベルジェ大佐の仮名で南仏のレジスタンスに参加。七月、ゲシュタポに捕えられたが、八月連合軍の進出によって釈放され、ド・ゴールのパリ入城後、アルザス＝ロレーヌ旅団を編成、指揮をとり、ルクレルク将軍らとともにその地方の解放に従事。一一月ジョゼット鉄道事故死。

一九四五年（昭和二〇年）四四歳

以前より、《国民解放運動》（MLN）と共産党系の《国民戦線》（FN）との合併には反対だったが、一月、それら抵抗派の全国大会でその意見を表明、採択される。五月、パリにもどり、《MLN》脱退。このころド・ゴールにはじめて会う。七月、最初の全集発刊（七巻）。一一月、ド・ゴール首班連立政権成立し、無所属の情報相として入閣。

一九四六年（昭和二一年）四五歳
一月、ド・ゴール退陣とともにマルローも辞任。ソルボンヌでアラゴンらとともに文化講演。『映画の心理学素描』をガリマール社より刊行。

一九四七年（昭和二二年）四六歳
ド・ゴール、《フランス国民連合》（RPF）を結成、マルロー、宣伝担当責任者として参加。『小説集』（プレイアード版、ガリマール社）出版。『ゴヤ―プラド美術館のゴヤのデッサン集』と、『芸術の心理学』の第一巻『空想の美術館』を刊行（ともにスキラ書店）。

一九四八年（昭和二三年）四七歳
一月、「集団」誌創刊。三月、《RPF》の講演会で「知識人への訴え」と題して演説（これは一九五一年の『征服者』改訂版にあとがきとして付される）。クララと正式に離婚。異母弟の未亡人、マリ＝マドレーヌ・リウーと結婚。『芸術の心理学』の第二巻『芸術の創造』（スキラ書店）刊。

一九四九年（昭和二四年）四八歳
クロード・モーリアックとともに、「精神の自由」誌創刊。

一九五〇年（昭和二五年）四九歳
夏、チフスを患い、半年余病臥。このころから政党化した《RPF》に失望して離れ、著作に打ちこむ。『芸術の心理学』の第三巻『絶対の貨幣』（スキラ書店）と、『サチュルヌ―ゴヤについての試論』（ガリマール社）

を刊行。

一九五一年（昭和二六年）　五〇歳

六月、総選挙で《RPF》第一党となるが、それに先立ち候補を辞退。一一月、《RPF》全国大会で講演。例の『芸術の心理学』三巻をまとめて増補改訂、今度は『沈黙の声』と題してガリマール社より刊行。

一九五二年（昭和二七年）　五一歳

『世界の彫刻の空想美術館』の第一巻『彫像術』を刊行（ガリマール社）。

一九五三年（昭和二八年）　五二歳

事実上、《RPF》解党。美術会議のためニューヨークに行く。

一九五四年（昭和二九年）　五三歳

『神々の変貌』を《NRF》に発表。『世界の彫刻の空想美術館』の第二巻『聖なる洞窟の浮彫』、第三巻『キリスト教の世界』（ガリマール社）刊行。

一九五五年（昭和三〇年）　五四歳

『小説抜萃選集』（アシェット社）刊。序文やエッセイの執筆多し。

一九五六年（昭和三一年）　五五歳

レンブラント生誕三五〇年祭でストックホルムに行く。

一九五七年（昭和三二年）　五六歳

手を入れて、『超自然の世界《ル・シュルナチュレル》』（『神々の変貌』、第一巻）を出版（ガリマール社）。

一九五八年（昭和三三年）　五七歳

四月、アンリ・アレッグの『訊問』の発禁に際し、ロジェ・マルタン・デュ・ガール、モーリアック、サルトルらとともに、アルジェリアにおける拷問に抗議。六月、ド・ゴールの再組閣にともない、しばらくぶりにふたたび情報相として入閣。文化使節として一〇月には西インド諸島、一一月にはイラン、インド、日本を訪問。ラクロ『危険な関係』に序文を寄せる。

一九五九年（昭和三四年）　五八歳

文化省創設、初代大臣となる。四月からアルジェリア、ギリシア、ブラジル、ペルー、アルゼンチンなどを訪問。

一九六〇年（昭和三五年）　五九歳
二月、文化使節として日本を三度目の訪問。あと、メキシコ、イスラエル、アフリカを訪れる。

一九六一年（昭和三六年）　六〇歳
一月、クロチスとの間のふたりの息子を自動車事故でなくす。

一九六二年（昭和三七年）　六一歳
マルロー宅も《ＯＡＳ》（アルジェリア植民派の秘密軍事組織）の攻撃にあう。五月ニューヨーク、八月メキシコ訪問。《第五共和国連合》をつくる。文化政策の推進に腕をふるう。

一九六三年（昭和三八年）　六二歳
一月、ダ・ビンチのモナリザをケネディ大統領に貸与。ニューヨーク、フィンランド、カナダ訪問。汚れたパリの建物をもとのように白くするクリーニングや、美術館の整備や、地方に演劇を中心とした文化活動のセンター、《文化の家》の建設を進める。

一九六四年（昭和三九年）　六三歳
講演、国会での予算獲得演説などにますます多忙。三月、ミロのビーナスを日本に送り、九月、《オペラ座》の天井画をシャガールに委嘱。

一九六五年（昭和四〇年）　六四歳
六月、休養のためアジアに向かい、中国で毛沢東に会い、ド・ゴールのメッセージを渡す。

一九六六年（昭和四一年）　六五歳
パリのクリーニングほぼ完了。アミアンの《文化の家》の開館式で演説。一〇月ピカソ展を開催。

一九六七年（昭和四二年）　六六歳
秋、『反回想録』、第一巻（ガリマール社）を刊行。国立劇場《オデオン座》におけるジュネの『屏風』上演に当り、右翼の妨害に対して、同作品を擁護。

一九六八年（昭和四三年）　六七歳

二月、グルノーブルの《文化の家》の落成式で講演。五月、《オデオン座》占拠事件でバローを解任、六月、学生の動きについて演説。建築教育の改編。

一九六九年（昭和四四年）　六八歳

四月、ド・ゴールの退陣とともに文化相を辞任、政界から退く。一一月、サルトルらとレジス・ドブレの赦免を請願。一二月、ビルモラン死す。この年よりパリ郊外、ベリエール＝ル＝ビュイソンに住む。

一九七〇年（昭和四五年）　六九歳

四月、ラクロ、ゴヤ、サン＝ジュストを論じた『黒い三角形』（ガリマール社）を刊行。

一九七一年（昭和四六年）　七〇歳

三月、ド・ゴールとの会見記『倒された樫の木』を刊行。バングラデッシュ解放のため一兵士として参加したい旨表明。

一九七二年（昭和四七年）　七一歳

ニクソンに招かれて、ワシントン訪問。

一九七三年（昭和四八年）　七二歳

春、兵士としてではないが、バングラデッシュ訪問。七月、南仏サン＝ポール＝ド＝バンスで所蔵美術品をはじめ、自らの全貌を見せる大展覧会、《空想の美術展》を開催。

一九七四年（昭和四九年）　七三歳

ピカソ論『黒曜石の頭』、『ラザロ』、『非現実の世界《リレエル》』（『神々の変貌』第二巻）、（いずれもガリマール社）刊。五月、モナリザ展のため、フランス政府特派大使として四度目の来日。

一九七五年（昭和五〇年）　七四歳

ハイチ旅行。

一九七六年（昭和五一年）　七五歳

『反回想録』第二巻、『時を超えたもの《ランタンポレル》』

（『神々の変貌』第三巻）（いずれもガリマール社）刊。一一月二三日、肺塞栓《そくせん》のため、パリ郊外、クレテイユのアンリ＝モンドール病院で死去。

一九七七年（昭和五二年）
『神々の変貌』、第一、二、三巻を併せて『超自然の世界《ル・シュルナチュレル》』というタイトルをつけて再刊される。

一九九六年（平成八年）
死後二〇周年記念日に当り、遺骨が文学者としては珍しく、ヴォルテール、ルソー、ユゴー、ゾラに続き、共和国に貢献した五人目の偉人として《パンテオン》に合祀される。

（渡辺　淳編）

主要著作――マルロー

訳者と翻訳に関して、二種類以上あるものについては、編者の裁量でひとつにしぼった。

La Tentation de l'Occident（Grasset, 1926）（小松清・松浪信三郎訳『西欧の誘惑』新潮社一時間文庫　一九五五）

Les Conquérants（Grasset, 1928）（小松清訳『征服者』新潮文庫　一九五二）

La Voie royale（Grasset, 1930）（渡辺淳訳『王道』旺文社文庫　一九七四）

La Condition humaine（Gallimard, 1933）（小松清・新庄嘉章訳『人間の条件』新潮文庫　一九五一）

Le Temps du mépris（Gallimard, 1935）（小松清訳『侮蔑の時代』新潮文庫　一九五〇）

L'Espoir（Gallimard, 1937）（岩崎力訳『希望』〈上下〉新潮文庫　一九七一）

Les Noyers de l'Altenburg（Lausane, Édition du Haut-Pays, 1943; Gallimard, 1948）（橋本一明訳『アルテンブルクのくるみの木』［世界の文学41］中央公論社　一九六四）

Les Voix du silence（Gallimard, 1951, 3 volumes）――Le Musée imaginaire : La Psychologie de l'Art, tome I, 1947 ; La Création artistique, tome II, 1948 ; La Monnaie de l'Absolu, tome III, 1950（Genève, Skira）（小松清訳『東西美術論』全三巻　新潮社　一九五八～五九）

Saturne――Essai sur Goya（Gallimard,

1950）（竹本忠雄訳『ゴヤ論——サチュルヌ』新潮社　一九七二）

Le Surnaturel（1957）, L'Irréel（1974）, L'Intemporel（1976）——tome I, II, III de La Métamorphose des dieux（Gallimard）

Antimémoires, tome I（1967）, tome II（1976）（Gallimard）（竹本忠雄訳『反回想録』全二巻　新潮社　一九七七）

（渡辺　淳編）

王道《おうどう》
アンドレ・マルロー　渡辺《わたなべ》淳《じゅん》訳
二〇〇〇年四月一〇日第一刷発行
二〇二二年六月　三　日第六刷発行
発行者――鈴木章一
発行所――株式会社　講談社
東京都文京区音羽2・12・21　〒112-8001
電話　編集（03）5395・3513
　　　販売（03）5395・5817
　　　業務（03）5395・3615
デザイン――菊地信義
製版――株式会社KPSプロダクツ
印刷――株式会社KPSプロダクツ
製本――株式会社国宝社

定価はカバーに表示してあります。

講談社
文芸文庫

ISBN4-06-198209-5

講談社文芸文庫

小林秀雄 ―[ワイド版]小林秀雄対話集	秋山 駿――解／吉田凞生――年
佐伯一麦 ―ショート・サーキット 佐伯一麦初期作品集	福田和也――解／二瓶浩明――年
佐伯一麦 ―日和山 佐伯一麦自選短篇集	阿部公彦――解／著者――――年
佐伯一麦 ―ノルゲ Norge	三浦雅士――解／著者――――年
坂口安吾 ―風と光と二十の私と	川村 湊――解／関井光男――案
坂口安吾 ―桜の森の満開の下	川村 湊――解／和田博文――案
坂口安吾 ―日本文化私観 坂口安吾エッセイ選	川村 湊――解／若月忠信――年
坂口安吾 ―教祖の文学｜不良少年とキリスト 坂口安吾エッセイ選	川村 湊――解／若月忠信――年
阪田寛夫 ―庄野潤三ノート	富岡幸一郎–解
鷺沢 萠 ――帰れぬ人びと	川村 湊――解／著者、オフィスめめ–年
佐々木邦 ―苦心の学友 少年倶楽部名作選	松井和男――解
佐多稲子 ―私の東京地図	川本三郎――解／佐多稲子研究会–年
佐藤紅緑 ―ああ玉杯に花うけて 少年倶楽部名作選	紀田順一郎–解
佐藤春夫 ―わんぱく時代	佐藤洋二郎–解／牛山百合子–年
里見弴 ――恋ごころ 里見弴短篇集	丸谷才一――解／武藤康史――年
澤田 謙 ――プリューターク英雄伝	中村伸二――年
椎名麟三 ―深夜の酒宴｜美しい女	井口時男――解／斎藤末弘――年
島尾敏雄 ―その夏の今は｜夢の中での日常	吉本隆明――解／紅野敏郎――案
島尾敏雄 ―はまべのうた｜ロング・ロング・アゴウ	川村 湊――解／柘植光彦――案
島田雅彦 ―ミイラになるまで 島田雅彦初期短篇集	青山七恵――解／佐藤康智――年
志村ふくみ–一色一生	高橋 巖――人／著者――――年
庄野潤三 ―夕べの雲	阪田寛夫――解／助川徳是――案
庄野潤三 ―ザボンの花	富岡幸一郎–解／助川徳是――年
庄野潤三 ―鳥の水浴び	田村 文――解／助川徳是――年
庄野潤三 ―星に願いを	富岡幸一郎–解／助川徳是――年
庄野潤三 ―明夫と良二	上坪裕介――解／助川徳是――年
庄野潤三 ―庭の山の木	中島京子――解／助川徳是――年
庄野潤三 ―世をへだてて	島田潤一郎–解／助川徳是――年
笙野頼子 ―幽界森娘異聞	金井美恵子–解／山﨑眞紀子–年
笙野頼子 ―猫道 単身転々小説集	平田俊子――解／山﨑眞紀子–年
笙野頼子 ―海獣｜呼ぶ植物｜夢の死体 初期幻視小説集	菅野昭正――解／山﨑眞紀子–年
白洲正子 ―かくれ里	青柳恵介――人／森 孝――――年
白洲正子 ―明恵上人	河合隼雄――人／森 孝――――年
白洲正子 ―十一面観音巡礼	小川光三――人／森 孝――――年

▶解=解説 案=作家案内 人=人と作品 年=年譜を示す。 2022年5月現在

講談社文芸文庫

白洲正子――お能|老木の花	渡辺 保――人／森 孝――年
白洲正子――近江山河抄	前 登志夫――人／森 孝――年
白洲正子――古典の細道	勝又 浩――人／森 孝――年
白洲正子――能の物語	松本 徹――人／森 孝――年
白洲正子――心に残る人々	中沢けい――人／森 孝――年
白洲正子――世阿弥 ――花と幽玄の世界	水原紫苑――人／森 孝――年
白洲正子――謡曲平家物語	水原紫苑――解／森 孝――年
白洲正子――西国巡礼	多田富雄――解／森 孝――年
白洲正子――私の古寺巡礼	高橋睦郎――解／森 孝――年
白洲正子――[ワイド版]古典の細道	勝又 浩――人／森 孝――年
鈴木大拙訳－天界と地獄 スエデンボルグ著	安藤礼二――解／編集部――年
鈴木大拙――スエデンボルグ	安藤礼二――解／編集部――年
曽野綾子――雪あかり 曽野綾子初期作品集	武藤康史――解／武藤康史――年
田岡嶺雲――数奇伝	西田 勝――解／西田 勝――年
高橋源一郎－さようなら、ギャングたち	加藤典洋――解／栗坪良樹――年
高橋源一郎－ジョン・レノン対火星人	内田 樹――解／栗坪良樹――年
高橋源一郎－ゴーストバスターズ 冒険小説	奥泉 光――解／若杉美智子－年
高橋たか子－人形愛|秘儀|甦りの家	富岡幸一郎－解／著者――年
高橋たか子－亡命者	石沢麻依――解／著者――年
高原英理編－深淵と浮遊 現代作家自己ベストセレクション	高原英理――解
高見 順――如何なる星の下に	坪内祐三――解／宮内淳子――年
高見 順――死の淵より	井坂洋子――解／宮内淳子――年
高見 順――わが胸の底のここには	荒川洋治――解／宮内淳子――年
高見沢潤子－兄 小林秀雄との対話 人生について	
武田泰淳――蝮のすえ|「愛」のかたち	川西政明――解／立石 伯――案
武田泰淳――司馬遷―史記の世界	宮内 豊――解／古林 尚――年
武田泰淳――風媒花	山城むつみ－解／編集部――年
竹西寛子――贈答のうた	堀江敏幸――解／著者――年
太宰 治――男性作家が選ぶ太宰治	編集部――年
太宰 治――女性作家が選ぶ太宰治	
太宰 治――30代作家が選ぶ太宰治	編集部――年
田中英光――空吹く風|暗黒天使と小悪魔|愛と憎しみの傷に 田中英光デカダン作品集 道籏泰三編	道籏泰三――解／道籏泰三――年
谷崎潤一郎－金色の死 谷崎潤一郎大正期短篇集	清水良典――解／千葉俊二――年

種田山頭火	山頭火随筆集	村上 護——解／村上 護——年
田村隆一	腐敗性物質	平出 隆——人／建畠 晢——年
多和田葉子	ゴットハルト鉄道	室井光広——解／谷口幸代——年
多和田葉子	飛魂	沼野充義——解／谷口幸代——年
多和田葉子	かかとを失くして|三人関係|文字移植	谷口幸代——解／谷口幸代——年
多和田葉子	変身のためのオピウム|球形時間	阿部公彦——解／谷口幸代——年
多和田葉子	雲をつかむ話|ボルドーの義兄	岩川ありさ-解／谷口幸代——年
多和田葉子	ヒナギクのお茶の場合|海に落とした名前	木村朗子——解／谷口幸代——年
多和田葉子	溶ける街 透ける路	鴻巣友季子-解／谷口幸代——年
近松秋江	黒髪|別れたる妻に送る手紙	勝又 浩——解／柳沢孝子——案
塚本邦雄	定家百首|雪月花(抄)	島内景二——解／島内景二——年
塚本邦雄	百句燦燦 現代俳諧頌	橋本 治——解／島内景二——年
塚本邦雄	王朝百首	橋本 治——解／島内景二——年
塚本邦雄	西行百首	島内景二——解／島内景二——年
塚本邦雄	秀吟百趣	島内景二——解
塚本邦雄	珠玉百歌仙	島内景二——解
塚本邦雄	新撰 小倉百人一首	島内景二——解
塚本邦雄	詞華美術館	島内景二——解
塚本邦雄	百花遊歴	島内景二——解
塚本邦雄	茂吉秀歌『赤光』百首	島内景二——解
塚本邦雄	新古今の惑星群	島内景二——解／島内景二——年
つげ義春	つげ義春日記	松田哲夫——解
辻 邦生	黄金の時刻の滴り	中条省平——解／井上明久——年
津島美知子	回想の太宰治	伊藤比呂美-解／編集部——年
津島佑子	光の領分	川村 湊——解／柳沢孝子——案
津島佑子	寵児	石原千秋——解／与那覇恵子-年
津島佑子	山を走る女	星野智幸——解／与那覇恵子-年
津島佑子	あまりに野蛮な 上・下	堀江敏幸——解／与那覇恵子-年
津島佑子	ヤマネコ・ドーム	安藤礼二——解／与那覇恵子-年
坪内祐三	慶応三年生まれ 七人の旋毛曲り 漱石・外骨・熊楠・露伴・子規・紅葉・緑雨とその時代	森山裕之——解／佐久間文子-年
鶴見俊輔	埴谷雄高	加藤典洋——解／編集部——年
寺田寅彦	寺田寅彦セレクション I 千葉俊二・細川光洋選	千葉俊二——解／永橋禎子——年

講談社文芸文庫

寺田寅彦	寺田寅彦セレクションⅡ 千葉俊二・細川光洋選	細川光洋──解
寺山修司	私という謎 寺山修司エッセイ選	川本三郎──解／白石 征──年
寺山修司	戦後詩 ユリシーズの不在	小嵐九八郎-解
十返肇	「文壇」の崩壊 坪内祐三編	坪内祐三──解／編集部──年
徳田球一 志賀義雄	獄中十八年	鳥羽耕史──解
徳田秋声	あらくれ	大杉重男──解／松本 徹──年
徳田秋声	黴|爛	宗像和重──解／松本 徹──年
富岡幸一郎	使徒的人間 ─カール・バルト─	佐藤 優──解／著者──年
富岡多恵子	表現の風景	秋山 駿──解／木谷喜美枝-案
富岡多恵子編	大阪文学名作選	富岡多恵子-解
土門 拳	風貌|私の美学 土門拳エッセイ選 酒井忠康編	酒井忠康──解／酒井忠康──年
永井荷風	日和下駄 一名 東京散策記	川本三郎──解／竹盛天雄──年
永井荷風	[ワイド版]日和下駄 一名 東京散策記	川本三郎──解／竹盛天雄──年
永井龍男	一個|秋その他	中野孝次──解／勝又 浩──案
永井龍男	カレンダーの余白	石原八束──人／森本昭三郎-年
永井龍男	東京の横丁	川本三郎──解／編集部──年
中上健次	熊野集	川村二郎──解／関井光男──案
中上健次	蛇淫	井口時男──解／藤本寿彦──年
中上健次	水の女	前田 塁──解／藤本寿彦──年
中上健次	地の果て 至上の時	辻原 登──解
中川一政	画にもかけない	高橋玄洋──人／山田幸男──年
中沢けい	海を感じる時|水平線上にて	勝又 浩──解／近藤裕子──案
中沢新一	虹の理論	島田雅彦──解／安藤礼二──年
中島 敦	光と風と夢|わが西遊記	川村 湊──解／鷺 只雄──案
中島 敦	斗南先生|南島譚	勝又 浩──解／木村一信──案
中野重治	村の家|おじさんの話|歌のわかれ	川西政明──解／松下 裕──案
中野重治	斎藤茂吉ノート	小高 賢──解
中野好夫	シェイクスピアの面白さ	河合祥一郎-解／編集部──年
中原中也	中原中也全詩歌集 上・下 吉田凞生編	吉田凞生──解／青木 健──案
中村真一郎	この百年の小説 人生と文学と	紅野謙介──解
中村光夫	二葉亭四迷伝 ある先駆者の生涯	絓 秀実──解／十川信介──案
中村光夫選	私小説名作選 上・下 日本ペンクラブ編	
中村武羅夫	現代文士廿八人	齋藤秀昭──解

講談社文芸文庫

夏目漱石――思い出す事など|私の個人主義|硝子戸の中　石崎 等――年
成瀬櫻桃子-久保田万太郎の俳句　齋藤礎英――解／編集部――年
西脇順三郎-*ambarvalia*|旅人かへらず　新倉俊――人／新倉俊――年
丹羽文雄――小説作法　青木淳悟――解／中島国彦――年
野口冨士男-なぎの葉考|少女 野口冨士男短篇集　勝又 浩――解／編集部――年
野口冨士男-感触的昭和文壇史　川村 湊――解／平井一麥――年
野坂昭如――人称代名詞　秋山 駿――解／鈴木貞美――案
野坂昭如――東京小説　町田 康――解／村上玄一――年
野崎 歓――異邦の香り ネルヴァル『東方紀行』論　阿部公彦――解
野間 宏――暗い絵|顔の中の赤い月　紅野謙介――解／紅野謙介――年
野呂邦暢――[ワイド版]草のつるぎ|一滴の夏 野呂邦暢作品集　川西政明――解／中野章子――年
橋川文三――日本浪曼派批判序説　井口時男――解／赤藤了勇――年
蓮實重彥――夏目漱石論　松浦理英子-解／著者――年
蓮實重彥――「私小説」を読む　小野正嗣――解／著者――年
蓮實重彥――凡庸な芸術家の肖像 上 マクシム・デュ・カン論
蓮實重彥――凡庸な芸術家の肖像 下 マクシム・デュ・カン論　工藤庸子――解
蓮實重彥――物語批判序説　磯﨑憲一郎-解
花田清輝――復興期の精神　池内 紀――解／日高昭二――年
埴谷雄高――死霊 I II III　鶴見俊輔――解／立石 伯――年
埴谷雄高――埴谷雄高政治論集 埴谷雄高評論選書1 立石伯編
埴谷雄高――酒と戦後派 人物随想集
濱田庄司――無盡蔵　水尾比呂志-解／水尾比呂志-年
林 京子――祭りの場|ギヤマン ビードロ　川西政明――解／金井景子――案
林 京子――長い時間をかけた人間の経験　川西政明――解／金井景子――年
林 京子――やすらかに今はねむり給え|道　青来有一――解／金井景子――年
林 京子――谷間|再びルイへ。　黒古一夫――解／金井景子――年
林 芙美子――晩菊|水仙|白鷺　中沢けい――解／熊坂敦子――案
林原耕三――漱石山房の人々　山崎光夫――解
原 民喜――原民喜戦後全小説　関川夏央――解／島田昭男――年
東山魁夷――泉に聴く　桑原住雄――人／編集部――年
日夏耿之介-ワイルド全詩（翻訳）　井村君江――解／井村君江――年
日夏耿之介-唐山感情集　南條竹則――解
日野啓三――ベトナム報道　著者――年
日野啓三――天窓のあるガレージ　鈴村和成――解／著者――年

平出隆——葉書でドナルド・エヴァンズに　三松幸雄—解／著者——年
平沢計七——人と千三百人｜二人の中尉 平沢計七先駆作品集　大和田 茂—解／大和田 茂—年
深沢七郎—笛吹川　町田 康——解／山本幸正—年
福田恆存—芥川龍之介と太宰治　浜崎洋介—解／齋藤秀昭—年
福永武彦—死の島 上・下　富岡幸一郎-解／曾根博義—年
藤枝静男—悲しいだけ｜欣求浄土　川西政明—解／保昌正夫—案
藤枝静男—田紳有楽｜空気頭　川西政明—解／勝又 浩——案
藤枝静男—藤枝静男随筆集　堀江敏幸—解／津久井 隆—年
藤枝静男—愛国者たち　清水良典—解／津久井 隆—年
藤澤清造—狼の吐息｜愛憎一念 藤澤清造 負の小説集　西村賢太—解／西村賢太—年
藤田嗣治—腕一本｜巴里の横顔 藤田嗣治エッセイ選 近藤史人編　近藤史人—解／近藤史人—年
舟橋聖一—芸者小夏　松家仁之—解／久米 勲——年
古井由吉—雪の下の蟹｜男たちの円居　平出 隆——解／紅野謙介—案
古井由吉—古井由吉自選短篇集 木犀の日　大杉重男—解／著者——年
古井由吉—槿　松浦寿輝—解／著者——年
古井由吉—山躁賦　堀江敏幸—解／著者——年
古井由吉—聖耳　佐伯一麦—解／著者——年
古井由吉—仮往生伝試文　佐々木 中—解／著者——年
古井由吉—白暗淵　阿部公彦—解／著者——年
古井由吉—蜩の声　蜂飼 耳——解／著者——年
古井由吉—詩への小路 ドゥイノの悲歌　平出 隆——解／著者——年
古井由吉—野川　佐伯一麦—解／著者——年
古井由吉—東京物語考　松浦寿輝—解／著者——年
古井由吉・佐伯一麦—往復書簡『遠くからの声』『言葉の兆し』　富岡幸一郎-解
北條民雄—北條民雄 小説随筆書簡集　若松英輔—解／計盛達也—年
堀江敏幸—子午線を求めて　野崎 歓——解／著者——年
堀口大學—月下の一群（翻訳）　窪田般彌—解／柳沢通博—年
正宗白鳥—何処へ｜入江のほとり　千石英世—解／中島河太郎-年
正宗白鳥—白鳥随筆 坪内祐三選　坪内祐三—解／中島河太郎-年
正宗白鳥—白鳥評論 坪内祐三選　坪内祐三—解
町田康——残響 中原中也の詩によせる言葉　日和聡子—解／吉田凞生・著者-年
松浦寿輝—青天有月 エセー　三浦雅士—解／著者——年
松浦寿輝—幽｜花腐し　三浦雅士—解／著者——年

講談社文芸文庫

アポロニオス／岡 道男 訳
アルゴナウティカ　アルゴ船物語　岡 道男——解

荒井 献 編
新約聖書外典

荒井 献 編
使徒教父文書

アンダソン／小島信夫・浜本武雄 訳
ワインズバーグ・オハイオ　浜本武雄——解

ウルフ、T／大沢 衛 訳
天使よ故郷を見よ（上）（下）　後藤和彦——解

ゲーテ／柴田 翔 訳
親和力　柴田 翔——解

ゲーテ／柴田 翔 訳
ファウスト（上）（下）　柴田 翔——解

ジェイムズ、H／行方昭夫 訳
ヘンリー・ジェイムズ傑作選　行方昭夫——解

ジェイムズ、H／行方昭夫 訳
ロデリック・ハドソン　行方昭夫——解

関根正雄 編
旧約聖書外典（上）（下）

ドストエフスキー／小沼文彦・工藤精一郎・原 卓也 訳
鰐　ドストエフスキー ユーモア小説集　沼野充義—編・解

ドストエフスキー／井桁貞義 訳
やさしい女｜白夜　井桁貞義——解

ナボコフ／富士川義之 訳
セバスチャン・ナイトの真実の生涯　富士川義之—解

ハクスレー／行方昭夫 訳
モナリザの微笑　ハクスレー傑作選　行方昭夫——解

講談社文芸文庫

フォークナー／高橋正雄訳
響きと怒り　高橋正雄──解

ベールイ／川端香男里訳
ペテルブルグ(上)(下)　川端香男里─解

ボアゴベ／長島良三訳
鉄仮面(上)(下)

ボッカッチョ／河島英昭訳
デカメロン(上)(下)　河島英昭──解

マルロー／渡辺淳訳
王道　渡辺 淳──解

ミラー、H／河野一郎訳
南回帰線　河野一郎──解

メルヴィル／千石英世訳
白鯨　モービィ・ディック(上)(下)　千石英世──解

モーム／行方昭夫訳
聖火　行方昭夫──解

モーム／行方昭夫訳
報いられたもの|働き手　行方昭夫──解

モーリアック／遠藤周作訳
テレーズ・デスケルウ　若林 真──解

魯迅／駒田信二訳
阿Q正伝|藤野先生　稲畑耕一郎─解

ロブ=グリエ／平岡篤頼訳
迷路のなかで　平岡篤頼──解

ロブ=グリエ／望月芳郎訳
覗くひと　望月芳郎──解